村裡來了女廚神 上

文創風 1215

予恬 著

目錄

序文

予恬

夜深人靜常常是一個人思維最活絡的時候，打開音樂，伏於案前，給自己一個暢想的時間——

如果有機會可以穿越時空，我們會選擇回到哪個時候？

若是回到古代，我們有什麼技能可以傍身，讓自己在那個對女子有諸多限制的時代獨立自主、自力更生，有尊嚴、有選擇地活下去？

我想到自己曾經刷過一個個美食頻道主的短片，用柴米油鹽、瓜果蔬菜搭配出不同的組合，打造令人流連忘返的世界。

人間煙火氣最撫凡人心，當一個人從疲憊的日常瑣事中抽離出來時，美食帶給人的慰藉是不可估量的——這大概是這套書最初的靈感來源。

如果開局時我們一無所有、家徒四壁，卻有一手精湛的廚藝，那麼該如何藉此打贏這場翻身仗？

首先我們應該因地制宜，找到身邊可以利用的資源，好好發揮其特性，靠著一雙勤勞的手獲取利益。

當擁有了一定的本錢，我們便能去更遠的地方、結識更多人、製造更多機會——這便是積累財富的過程。

當我們透過自己的雙手創造價值、擺脫了往昔的窘境，便有能力通過自己的力量去影響更多人。

在這套書中，有相隔千年的思想碰撞，新時代女性對舊時代女性的救贖、女子彼此互助，進而打開格局、活出自我的過程；也有先婚後愛，聯手虐渣、擊退各路牛鬼蛇神，從無到有，帶著全家人發家致富、過上好日子的旅程。

這些林林總總的片段，將隨著《村裡來了女廚神》故事的展開，逐一揭曉。

第一章　謹言慎行

宋寧作了一個夢。

夢裡有個十二、三歲的小丫頭凶巴巴地站在屋簷下指著她罵道：「宋三娘，妳這個五穀不分的膿包，也不睜大眼睛瞧瞧妳自個兒，渾身上下有哪一點配得上我哥哥？哼，走了最好！妳要是有骨氣，走了就一輩子都別回來了！」

緊接著一個婦人從屋裡衝出來，對那小丫頭罵道：「唉唷，冤孽！妳也少說兩句！」

說完，那婦人三步併作兩步上前拉住她身後的包袱，好言相勸道：「三娘，樂娘年紀小不懂事，妳別跟她置氣。前兒個妳方嬸從鎮上回來，說書院的牆上貼著告示，咱們大郎又得了頭名呢！明年他一定能考上……等他考上，咱們一家就能過上好日子了。」

夢裡的她一把甩開女人的手，扠腰道：「得了吧，您別誆我！下河村那個李老頭年輕時多風光呀，考上秀才揚了名，後來又怎麼樣呢？他從十七、八歲考到頭髮鬍子花白也沒能考上舉人老爺，家裡照樣窮得響叮噹，連自家婆娘死了都是草蓆一捲就埋了，連棺材板都買不起！」

婦人怔怔地望著她，眼圈一點一點變紅。「三娘，誰跟妳說這些的？」

宋寧不為所動，一臉決絕地道：「這個您就別管了。總之，這吃糠咽菜的苦日子我是熬不下去了，從今往後咱們橋歸橋、路歸路，您就當沒我這個人。」

說完，她重新將胳膊上的大包袱拴緊，頭也不回地往門外走，誰知她才走到院門口，迎面就撞見一個人騎著高頭大馬疾馳而來。

宋寧突然出現，那人躲避不及，馬蹄高高揚起，眼看就要從她身上踏過去……

此刻，宋寧驚呼一聲，在一陣頭痛欲裂中醒來。

「唉唷，娘的心肝兒，妳終於醒了！」

宋寧有些遲鈍地望著黑漆漆的帳頂，眼珠子轉了轉，看見一個身材矮胖的圓臉婦人正急切地抓著她的手，一臉關切地問道：「三娘，妳好些了嗎？身上還痛不痛？」

記憶如密密匝匝的雪片一般灌進她的腦海裡，讓她想起眼前的婦人正是原主的親娘——葛鳳，而她這是穿越了！

她叫宋寧，村裡人都喚她三娘。她是上河村老宋家三房媳婦老蚌生珠、年近四十歲才得來的小閨女，前頭還有宋平、宋安兩個哥哥。

要是她沒記錯的話，半年前她爹已將她嫁給了杜家大郎——那個叫做杜蘅的窮書生。

至於她一個出嫁女為何會在娘家，說起來實在是慚愧。

杜家孤兒寡母為了供奉讀書人，日子一直過得清苦，十天半個月見不到油葷也是常事。

偏偏宋寧未出嫁前被自家娘親溺愛得緊，家裡但凡有口油水都先進了她的肚皮，桌子上端碗、桌子上放，筷子掉在腳邊都不會彎腰撿一下。兩個嫂嫂對她早就心生怨懟，只是害怕她娘折磨才不敢發作。

她這樣一個被寵壞了的姑娘嫁到那樣清貧的人家，非但針黹女紅一樣不會，洗衣做飯更是嫌累，一有個不如意還摔筷子、發脾氣，吵著要回娘家。

出嫁才半年，卻有一大半時間是在娘家度過的。這半年間，不知跟小姑子掐了多少場架，也不知把婆婆氣哭了多少回。

杜蘅因為外出求學而跟她聚少離多，可在短暫的相處中也看出了她是個什麼樣的人，雖然他一直隱忍不發，心底對她的厭惡卻是藏也藏不住。

換言之，由於原主不停地作，不管是在娘家還是婆家，她都是最不受人待見的那一個。

想到眼下的生存環境，宋寧只覺得腦袋更疼了，這一疼，腹部也跟著絞痛起來，鞋都來不及穿，衝下床抱著盂盆嘔了起來。

葛鳳一邊拍著她的背，一邊罵道：「唉唷，我可憐的女兒，那一家子沒良心的，到底讓我的嬌嬌兒遭了多大的罪?!」

宋寧臉色煞白，撐著她的胳膊勉強站起來，苦笑著安慰道：「娘，我沒事，只是頭還有些昏昏沈沈的，您先扶我去床上躺一會兒。」

葛鳳連忙點頭，回頭看見兩個兒媳婦畏畏縮縮杵在門口，更是氣不打一處來，當即罵道：「還杵在那裡做什麼？也不知道過來搭把手！」

姚靜被她吼得一哆嗦，反應過來時，只見大嫂吳雪已經先她一步跑上去跟婆婆一起將小姑子攙到了床上。

她怔了怔，有些訕訕道：「娘，我去村子裡找大夫。」

葛鳳皺眉看了她一眼，有些不耐煩地道：「早幹什麼去了？還不快出門?!」

姚靜應聲跑了出去，吳雪眼珠子轉了轉，忙道：「娘，都過午了，小妹肯定餓了，我這就去灶房把雞湯端過來。」

葛鳳點點頭。「去吧。」

宋寧倒在床上，虛弱地捂著肚子，方才把胃裡的東西都吐得乾淨，現在的確是有些餓了。

很快的，吳雪端著一碗冒著熱氣的雞湯進來，葛鳳接過碗要親自餵她。

宋寧餓得頭暈眼花，恨不得自己端起碗來一飲而盡，偏偏葛鳳怕她勞累，非要一勺一勺餵。

宋寧拗不過她，張開嘴正準備喝，目光卻突然一滯，在那只碗裡瞧見一朵罕見的毒蘑菇，嚇得她一哆嗦，手一揮將一碗冒著熱氣的雞湯盡數打翻在地。「這湯喝不得！」

葛鳳「唉唷」一聲，從床上彈起來，睜大眼睛問道：「乖女兒，怎麼了？這湯怎麼就喝不得？」

宋寧正要同她們解釋，卻見吳雪臉色煞白，揪著身上的粗布圍裙，口中喃喃道：「小妹，這湯……這湯是我一早起來守著燉的，不合妳的胃口嗎？」

宋寧當即反應過來，從她如今的症狀來看，十有八九是食物中毒。

想起昨日原主從婆家回來後，一直嚷嚷著餓，於是她娘就催了兩個兒媳去灶房裡弄吃的。

雞是親娘葛鳳親手殺的，湯是大嫂吳雪親自燉的，至於這湯裡的蘑菇……是姚靜昨兒個上山採的，想來並非有意害她。

她之所以會遭這麼大的罪，就是因為原主一時嘴饞，趁吳雪出去打水，偷偷溜進灶房，偷喝摻了毒蘑菇燉的雞湯所致，原主沒亡於馬蹄之下，倒是被雞湯害死了。

此時若是說出真相，兩個嫂嫂都脫不了干係，免不了又要受到責罵。依葛鳳的性子，一定會鬧得人仰馬翻才肯罷休，到時候鬧得兄嫂不睦不說，姪子們還會更厭惡她，她在這個家裡已經不受待見，往後日子就更不好過了。

宋寧張了張嘴，迎上吳雪殷切的目光，還是不忍心戳穿真相，支支吾吾道：「那個……大嫂，我只是有些不舒服，才會噁心反胃見不得油腥。這湯聞著鮮香撲鼻，沒什麼問題。」

吳雪鬆了一口氣，滿臉堆笑道：「好好好，沒問題就好。」

宋寧已經餓得前心貼後背，抓著葛鳳的手虛弱道：「娘，我餓了，想吃粥。」

葛鳳有些心疼地拍了拍女兒的手背。「好好好，娘這就去做給妳。」

宋寧嘴角扯出一絲笑，有些疲倦地合上了眼睛。

吳雪一臉肉疼地盯著灑落一地的雞湯，吞吞吐吐道：「娘，那這湯……」在這個家裡，大大小小的事都是婆婆說了算，有什麼好的都是小姑子先吃，小姑子不吃，才輪得到其他人。

葛鳳擺了擺手，咬牙道：「得得得，叫妳那兩個小崽子分了去。」

吳雪臉上一喜，一隻腳還沒邁出門，卻猛然聽見小姑子的聲音在背後響起。「不行！」

葛鳳、吳雪婆媳兩個，四隻眼睛齊刷刷地看向宋寧。

宋寧迷迷糊糊中聽她們要拿毒雞湯餵小姪子，嚇得瞌睡蟲都跑了個精光，掙扎著從床上坐起來，有氣無力地道：「娘，大嫂，那個……喔，那鍋湯是……是燉給我的，我想留著晚上吃。娘，要不您再殺一隻雞給小姪子們補身體。」

葛鳳滿是寵溺地戳了戳她的額。「好好好，我閨女吃了這麼大的虧，雞都給妳留著。」至於再殺一隻雞嘛……她那些雞都是留著下蛋的，可寶貝著呢。再說那兩個小崽子整日在家裡上竄下跳的，吵得她腦殼疼，補個屁！

吳雪悻悻地看了小姑子一眼，再瞄了婆婆一下，嘴角一點點垮了下去，埋頭清理起地上的髒污。

得，她就知道婆婆心眼偏得厲害，只要有小姑子在，有好的怎麼樣都輪不到他們母子幾個。

沒多久，姚靜帶著個鬍子花白、頭髮稀疏的乾瘦老頭回來了。

這人姓邱，是村裡的赤腳大夫，醫術不怎麼樣，靠著幾個土方子混口飯吃。沒辦法，誰教這地方窮，就他這一個大夫。

邱大夫瞇了瞇眼睛，裝模作樣地替宋寧把起了脈。

葛鳳心急如焚地在一旁踱來踱去。「怎麼樣?邱大夫，我這閨女從早上起就上吐下瀉，人蔫蔫的，倒在床上一點力氣都沒有，她到底是哪裡不好了?」

邱大夫微微蹙眉，摸了把鬍子，乾咳了兩聲道：「葛大嫂，妳先別著急，容老夫仔細瞧瞧。」

葛鳳心底一涼，嗚嗚地哭訴道：「唉唷，我苦命的閨女，在娘家養得好好的，這才嫁過去多久，就被折磨成了這副模樣……」

她越想越氣，一會兒罵孩子的爹心狠，非要將女兒嫁到窮得揭不開鍋的杜家，一會兒又罵杜家人假惺惺，慣會做表面工夫，壓根兒沒拿她閨女當自家人。

宋寧被她鬧得腦袋瓜子嗡嗡直響，又覺得可憐天下父母心，拿她沒辦法，只好柔聲安慰道：「娘，我沒事的。」

葛鳳張了張嘴，還想再說幾句，卻聽那老大夫長長一聲嘆息，故作高深地道：「唉，我觀這丫頭舌苔淡白、脈象細沈，想是濕熱瘀阻所致。」

葛鳳似懂非懂地點了點頭，急切道：「什麼、什麼瘀阻?那……那該怎麼辦?」

邱大夫瞥了葛鳳的臉色一眼，清了清嗓子道：「別急別急，妳按著老夫這個方子，兩副藥煎成六碗，一天三次，吃完就好了。」

葛鳳一拍大腿，滿心歡喜地接過方子，又嘀嘀咕咕地抱怨了幾句，從腰包裡摸出十文錢付了診金，恭恭敬敬地將人送出去。

宋寧長長地吁了一口氣，幸虧這大夫醫術不怎麼樣，不然讓他瞧出自己是食物中毒才病倒的，她娘又得掀了屋頂。

如今她在家裡已經夠招人恨了，初來乍到的，她可不想把自己跟大夥兒的關係鬧得更僵。

送走大夫，葛鳳進了灶房，吳雪跟過去給婆婆打下手。

「炒個菜哪放得了這麼多油？哼，這油鹽經妳手上都跟不要錢似的！」

「欸，娘，我下回少放點。」

此時姚靜正在院子裡晾衣裳，吳雪的兩個兒子小滿、小福在長長的褥子底下鑽來鑽去玩捉迷藏。

「慢點，慢點，小心摔著！」

「哈哈哈，來抓我呀，噗噗噗，抓不著我！」

「嗚嗚，哥，你等等我！」

「噓！你們兩個小聲點，別吵到小姑姑休息。」
「二嬸，小姑姑怎麼又在睡覺，她也太懶了吧？」
「小姑姑好懶，羞羞羞！」
宋寧有些虛弱地倒在床上，聽著院子裡小崽子們的嬉笑聲，苦笑一聲，昏昏沈沈地睡了過去。

她這一覺睡到了下午，終於感覺手腳都有了些力氣，想著那鍋毒雞湯留著就是個禍害，便下床穿了鞋準備去灶房看看。

葛鳳吃完午飯就去了地裡，吩咐兩個兒媳婦在家照顧小姑子。吳雪和姚靜沒了約束，一頭鑽進灶房裡湊在一處嘀嘀咕咕地說著閒話。

吳雪一邊揉著麵，一邊抱怨道：「唉，我就說咱們婆婆偏心，小姑子不在家，十天半個月都不一定吃得上一頓白麵。這小姑子一回來，又是殺雞又是蒸饅頭的，有一口吃的都恨不得餵到她嘴裡。」

姚靜站在一旁端著水瓢，想起自個兒親娘有什麼好的都緊著弟弟，不禁滿臉哀怨道：「誰教小姑子命好，碰上這麼個體貼閨女的娘。」

吳雪冷笑一聲道：「是呀，人家命好被娘當成寶，我倆命苦碰上這麼一個婆婆。不是我說，小滿、小福好歹是她親姪子，正在長身體呢，她一個做小姑姑的，連口雞湯都捨不得剩下，我這兩個孩子命苦啊！」
姚靜訕訕地笑了笑，忽然想到了什麼，眼睛一亮，扯了扯吳雪的袖子道：「欸，大嫂，妳說小姑子吐得那麼厲害，該不會是懷上了吧？」
吳雪瞪大了眼睛，忍不住噗哧一聲笑了出來。「唉唷，我說弟妹呀，也不怪妳瞎想，妳沒生養過沒經驗。她那樣哪像是害喜？我看更像是貪嘴吃壞了肚子。」
說著，吳雪掃了門外一眼，嘖嘖兩聲道：「再說了，妳瞧她臉盤子圓得跟燒餅似的，腰比水桶還粗。杜家姑爺是讀書人，心氣高著，怎麼瞧得上她？」
姚靜摸了摸自己肚子，點頭道：「也對，我跟相公天天在一處也沒懷上，姑爺常常不在家，哪那麼容易就有了？」
土坯屋子隔音不好，宋寧隔著一堵牆，不想聽也都聽得一清二楚。聽到懷不上孩子這裡實在有些聽不下去了，便隔著門板輕咳了兩聲。
吳雪聽見動靜，連忙朝姚靜擺了擺手，心底埋怨弟妹是塊木頭，說閒話也不會眼觀四面、耳聽八方，回頭保不齊還得連累她。
姚靜則是被嚇得臉色發白，憂心忡忡地望向那扇門——小姑子一定全都聽了進去，等婆婆知道就沒好果子吃了，都是大嫂這個嘴上沒個把門的害了她。
妯娌兩個都像鋸了嘴的葫蘆蔫蔫地閉緊了嘴巴，果然就看見小姑子推開門走了進來。
吳雪臉上露出一個尷尬的笑。「三娘是餓了嗎？我……我這就去熱飯。」

「不用了。」宋寧清了清嗓子，鄭重道：「大嫂、二嫂，妳們先別忙活，我有重要的事情要說。」

「欸，好。」吳雪拍了拍手上的麵粉，姚靜也匆匆放下水瓢湊過去聽她說話。

宋寧在灶房裡找了一圈，在一堆乾柴底下翻出她娘藏在竹籃裡的雞湯，揭開蓋子看向她們道：「兩位嫂嫂，我說這雞湯不能喝，妳們是不是覺得很奇怪？是不是在心底埋怨我貪嘴護食？」

吳雪、姚靜互相對看了一眼，點頭又搖頭。

「沒有沒有，絕對沒有，三娘啊，妳別多想，我這人就是管不住嘴，妳……妳別往心裡去。」吳雪有些心虛地在圍裙上搓了搓手。

宋寧看著她笑了笑，她這個大嫂嘴巴雖壞，心眼卻不壞，敲打敲打還改得過來。

她回頭看了看一直低垂著腦袋的姚靜，又問道：「二嫂，妳覺得呢？」

姚靜咬著唇，紅著眼圈搖頭道：「沒有，小妹身子不好，娘緊著小妹是應該的。」

宋寧知道她心細敏感，也不嚇唬她，直奔主題道：「我以往的確是挺不懂事的，但如今都知錯了，往後會儘量改過來，還請妳們看在咱們是一家人的分上，多擔待擔待。」

吳雪有些難以置信地看向姚靜，姚靜也一頭霧水，小姑子在家裡橫行霸道慣了，什麼時候服過軟呀？她覺得自己不是在作夢就是太陽打西邊出來了。

宋寧知道一時半刻很難讓她們相信自己說的是真的，言歸正傳道：「那個……接下來的話，妳們兩個聽了都別激動，尤其是妳，二嫂。」

姚靜聽她這樣說，怔怔地點了點頭，心卻一下子提到了嗓子眼。

宋寧拿起筷子，從那鍋雞湯裡挾出一朵褐色的蘑菇。「這種蘑菇跟普通的菌子很像，但它有劇毒，人吃了輕則上吐下瀉，重則直接斃命。」

第二章　掌上明珠

吳雪先反應過來，有些難以置信地瞪大了眼睛。「什麼？這東西有毒？小妹，難道妳病倒其實是因為吃了這鍋毒蘑菇雞湯？」

不得不說吳雪的腦袋瓜子就是轉得快，宋寧點了點頭。

姚靜被嚇得一張臉煞白，聲音顫抖道：「小妹，我……我沒有，我不是故意的。」

這個二嫂一向膽子小，連隻雞都不敢殺，宋寧相信她沒那個心思，安慰道：「二嫂，我現在告訴妳們，不是要責怪任何人，而是想讓妳們記住這東西有毒，以後上山撿菌子時要當心一點，不認識的東西千萬別吃。」

姚靜點了點頭，一把拉著宋寧的衣袖，泫然欲泣道：「小妹，我知道錯了，妳可千萬別告訴娘呀。」

吳雪也有些害怕地道：「是呀，小妹，妳二嫂做不出這種事情。也怪我粗心沒發現，要是被娘知道了，我們兩個都沒好果子吃。」

宋寧有些無奈地嘆口氣道：「放心吧，我要是想說，娘早就知道了。妳們快點把這鍋東西處理掉，埋得遠遠的才好。回頭娘問起，就說我下午起來肚子餓，全吃掉了。」

見吳雪、姚靜忙不迭地點頭，宋寧心想話都說明白了，有些疲倦地打了個呵欠，又回屋裡睡覺了。

她雖然說不會告訴葛鳳，她的兩個嫂嫂卻懷疑小姑子哪有那麼好心？

尤其是姚靜，越想就越覺得害怕，縮在灶房裡嚶嚶哭個不停。「大嫂，婆婆要是知道了這件事，一定會攆我回娘家，到時候我就糟了。」

吳雪被她哭得有些心煩氣躁的，有些不耐煩道：「我說弟妹，妳哭有什麼用？還不如想想該怎麼討好小姑子。」

姚靜含淚點了點頭。對呀，她得卯足了勁兒討好小姑子才是！

一整個下午，姚靜都守在宋寧房門外，一聽見響動就跑進去端茶遞水、送吃的，最後還把宋寧屋子裡的床單被褥、髒衣服、髒襪子都拆洗了一遍。

等到晚上，家裡的男人回來了，宋安見天都快黑了自家媳婦還蹲在井邊幫小妹洗衣裳就氣不打一處來，又見她眼圈紅紅的，更加疑心她受了小妹跟娘的欺負。

宋平是個直腸子，倒沒發現那些小九九，只是看見吳雪垂頭喪氣的沒個好臉色，又聽兩個小的抱怨小姑姑吃獨食，心裡也有些不高興了。

吃飯的時候宋寧就發現了，這一家子除了她娘，其他人看她的目光都有些怪怪的，她只好埋頭扒飯，裝作什麼都沒看見。

男人們白天幹的都是體力活，又有閨女在家，今晚吃的便是五菜一湯，比平時多了一葷一素兩道菜。主食是白麵饅頭和糙米粥，再配上葛鳳醃的蘿蔔、菘菜，宋寧吃得津津有味。

難得葛鳳大方，連攢了小半個月的雞蛋都拿出來給女兒做了蒸蛋。

桌上兩個小的盯著宋寧面前黃澄澄的蒸蛋不停地嚥著口水，宋寧有些看不下去了，默不作聲將盛了蒸蛋的碗輕輕推到兩個小的面前。

宋小滿跟宋小福眼睛一亮，吸溜著口水就要伸手去搶，吳雪見了，一筷子打在兩個小饞蟲的手背上。「搶什麼搶？跟餓死鬼投胎似的！」

兩個孩子嚇得縮回手，眼看著到嘴的蒸蛋吃不成了，都張大嘴巴「哇」的一聲嚎啕大哭起來。

葛鳳沒好氣地剜了吳雪一眼，正要斥責大兒媳婦不懂事，卻聽閨女的聲音響起。「好了，大嫂，妳就讓他們吃吧，兩個孩子正在長身體呢。再說了，這麼多蒸蛋我一個人也吃不完。」

婆婆在一旁盯著，吳雪哪裡肯聽，將蒸蛋推回小姑子面前。

宋平被兩個兒子鬧得心煩，手裡的筷子「啪」地拍到桌子上，粗著嗓門道：「男子漢大丈夫哭什麼哭？再哭，這飯也別吃了，滾到外頭去哭！」

他生得濃眉大眼，平時就不苟言笑，發怒的時候兩條粗黑的眉毛擰作一團，看起來更凶了。

兩個孩子被嚇得不敢放聲大哭了，吸溜著鼻涕，撲進吳雪懷裡抽噎不止。

一直沈默不語的大家長宋賢皺了皺眉頭，丟下碗筷，目光掃過老大兩口子，厲聲道：「好了！不就是吃個蒸蛋嗎？多大點事，都給我少說兩句！」

宋平跟吳雪羞愧地垂下了頭，兩個小的也不哭了，縮在娘親懷裡瞇著眼偷看爺爺臉上的表情。

宋賢板著臉，看向一邊的葛鳳道：「不是我說，妳這老婆子都一把年紀了，怎的還這麼不省事了？明知道家裡人多，就該多做些，手心手背都是肉，哪有厚此薄彼的道理？」

葛鳳往地上啐了一口，擱下筷子道：「呸，有錢誰不愛花？你一個甩手掌櫃，不當家不知道柴米油鹽有多貴！這一家子大大小小的吃穿用度哪樣不是開銷？今兒個大手大腳地吃吃喝喝倒是快活，明兒個這個要娶親、那個要生子，上哪兒去要錢？」

父子幾個聽得面紅耳赤，紛紛放下筷子低著頭，饒是面對一桌子熱氣騰騰的好飯菜，頓時也沒了胃口。

偏偏葛鳳一口氣說完仍覺得不解氣，索性站起來指著一桌子人罵道：「好哇，你們一個個的都嫌我老婆子刻薄，試問我老婆子可有背著你們多吃一口？我偏疼三娘又怎樣，你們還看不慣了?!」

宋寧脊背一僵，就又聽她道：「這孩子當初是我拚了半條命生下來的，要不是那時候家裡窮，我大著肚子還要給你們父子幾個洗衣服、做飯，我這可憐的孩子也不會未足月就生下來。」

葛鳳抹了抹眼角，抓起宋寧的手，滿是心疼地道：「她生下來的時候那麼小小的一團，差點就養不活了，我這個當娘的多疼她一些怎麼了？再說了，你們兄弟倆從小要是有個頭疼腦熱，哪一次不是老娘滴水不沾地伺候著？」

想到嫁進這個家這些年頭，自己從一個滿頭青絲的小媳婦熬成一個滿臉褶子的老太婆，為這一大家子操碎了心，到頭來卻賺了個刻薄的名聲，連糟老頭子也不念著她的好，葛鳳不禁滿腹委屈。

內心的苦悶幾天幾夜都說不完，葛鳳看見丈夫那張苦瓜臉更是氣不打一處來，飯也不吃了，丟下眾人怒氣沖沖地回了屋。

老婆子走了，剩下一家之主的宋賢在一旁長吁短嘆，兩個兒子面面相覷，不知道該勸誰，兩個兒媳婦更不敢往槍口上撞，紛紛垂頭盯著自己的腳尖。

宋寧長嘆一聲，起身跟了過去，進屋勸了好半晌才將葛鳳勸住，又出來端了飯進屋勸她吃下，伺候她漱洗躺好才闔上門離開。

她出來的時候見大夥兒都還垂頭喪氣地坐在原位，一桌菜都涼透了，兩個小崽子則是倒在她大哥懷裡小雞啄米似的打瞌睡。

頓了頓，她遲疑著開口道：「爹，娘睡下了，這飯……」

宋賢有些頹然地望著滿桌子菜，長長嘆了一口氣道：「老大兩口子，先把孩子抱回去睡吧。老二媳婦，妳跟三娘去把菜熱一熱，咱們繼續吃。」

眾人紛紛點頭應下，等菜重新上了桌，誰都不敢說話，只一個勁兒地埋頭扒飯，一頓飯吃得索然無味。

宋寧望著那碗蒸蛋，心中五味雜陳，主動將它分給兄嫂們。這一切全是那碗蒸蛋引起的，說到底起因在於她，這不受人待見的滋味還真有些不好受。

等到灶房收拾完，眾人都回了屋。

宋寧從自己屋裡出來倒洗腳水，看見她爹還坐在屋簷底下眉頭緊鎖，一桿接著一桿地抽著旱菸，也不知道在想些什麼。

這一幕忽然讓她想起了自己已故的爺爺，那個倔強的小老頭，他也是這樣，有什麼心事都喜歡憋在心裡。

她輕手輕腳走過去，拍了拍他的肩，笑嘻嘻地道：「爹，都這麼晚了，您怎麼還不睡？」

宋賢吐了煙圈，有些詫異地道：「唷，是三娘呀。」

他拍了拍身旁的位置，看向閨女道：「來，坐。妳來得正好，爹有話想跟妳絮叨絮叨。」

宋寧乖乖地坐下，故意咳了兩聲捂著鼻子道：「爹，您這老菸槍熏得我眼睛疼。您放下，咱們好好說說話。」

宋賢樂呵呵地點了點頭，猛吸一口，將菸桿裡剩下的菸葉子都磕出來，掐滅了收好。

他看了看閨女，一臉鄭重地道：「三娘，妳是不是怪爹非要將妳嫁到杜家？」

宋寧聽了，微微一怔。怪嗎？要是原主的話，肯定是怪的，但是她對杜家人不了解，對自己的相公更是知之甚少，只明白宋賢這個爹是真心為她好，所以她不該怪他。

她搖了搖頭，淡淡一笑道：「爹，是我以前不懂事。您做什麼都是為了我好，我不怪您。」

宋賢還以為自己耳朵有問題，心想閨女又在敷衍他了，於是試探著問道：「那妳知道爹為何一定要將妳嫁到杜家嗎？」

宋寧想了想，認真道：「爹說過相公不是一般人，總有一天會出人頭地。」

聞言，宋賢點了點頭。

當初不顧老婆子反對堅持把女兒嫁過去，一是要信守當年對女婿他爹的承諾，唯有跟杜家結親，才能名正言順地看顧他們孤兒寡母。

二則是他這個人愛才，自己小時候因為窮沒讀成書，就十分羨慕村子裡的讀書人。只可惜兩個兒子都資質平平，一看見字就打瞌睡，因此他對這個三歲就能背《千字文》的女婿十分看重。

道理他說了許多回，閨女向來都當作耳邊風，他本以為這次還要費好一番口舌才能勸女兒回心轉意，想不到她竟記住了。

他又看了看女兒，小心翼翼地問道：「那妳覺得爹說得對嗎？」

宋寧搖了搖頭，一五一十道：「不知道，爹，未來的事情還真不好說。」

得，還以為女兒開竅了，原來是空歡喜一場。宋賢長嘆一聲，枯瘦的肩膀一點一點垮了下去。

宋寧見他垂頭喪氣的模樣，忍不住笑道：「爹，雖然我不知道相公未來能不能出人頭地，但您不是說他這人從小腦袋瓜子就靈活嗎？就算考不上，往後做些其他營生，日子也不會差到哪裡去。」

宋賢連忙往地上呸了幾聲，雙手合十，對著天上唸唸有詞道：「老天爺在上，小孩子家家，別聽她胡說，一定要保佑我女婿杜蘅高中。」

見他這樣神神叨叨的，宋寧不禁噗哧一聲，道：「爹，求人不如求己，考不考得上老天爺可管不著。」

宋賢沒好氣地白了她一眼，忽然反應過來她話語間對女婿的態度似乎沒有以往那麼不屑了，眼底閃過一絲欣慰之色。

他長嘆一聲，語重心長地道：「總之，妳能看到女婿身上的長處就好。常言道『莫欺少年窮』，閨女呀，杜家眼下孤兒寡母的，日子是難過了些，但杜家女婿有出息，妳婆婆又是個實誠人，只要妳肯踏踏實實地跟著他們過日子，福氣都在後頭。」

說起杜家人，宋寧只覺得一個頭兩個大，她昨兒個回來前還跟小姑子大吵了一架，想來是把婆家都給得罪乾淨了。

只是一味逃避也不是辦法，她一個嫁出去的女兒一直賴在娘家，哥哥與嫂嫂難免心生嫌隙，今兒個的事不就是最好的例子嗎？

往後這樣的事要是多了，爹娘夾在中間可是難做人。

她想了想，一臉認真地說道：「爹，我打算明日就回去。往後您和娘好好過日子，菸要少抽，保重身體要緊。」

宋賢差點被自己的口水嗆到，有些難以置信地看向她道：「什麼？明兒個就回去？妳這麼快就想通了嗎？」

堅定地點了點頭，宋寧打算今晚好好睡上一覺，明天就回去收拾杜家那堆爛攤子，畢竟問題拖得越久，只會變得越棘手。

翌日早上，宋寧是被公雞打鳴吵醒的，躺在床上翻來覆去睡不著，她乾脆坐起來收拾東西準備吃完早飯就回杜家。

葛鳳一早就起床了，正端著瓢在院子裡餵雞，見自家閨女這麼早就起來，不免有些驚訝。

宋寧笑嘻嘻地湊上去幫她端水，又把自己要回去的事說了一遍。

葛鳳一聽，臉色一沈，拉著她的胳膊道：「妳跟娘說，是不是妳爹那糟老頭子又說什麼了？還是妳哥哥跟嫂嫂給妳臉色看了？」

宋寧把頭輕輕靠在葛鳳肩上，撒嬌道：「娘，您對我真好！」

葛鳳笑了笑，拿手指輕輕戳了戳她的額頭。「小沒良心的，妳知道就好！」

宋寧輕聲道：「娘，我是自己想回去了。我一個嫁出去的閨女老是賴在娘家不走，教別人看了說閒話。再說了，我那婆婆性子軟，小姑子又年輕，我怕她們娘兒倆受人欺負。」

葛鳳扁了扁嘴巴，又絮絮叨叨地唸了幾句，見她堅持要回去，實在拿她沒辦法，板著臉吃完早飯後就收拾出一只竹籃子要她帶回去，千叮嚀萬囑咐讓她在婆家時別虧待自己。

那籃子看起來像是鋪著一層橘子，可宋寧又覺得太沉了些，正想扒開橘子看看，一回頭就見兩個嫂嫂在一旁眼巴巴地盯著，葛鳳又不停地朝自己使眼色，她哪兒還有不明白的，也不戳穿，辭別父母、兄嫂就上路了。

宋家在上河村，杜家在白水村，兩個村子中間還隔著個下河村，好在山腳下有條小路能走，算不上遠。

一手挎著個包袱、一手拎著個竹籃子，宋寧爬坡上坎，走得氣喘吁吁，約莫半個時辰後終於到了杜家門口。

院門虛掩著，宋寧輕輕一推就開了，她提著一顆心往內偷偷瞧了瞧，發現屋子裡靜悄悄的，也不知道母女兩個去了何處，這才長長地吁了一口氣。

她扭身進灶房將籃子放好，扒開上面的橘子一瞧，果然看見底下放著一袋白麵，白麵裡頭埋著十顆雞蛋，籃子底下還放著一隻豬蹄。

這是葛鳳知道杜家日子艱難，生怕自己閨女在婆家餓著而準備的。

宋寧有些哭笑不得，但想到娘親對她的好，心裡又暖暖的。她將食材都放進壁櫥裡，出了灶房後準備回房去放包袱。

誰知剛走到她以往住的那間房門外，就聽見裡頭傳來一陣窸窸窣窣的聲響，宋寧忍不住心頭突突直跳，猜想是婆婆跟小姑子不在家，屋子裡進了賊。

她以往最慫，遇到這種入室盜竊的，首先想到的就是如何保全自身，捨些錢財息事寧人也不會心疼。但這一回她想到自家婆婆攢個錢也不容易，若再被人偷走了，恐怕要出事。

宋寧左思右想，深吸一口氣抓起柴堆上的斧頭，用力一推……

刺眼的光線隨著那扇門被推開盡數傾灑進去，少年精瘦的軀體就這樣毫無遮掩地暴露在面前。

宋寧有些詫異地瞪大了眼睛，腦子裡嗡嗡直響，內心覺得有些不應該，可目光卻是不由自主地盯著瞧——

冷峻的面容、銳利的眉眼以及緊緊繃起的下巴，帶著幾分獨屬於少年的青澀與倔強……讓人看得面紅耳赤卻捨不得挪開眼睛。

那美少年見她這樣毫不害臊地盯著自己，不禁眉頭緊鎖，臉上浮現出一絲薄怒，修長的手臂快速抓過一件衣裳擋在自己胸前。

忽聽得「咕嚕」一聲，宋寧被自己嚥口水的聲音嚇到，見那人額上青筋浮動、眉頭越蹙越深，似真有些動怒，這才後知後覺地伸手捂住眼睛，背過身去。

第三章　判若兩人

杜蘅冷笑了一聲，眼底帶著不加掩飾的鄙夷，黑著臉快速將一件裡衣裹上身。

宋寧背過身去，身後傳來穿衣的聲響，她按了按怦怦直跳的胸口，結結巴巴地道：「那……那個，你怎麼今日就回來了？我……我不是故意的。你餓了吧？我……我這就去做飯。」

她身後的少年屏息壓下心中翻湧的情緒，咬牙吐出兩個字。「關門！」

「喔，好、好！」

宋寧飛快地將門掩上，捂著紅通通的臉頰拔腿就往外跑，跑了兩步，想起自己包袱還沒放，又哆哆嗦嗦伸手將門推開一條縫，閉著眼將包袱塞進去，轉身重新關好門，迅速鑽進了灶房。

她拍了拍自己微微發燙的雙頰，從缸子裡舀了水洗手做飯，猛然瞧見水中自己那張滿月似的圓臉盤子，再伸出兩隻手來看了看。

人家是十指纖纖、水蔥似的手指頭，她這是十根肉嘟嘟的胡蘿蔔。

難怪小姑子會罵她癩蝦蟆想吃天鵝肉，大嫂會在背後說她是個胖妞，她甚至可以腦補出杜蘅看她就跟看一隻穿得花裡胡哨的小豬一樣的眼神。

想到自己方才在他面前扭扭捏捏的模樣，宋寧覺得有些丟人，暗自發誓一定要將今日丟出去的臉面一點一點找回來。

好在原主沒去田間地頭幹過農活，一身皮膚算得上是白皙細膩，一雙眉眼也隨了她爹——宋賢年輕時可是十里八鄉有名的俊俏後生。

宋寧安慰自己只要能稍微瘦一點也不難看到哪兒去，她低頭掐了一把自己腰上的贅肉，暗自決定從明兒個起必須減肥……不，從今天起管住嘴、邁開腿。

想是這麼想，奈何肚子不合時宜地發起抗議。

宋寧用力拍了拍咕嚕叫的肚子，嘆了口氣。減肥歸減肥，可人是鐵、飯是鋼，一頓不吃餓得慌。

於是她解開袋子舀出兩碗白麵，加入清水、油、鹽攪拌，將麵粉攪拌成絮狀再揉成光滑的麵團，之後蓋上蓋子捂好，接著洗手準備生火熬粥，然而她不太擅長燒土灶，火燒不旺不說，還弄得屋子裡全是煙。

她被嗆得淚眼汪汪，忽然聽見身後有人冷不防道：「不知道的，還以為妳要燒房子。」

宋寧揉了揉眼睛，轉身去看那人，見他換了一身淡藍色粗布夾衣，衣服很舊，肩膀上還打著補丁，卻絲毫不影響他一身清雅氣度。

她眼睛亮了亮，乾笑幾聲，訕訕道：「那個……相公，我不太會燒火，你能幫幫我嗎？」

「相公」兩個字，她叫起來彆扭，杜蘅聽起來更彆扭。

他掩唇輕咳了兩聲，奪過她手裡的火鉗，一聲不吭地坐到了柴火堆前。

宋寧忍不住撇了撇嘴巴。哼，瞧把你能的！

不過，不得不承認有了他的幫忙，她便不用分心去看火候，的確省了不少事。

灶上兩口鍋，一口鍋裡煮著糙米粥，一口鍋燒油。等到油燒熱了舀出來，趁熱淋到事先切好的蔥花上，頓時發出嗞嗞嗞的細響，最後再撒上食鹽，一碗香氣四溢的蔥油就做好了。

杜蘅一邊燒著火，一邊冷眼旁觀。一開始他不相信她能做出什麼可口的飯菜，直到蔥油的香氣撲鼻而來，他忍不住起了疑心，眼前這個人還是那個四肢不勤、五穀不分的宋三娘嗎？

他正想得有些出神，就聽她「唉唷」一聲，低聲埋怨道：「粥都噴出來了，火小一點。」

杜蘅冷笑一聲，將灶膛裡燒得正旺的一根木柴抽了出來，又見她有條不紊地將發好的麵團揉成長條，切成一個個大小均勻的小劑子，再把小劑子擀開成一個薄薄的麵餅，刷上剛才做好的蔥油，再一個個捲起來又攤開，最後下鍋將餅煎得兩面金黃。

他看得飢腸轆轆，竟有些迫不及待地想嚐一嚐。倒不是真覺得她做的飯菜會有多美味，相反的，他就是想證明眼前人不過是花拳繡腿才要吃的。

孟蘭跟杜樂娘母女回來，遠遠瞧見自家煙囪冒出白煙，推開院門又聞到一股撲面而來的飯菜香氣，皆是微微一怔，接著娘兒倆就被眼前的一幕驚呆了——

心靈手巧的小媳婦在灶房裡忙來忙去，俊朗不凡的小郎君則是安安靜靜地坐在柴火堆前為她看火。兩人之間有一種莫名的默契，不知道的還以為這是一對再尋常不過的恩愛小夫妻。

「哥哥，你回來了！」杜樂娘放下手裡的魚，三步併作兩步跑過去摟住杜蘅的胳膊，然後凶巴巴地瞪著宋寧道：「妳竟然有臉回來？還使喚我哥哥幫妳打下手，真是臉皮比鍋底還厚！」

這都是原主欠下的債，宋寧也不想跟個黃毛小丫頭計較，只是好脾氣地朝她們笑了笑。「娘、樂娘，妳們回來了。東西快煮好了，洗洗手準備吃飯吧。」

孟蘭先是微微一怔，然後笑盈盈地朝她點了點頭，又轉頭數落閨女道：「妳這孩子怎麼說話的？目無尊長，我平時是這麼教妳的嗎？」

杜樂娘忍不住翻了個白眼，氣鼓鼓地道：「本來就是嘛，她上次不是說……」

「夠了！」孟蘭拉高聲音喝斥道。

杜樂娘撇了撇嘴，還想爭辯幾句，見母親真有些動怒了，冷哼一聲跑回了房。

此時杜蘅起身接過母親手裡的木桶。「娘，您累了吧？先洗手吃飯，回頭我再勸她。」

孟蘭這才想起有話要問兒子，她扳起手指頭算了算，微微蹙眉道：「往年書院不都是臘月二十多才放假嗎？今兒個才初……初三，怎麼這麼早就回來了？」

杜蘅眼底閃過一絲異色，面無表情道：「喔，該講的都講了，先生就提前放了假。」

孟蘭沒有多想，見兒媳婦正在盛飯，忙洗了手上前幫忙。

這一頓吃的是薺菜炒雞蛋、蔥油餅和鮮菇炒冬筍，主食是糙米粥。雞蛋和白麵都是宋寧從娘家帶回來的，其餘的菜則是在灶房裡找到的。

飯菜上桌，看大夥兒都舉著筷子不動，宋寧眉眼彎彎地招呼道：「快吃呀，娘，尤其是這個蔥油餅，要趁熱才好吃。」

孟蘭目瞪口呆地看著桌上的菜，有些難以置信地道：「三娘啊，這些都是妳做的？」

宋寧點點頭，挾起一筷子雞蛋放進孟蘭碗裡。「是呀，娘，您快嚐嚐味道怎麼樣。」

杜樂娘捏著筷子，輕嗤一聲看向杜蘅道：「哥哥，真是她做的嗎？」

聞言，杜蘅點點頭。他挾起一塊蔥油餅放進嘴裡，只覺得麵皮鮮香酥脆，忍不住又挾了第二塊，吃完又嚐了薺菜炒雞蛋、鮮菇炒冬筍，皆是鮮香美味，不知不覺添了兩碗飯。

孟蘭滿臉欣慰地打量著宋寧，心中暗自琢磨，也不知道親家公到底跟兒媳婦說了什麼，這孩子總算轉性了。

對她而言，宋寧只是個跟樂娘差不多大的姑娘家，父母有些嬌慣在所難免，只希望她有一天能懂得長輩們的一片苦心，小倆口踏踏實實過日子。

杜樂娘本想挑挑刺，奈何那幾道菜色、香、味俱全，她實在挑不出什麼毛病。再者吃人嘴軟，她不好多說什麼，只在心裡犯嘀咕。

這個宋三娘自從進了他們杜家門就一個勁兒地嫌髒嫌累，什麼活都不幹就算了，還三天兩頭地鬧。

但凡有了什麼好吃的，也是關了門一個人偷偷享用，什麼時候這麼好心，大大方方地把從娘家拿回來的東西分給大家了？

難不成……她真是腦子被驢踢了，突然間變了個人？

杜樂娘的雙眼盯著宋寧不放，總覺得她看起來有些不對勁。

宋寧還沒意識到自己做的這頓飯引來了眾人的疑慮，見盤子裡的菜都被吃光，大家也都放下碗筷，她就主動起身收拾東西，一抬頭突然發覺他們母子三個，總共六隻眼睛齊刷刷地看著她。

她伸出去的手微微一頓，詫異道：「怎……怎麼了？」

孟蘭笑了笑，按了按她的手背，柔聲道：「妳忙活了半天也歇一歇，坐下來咱們兩個說說話。」

宋寧怔怔地點了點頭，就看見杜蘅站起來挽起袖子熟練地收拾碗筷，杜樂娘也跟著幫忙。

兄妹兩個一前一後進了灶房，杜蘅埋頭一聲不吭地洗著碗碟，杜樂娘拿著抹布在一旁有一下沒一下地擦著灶臺，忍了一會兒，她終究壓低聲音道：「哥哥，你可不要被那人一頓飯就蒙蔽了。」

杜蘅抬頭看了她一眼，漫不經心地問道：「喔？妳說誰？」

只見杜樂娘抿著唇，跺腳道：「哼，你明知道我說的是誰！你都不知道，你不在家的時候那個宋三娘日日要睡到晌午才起，這就算了，前些日子我和娘天天忙著外面那一畝三分地，回來還得像伺候祖宗一樣照顧她。哥，人家還嫌咱們家吃糠咽菜，三天兩頭吵著要回娘家，最過分的是她還說……」

杜蘅微微蹙眉，問道：「說什麼？」

牙一咬，杜樂娘說道：「說就咱們這樣的人家還想供出個秀才公、舉人老爺，除非是祖墳上冒青煙了。」

杜蘅動作一頓，臉色陰沈下來，厲聲道：「這些話真是她說的？」

見哥哥不高興了，杜樂娘怔怔地點了點頭。「原話我也記不清了，反正……差不了多少。要我說，娘就是太心軟了，你可不能再縱著她。」

杜蘅深深看了她一眼，冷聲道：「好了，她犯了錯，自有我和娘管束。她再不濟也是妳嫂嫂，對她客氣些。」

看了看他的神色，杜樂娘有些悶悶不樂地道：「我知道你和娘都還念著宋伯伯對咱們家的恩情，我以後也會敬著她的。」

杜蘅眸色微沈，想起父親剛過世的時候，母親性子弱、妹妹年幼，他也不過是個孩子。他那位沒有血緣關係的祖母帶著兩個叔叔上門，逼他們母子用近處的良田換山下的荒地，若不是跟宋家將來是姻親，還不知道他們母子幾個會被逼到什麼分上。

再者這些年來，他在外面讀書，十天半個月才能返家一趟，家裡每逢春耕秋收，宋伯伯都沒少來幫忙，因此就算他內心不喜宋寧性子驕縱，卻也沒資格埋怨什麼。

下午，杜蘅扛著鋤頭和孟蘭去地裡除草，宋寧主動提出要去幫忙，孟蘭說什麼也不讓她去，讓她和小姑子看家。

杜欒娘本來不想跟宋寧待在一處，但是又不放心讓她一個人在家裡，最後整個下午都在暗中監視她。

宋寧裝作什麼都沒看見，她回屋裡收拾包袱，竟在自己從娘家帶過來的那口朱漆木箱裡翻出了從前遺失的錢袋子。

這簡直是意外之喜！

當初她嫁到杜家，爹娘替她準備的嫁妝裡除了一年四季的衣裳、被褥跟幾件常用的家具，還給了她一筆體己錢，說是讓她應急的時候再用。

偏偏原主總是丟三落四的，轉眼就忘了自己把東西丟到了哪個犄角旮旯裡。

宋寧找了一會兒，累得氣喘吁吁，決定改天再繼續，看看還能不能翻出什麼好東西。

想到這裡，她心情愉快地盤腿坐到床上，一個子兒、一個子兒地來來回回數了幾遍，發現總共還有七百三十六文錢，心裡有些慶幸這筆錢當初沒被翻出來，要不然只怕是分文不剩了。

她小心翼翼地將錢收好，重新放進箱子裡，將小屋子收拾了一遍，又把床上的褥子、帳子都拆下來換上乾淨的。

杜樂娘見她一下午忙進忙出的，也不知道是在忙什麼，又見她拎著木桶要出去洗衣裳，忍不住冷哼道：「嘖嘖，太陽打西邊出來了？」

話一出口，又想起自己答應兄長要敬她幾分，終究只能不情不願地走過去幫忙。

宋寧朝她笑了笑，覺得這個小姑子不鬧彆扭的時候還挺可愛的。

寒冬臘月的天黑得早，杜蘅母子從地裡回來時，姑嫂兩個已經在灶房裡準備晚飯了。

宋寧把她們上午帶回來的那兩條鯽魚處理乾淨，煮了一道鯽魚豆腐湯，又炒了菘菜、蒸了窩窩頭，一家子吃飽飯，收拾乾淨後，孟蘭就拉著女兒回屋做針線。

剩下杜蘅、宋寧在堂屋裡尷尬地對坐了片刻，最後還是杜蘅先開口道：「我還有幾卷書沒看完，先回房了。」

宋寧臉色微紅，故作輕鬆地點了點頭道：「喔，好，你先去吧。」

杜蘅回了屋，宋寧進灶房磨磨蹭蹭了半天後，小心翼翼地敲門進去，見他正坐在燈下看書。

晚風從窗戶縫裡鑽進來，昏黃燭火搖曳，斂去少年身上所有的鋒芒，為他眉宇間平添了幾分溫和氣息。

宋寧屏住呼吸慢慢走過去，將一把注了熱水的銅壺塞進他手裡。

杜蘅微微一怔，視線從書上移到手裡多出來的這團溫熱上，耳邊傳來女子的輕笑聲。

「相公，夜裡風大，小心著了涼！」宋寧笑盈盈地說完，就輕輕搓著手鑽進了被窩裡。

杜蘅面無表情地道了一聲「多謝」又垂下頭去看書，半晌後突然問道：「可有看見今日我換下來的那身長衫？」

夜裡實在是太冷了，宋寧在被子裡縮成一團，聽他問話，便伸出頭來看向他道：「喔，我都拿去洗了，可有什麼要緊的東西忘了取出來？」

杜蘅手指一僵，搖頭道：「沒有。」他默不作聲地將燭火移到另一側，淡淡道：「妳先睡吧。」

宋寧點點頭，又鑽進被窩裡，露出兩隻眼睛直勾勾地盯著他投在帳子上的影子看了一會兒，忽然又聽他問道：「對了，我從前放在櫃子上的那兩條褥子呢？」

宋寧微微一怔，想起他們兩個自從成婚以來都分開睡，她睡床上，他睡地上。前幾個月天氣暖和倒還沒什麼，如今寒冬臘月的，再讓人睡地上，恐怕要凍出病來。

她糾結了半晌，咬牙道：「那個……我聞到那被褥有些霉味，就都拿出去拆洗了一遍，想來是還沒乾。要不……你去娘屋裡要條被褥，今晚就睡床上。」

杜蘅收起書，見她將自己裹成一隻蠶蛹般往裡頭縮了縮，留出大半張床的位置，不禁覺得有些好笑。思索了片刻，他倒也沒有反駁，開門去孟蘭屋子裡拿了被褥後，熄燈上床。

這個家就兩間臥房，母親和妹妹住一間，他也沒有別的選擇。就這樣，兩個人各自蓋著一條被褥躺在一張床上。

帳子裡突然多了一個人，宋寧有些不習慣，一閉上眼，白天看到的那副軀體就在腦海裡揮之不去。

她拍了拍自己的腦門，試圖將那些不該想的東西從腦子裡趕出去，可越是這樣就越是睡不著，不禁輕輕喚了一聲「相公」。

杜蘅躺在外側，剛想合上眼睛將今日看的那幾頁書再默誦一遍，奈何身旁的人不住地翻來覆去，發出窸窸窣窣的聲響，他哪裡還睡得著。

忽然聽見她喚自己，杜蘅眼睫微顫、屏住呼吸，身體僵直地保持著側臥的姿勢。

偏偏身側之人並未因為他的沈默而放棄，黑暗中她似乎翻了個身，緊接著她的聲音鑽進他耳中。

「那個……我知道我以往做了很多糊塗事，爹已經狠狠教訓過我，如今我也知道錯了。往後我再有做錯的地方你就指出來，我要是覺得有理就會改，咱們兩個……講和好不好？」

今日的宋寧實在有些一反常態，杜蘅一時不知道該怎麼回答，寂靜無聲的夜色中，只聽見她打了個哈欠，漸漸沒了動靜……

第四章 貼補家用

翌日一早，雞叫第二遍的時候，宋寧睜開眼睛，晨光熹微中瞧見一旁的被褥整整齊齊地鋪在床上，被窩裡的人卻不見了。

她起身點了燈，從箱籠裡取出一件豆青色窄袖短襖配上一條墨綠色裙子，再用一條茜紅巾子把頭上的髮髻紮緊，整個人看起來乾淨俐落，行動起來也很方便。

等宋寧穿戴整齊走出來，就見灶房裡亮著，杜蘅正坐在灶膛前，手裡握著一卷書，似乎在對著火光讀書。她也不去打擾他，挽起裙子在院子裡跑了幾圈，又跳了一陣子麻繩。

杜蘅正看著書，忽然察覺到院子裡有個熟悉的身影，看了一會兒，瞧出她在鍛鍊身體，一時之間覺得她有些滑稽，忍不住多瞧了幾眼，見她似乎看過來了，連忙收回視線。

宋寧鍛鍊完見天邊露出魚肚白，整理好衣裳、頭髮後就進了灶房。

杜蘅見她進來，起身打開鍋蓋舀出一瓢熱水倒進盆裡，又一聲不吭地坐回原處繼續看書。

宋寧笑著對他道了聲謝，洗淨手後捲起袖子開始揉麵。

杜蘅握著書，眼尾餘光悄悄打量起她，見她動作熟練、雙頰被鍋邊熱氣熏得微微泛紅時，不禁有些出神。

此時母親孟蘭進來了，杜蘅趕緊轉過頭，跟她打了聲招呼。
宋寧瞧見婆婆，便道：「娘，樂娘起來了嗎？咱們今兒個早上吃麵條。」
孟蘭點點頭，看了看碗裡的白麵道：「她昨夜睡得晚，還在屋子裡磨蹭。你們先吃，我等她起來了再吃。」
宋寧知道她是節省慣了，想一個人吃冷飯，便朝她笑了笑，勸道：「娘，昨兒個剩下的飯菜中午分著吃。早上咱們得吃點熱的，畢竟相公讀書辛苦，小妹也正是長身體的時候，就連您也是從早忙到晚，若是吃得太差，我怕你們身體吃不消。」
「好，娘聽妳的。」孟蘭眼眶微熱，本來想著讓幾個孩子多吃點，自己隨便應付就行，難得兒媳婦體貼，她也不好再推辭。

一家子吃完早飯，宋寧又開始盤點起家裡的物資。牛、羊、豬一隻也沒有，之前有兩隻母雞都被賣掉了，連唯一的一隻公雞都是用來打鳴用的。
如今倉裡的糧食勉強夠吃，可地裡只剩下蘿蔔、菘菜之類的東西，一想到要靠糙米飯和沒一點油水的蔬菜度過漫長而寒冷的冬天，宋寧就開始覺得眼冒金星了。
幸好之前娘親給的豬蹄已經用鹽醃好了，雖然要等到過年時才能吃，但也能沾點葷腥。
宋寧趕緊望了眼懸在房梁上的豬蹄緩了緩，卻突然聽見杜蘅母子兩個在外面說話。
杜蘅的聲音響起。「娘，我有事跟您商量。」

孟蘭放下手裡的活計，看向他道：「嗯，你說。」

杜蘅垂眸道：「昨日我回來前，有個柳家莊的同窗問我願不願意去他們莊子上當代課先生，我考慮了一宿，覺得這事可行。」

孟蘭微微蹙眉，問道：「柳家莊？離我們這裡隔了好幾個村子吧？你日日來回跑動，豈不是要耽誤了功課？」

杜蘅答道：「這個您放心，吃住都在莊子上，一天還能得二十文工錢。」

孟蘭還是有些不放心，想了想又問道：「這麼好的差事，你那同窗為何不自己去？」

杜蘅手指微微蜷起，依舊是面無表情地道：「他家裡還有其他買賣，沒那個工夫。」

孟蘭點了點頭，半晌才道：「那要去多久？」

杜蘅道：「半個月左右，但也可能再待久一點。」

孟蘭算了算日子，輕呼一聲道：「唷，那不是得到年前了？唉，依我看啊，你翻過了年就要參加縣試了，安安心心在家裡溫習功課才是正理。家裡的日子再艱難，咱們母子幾個咬咬牙就過去了，耽擱了你的前程，教我於心何安？」

「娘，相公要是想去，您就讓他去吧。」

聞言，母子兩個齊齊回頭，就見宋寧從屋子裡出來了。

孟蘭擦了擦眼角，正要開口，又聽宋寧道：「常言道『讀萬卷書不如行千里路』，整日關在屋子裡讀死書，還不如偶爾出去走走、見見世面。再者，教人讀書也可以加深自己對書中道理的理解，有益而無害。」

宋寧一口氣說完，才發現他們母子都用一種異樣的目光看著自己，察覺到這番話跟她這大字不識一個的草包人設有些不符，她連忙擺了擺手道：「那個，這話我是聽上河村裡的老夫子說的。」

孟蘭眉頭舒展開來，嘆道：「妳說得也有道理，只是娘心裡總是不踏實。」

宋寧朝杜蘅眨了眨眼，臉上露出一個狡黠的笑。「娘，咱們要對相公有信心，明年他一定能考個縣案首。再等個三年五載啊，他還能為您掙個誥命夫人回來呢。」

孟蘭被她的話逗笑，摸了摸微微發燙的臉頰道：「唉唷，若真有那一天，娘真是作夢都要笑醒了。」

事情已經說定，杜蘅打算下午就啟程，杜樂娘聽說他要去柳家莊，又纏著他問東問西好一會兒。

宋寧回房悄悄打開箱子，十分肉痛地從私房錢裡拿出兩百文錢塞進他包袱裡。

杜蘅進來時見她正鬼鬼祟祟地扒拉著自己的包袱，輕咳了兩聲走過去從她手裡奪過包袱。「妳做什麼？」

宋寧搖了搖頭。「沒什麼啊，我就是看看你衣裳帶夠了沒。」

杜蘅狐疑地掃了她一眼，淡淡道：「不過十來天，有身換洗的衣裳就足夠了。」

宋寧撇了撇嘴角道：「相公，你真的是去柳家莊給人當先生嗎？」

杜蘅手上動作微微一頓，拿起一本書裝進包袱裡，低頭「嗯」了一聲。

宋寧識趣地沒再追問，笑盈盈地湊上去拍了拍他的肩頭。「出門在外保重身體，我們在家等你早日回來。」

杜蘅走後，宋寧又開始一門心思琢磨起賺錢的事。

孟蘭坐在屋簷下紡線，手裡的紡車嗡嗡作響，宋寧盯著紡車出了一會兒神，突然開口道：「娘，咱們這地方哪幾天逢集？」

孟蘭停下動作，看向她道：「咱們臨溪鎮的集市是逢三、六、九開的，妳若是想去，下回娘陪妳一塊兒去。」

宋寧點了點頭，今日初四，那最近的一次就是初六。

她想去集市上看看能不能做點小買賣，但做買賣少不了本錢。除去給杜蘅的兩百文錢，如今她手裡還有五百三十六文錢，這些錢說少不少，說多卻也不多，想要做生意，恐怕還得再攢一攢。

就在這時，一陣敲門聲響起，杜樂娘忙丟下手裡的掃帚跑過去開門。

來人是住在隔壁的方錦，方錦一家在農閒時靠賣豆腐貼補家用，每日賣到天黑前才回來，賣不完的豆腐、豆漿也常常免費送給左鄰右舍，她對杜家母子幾個還格外關照。

孟蘭見她來了，連忙起身相迎，只見方錦將一個竹籃遞到孟蘭手裡。

看到竹籃裡盛了四塊豆腐，孟蘭蹙眉將籃子往回推。「唉唷，嫂子，這太多了，老是白吃白拿的，這怎麼好意思！」

方錦將籃子塞回她懷裡。「我說妹子，妳一個女人帶著幾個孩子過日子不容易，就別跟我客氣了。我院子裡還剩下一板呢，要不是怕你們吃不完，我全都給妳搬過來了。我是真心要送的，妳再推辭便是嫌棄我家的東西不好了。」

孟蘭拗不過，紅著臉接下，忙讓了座問道：「今兒個生意不好做嗎？怎的還剩下這麼多？」

方錦往竹椅上一坐，嘆口氣道：「唉，妳是不知道，最近鎮上多出一家賣豆腐的……那個什麼趙家溝的趙春娘，簡直就是我的剋星，一提到她，我這腦袋瓜子都嗡嗡直響。」

宋寧和杜樂娘兩個默不作聲地搬了小馬扎在她們身旁坐下，就聽方錦繼續道：「那婆娘真叫一個妖嬈嬌俏，逢人就『大哥、大哥』的招呼，那些老少爺們被叫得魂都丟了，要買豆腐的都去了她那邊，不買豆腐的也要湊過去巴巴地看上一眼。」

聽到這裡，宋寧轉頭看了眼小姑子，就看見小丫頭臉色漲紅回瞪了她一眼，拎著小馬扎進了屋。

宋寧忍不住捂嘴笑了笑，問道：「方嬸，那她家的豆腐到底怎麼樣？」

方錦看了她一眼，臉上露出些許得意。「不是我託大，她那些都是花架子，我家做了二十年的豆腐了，她能比得上？」

宋寧想了想，又道：「方嬸，不如把妳家剩下的豆腐都賣給我，我想做成滷豆乾拿到集市上去賣。」

孟蘭有些驚訝地看著她道：「三娘，妳可想好了？」

宋寧朝她點了點頭。「娘，您放心。滷豆乾能放一段時間，就算賣不出去，咱們也能留著自己吃。」

方錦一拍大腿，喜上眉梢道：「唉唷，我看這個行，還是妳這丫頭腦袋瓜子轉得快。我家還剩下十五塊，本來想著賣不掉就送人，既然妳要就算我送你們的，別提什麼錢不錢的啊。」

宋寧忙笑道：「就算方嬸您大方，我們也不能占您便宜。再說了，你們買豆子、起早貪黑做豆腐花的時間可都是本錢，我們不能讓你們吃虧。」

孟蘭也道：「三娘說得對，嫂子，妳若是不收下，老太太面前也說不過去。」

想到自己的婆婆和幾個妯娌，方錦嘆了口氣。因為她跟丈夫兩口子大手大腳的，一年下來總沒剩下幾個錢，婆婆給她的臉色一直就不怎麼好。

宋寧回屋裡開箱子數好錢出來交給方錦。「方嬸，一塊豆腐三文錢，十九塊豆腐就是五十七文錢，這錢您必須收下，我要是賣得好，還得找你們訂呢，咱們要做的是長久買賣。」

方錦眼底亮了亮。要是這丫頭的生意做起來了，就算再來個什麼趙夏娘、趙秋娘的，他們家的豆腐也不愁賣不出去了。

她先是樂呵呵地收了錢，又數出十二文錢退了回去。「說好了，這四塊是我送你們的，妳要是再客氣，這生意咱們就不做了。」

宋寧也不再推辭，等方錦的豆腐拿過來了，就開始架爐子準備烤豆腐乾。

此時天色突然變得陰沈，緊接著嘩啦啦一陣小雨落下來，宋寧忙將爐子搬回屋簷下，又衝進雨中去收晾在外面的被褥。

「唉唷，怎麼突然就下雨了……」孟蘭連忙起身去幫忙，又朝屋裡喊道：「樂娘，快出來收衣裳！」

「好！」杜樂娘丟下編了一半的小花籃，從屋裡跑了出來。

她們剛收好衣裳，雨就大了起來，孟蘭望了黑沈沈的天際一眼，蹙眉道：「這個時辰大郎應該已經到柳家莊了吧？」

杜樂娘點點頭，拍了拍她身上的水珠道：「娘，咱們這裡離柳家莊也就十來里路，哥哥就算走得再慢也該到了，走走走，快回屋換衣裳。」

孟蘭回頭看向宋寧。「三娘，妳也去換換。」

宋寧點點頭，回屋子換了身衣裳，又翻出她微微扁下去的荷包數了一遍，現在還剩下四百九十一文錢，也不知道她悄悄塞進包袱裡的那兩百文錢，她家相公發現了沒有。

杜蘅離開白水村，一路步行到了柳家莊，與一個叫柳七的同窗碰面，然後一起坐著村子裡的牛車去了隔壁的南江縣城。

原來柳七有個族叔在南江縣一家米糧鋪子裡幹活，因前些日子搬貨時傷了腿，不得不回鄉休養，回去後與家人說起米鋪年底事情多，帳房裡缺了兩個能寫會算的小夥計，報酬非常豐厚。

柳七知道後告訴了杜蘅，兩個人正巧都想攢些銀子貼補家用，一合計就來了。

他們到南江縣時見天色已晚，正要找個客店歇息一晚，卻被迎面跑過來的幾個半大孩子撞了一下，當時並不在意，到了客店才發現身上的錢袋子已經被摸去了，要再去找，哪裡還有那些人的身影。

眼看天都快黑了，外面又下起了雨，兩人又冷又餓，實在沒法子，就準備拿包袱裡的棉袍去當。

杜蘅這才發現臨行前宋寧塞給他的那兩百文錢，一時心中五味雜陳，柳七見了卻是大喜。「杜兄，還是你有遠見，這錢藏包袱裡比揣身上穩當多了。」

宋寧往他包袱裡塞錢時想的是出門在外總得以防萬一，沒想到竟真解了他們燃眉之急。

等到初六趕集那日一早，宋寧帶著做好的滷豆乾、筍乾跟蘿蔔乾，隨孟蘭母女趕了村子裡的牛車去鎮上做買賣。

她們到的時候，集市裡面已經有不少好的攤位被人占了，宋寧在賣餛飩的攤位旁邊找了個位置，把小背簍裡的東西拿出來，又學對面賣梨的老大爺，把小背簍倒扣在地上，再將籃子裡的東西都放在背簍上，這樣別人一眼就能看見你要賣的東西。

漸漸的，趕集的人多了起來，她們三個都沒有過當街做買賣的經驗，一開始都有些拘謹地待在原地。

偶爾有些有意願的顧客往這邊看一、兩眼，孟蘭母女卻是漲紅著臉，飛快地垂下頭，不敢與人對視。

宋寧比她們好一些，開始會笑盈盈地向人介紹自己賣的東西，但她的生意還是很一般，太陽都升得老高了，只賣出了十文錢的東西。

一旁賣餛飩的婆婆有些看不下去了，一臉焦急地道：「我說妹子，妳瞧瞧這滿大街做生意的，哪個不吆喝兩聲？像妳們這樣磨不開臉的，人家打這裡走過去都瞧不見妳們！」

孟蘭聽得臉上一陣羞赧，感激地朝那婆婆笑了笑。

宋寧卻是若有所思地點了點頭，拿出一包用芭蕉葉包好的滷豆乾，又挾了些筍乾、蘿蔔乾送給那婆婆。

「婆婆，我娘是第一次帶著我們出來做生意，有很多不懂的地方還請您老人家多多指正。這些都是我們自己做的，您要是不嫌棄就嚐嚐。」

那婆婆一開始還不斷推辭，後來見她堅持，就拿起筷子每樣都嚐了一口，頓時眼睛一亮，忙道：「唉唷，丫頭，妳娘的手藝可真不錯！這蘿蔔乾爽口得很，我老婆子都能多吃一碗飯了，還有這個滷豆乾味道也很好。」

孟蘭紅著臉道：「大娘，這些都是我這兒媳婦做的。您別看她年紀小，手藝好著呢。」

婆婆長長地「喔」了一聲，笑咪咪地看著宋寧道：「丫頭，妳照著這樣每種給我包一點吧，我買回去讓家裡人也嚐嚐。」

說著她摸出幾文錢放到宋寧手裡，宋寧忙將錢推回去道：「婆婆，難得您看得上，這就當作我們送給您吃的。」

婆婆笑了笑，沒再拒絕，大方地煮了餛飩送給她們吃。

大家就這樣熟絡起來，聊了幾句之後，才知道原來這婆婆姓白，丈夫去得早，剩下母女兩個相依為命，娘家哥哥逼著她改嫁，她牙一咬帶著女兒遠離娘家。

靠著丈夫剩下那為數不多的家產，她在鎮上租了房子，帶著女兒出來做生意過活，如今也算苦盡甘來。現在她跟著女兒與女婿生活，小倆口孝順，勸她好好養老，偏她閒不下來，出來做做生意好打發時間。

白婆婆聽說杜家有個讀書人，心裡對她們三個更有好感了。

第五章　聞香而來

幾個人正親親熱熱地說著話，忽然有四、五個穿黑衣裳的漢子走了過來，往白婆婆那小桌子前一坐，粗著嗓門喊道：「白大娘，來五碗餛飩。」

「唷，是鄭官爺來啦，行，馬上就好。」白婆婆笑咪咪地迎上前去。

煮餛飩的空檔，白婆婆同客人們搭起了話，順便把宋寧給她的那包滷豆乾擺到桌子中間，瞇著眼睛笑道：「各位官爺賞臉嚐一嚐這個滷豆乾，是旁邊那位小娘子自家做的，味道好著呢。」

那幾個漢子也不客氣，紛紛拿起筷子挾起滷豆乾品嚐，吃完後都讚不絕口。

「嗯，不錯。」

「確實挺好吃的。」

「很合我的胃口啊。」

那位姓鄭的官爺看向孟蘭等人道：「大嫂，妳這滷豆乾怎麼賣？」

孟蘭怔怔地看著宋寧，不知道該怎麼回答，宋寧忙提著籃子上前道：「這位官爺，這裡還有一些筍乾和蘿蔔乾，您都嚐一嚐，嚐過了要是覺得不錯，再買也不遲。」

那漢子爽朗一笑道：「妳這小娘子還挺會做生意的，好，都拿過來讓弟兄們嚐嚐。」

宋寧含笑點頭，每樣揀了一些放進翠綠的芭蕉葉裡再放到他們面前。

杜樂娘拉了拉孟蘭的袖子，壓低聲音道：「娘，您看她東西還沒賣出去就白送那麼多，這樣做生意能成嗎？」

孟蘭微微搖頭，其實她心裡也沒底。

誰知那幾個人嚐過後都覺得味道不錯，說衙門裡人多，可以買些回去中午下飯吃，轉眼間她們的東西就被買去了一大半。

宋寧眉眼彎彎地數著錢，再三謝過以後，又添了些東西給他們。

孟蘭有些不敢置信地看著她道：「三娘，他們沒穿官服，妳怎麼知道……」

宋寧湊過去在她耳邊低聲道：「娘，您看那些人都帶著刀，白婆婆又喚他們官爺，說明他們很有可能是縣城裡的捕快，想來是下鄉辦案來了。他們這樣的人看起來不拘小節，實際上最講規矩，不會白拿普通老百姓的東西。」

孟蘭點點頭，對兒媳婦更加改觀了，一旁的杜樂娘不禁有些不服氣地冷哼了一聲。

集市上的人越來越多了，四周充斥著各種叫賣聲和討價還價的聲音。

「冰糖葫蘆，酸酸甜甜的冰糖葫蘆！」

「硬麵……餑餑……又大又香的硬麵餑餑！」

「老闆，你這魚怎麼賣？」

「十五文錢？方才那個才賣十文錢呢。」

偶爾還能聽見婦人不滿的叫罵聲。「唉唷，哪個走路不長眼睛的踩了老娘的腳？」

都說人間煙火氣最撫凡人心，菜市場果然是最能體現這點的地方，宋寧也被這樣的氛圍感染了，跟著吆喝起來。「滷豆乾！白水村的滷豆乾！先嚐後買，不好吃不要錢！」

白婆婆一臉欣慰地看著她，孟蘭見狀，也跟著招呼路過的客人。漸漸的，她們的生意好起來了。

杜樂娘咬了咬牙，乾脆提著籃子站在路邊面帶微笑地招呼路過的人。「伯伯、嬸嬸，嚐嚐這個滷豆乾、蘿蔔乾，不好吃不要錢。」

在三個人齊心協力下，臨近散場的時候，她們帶來的東西終於賣光了。

宋寧數了數，總共賣了一百五十五文錢，蘿蔔和筍都是自己家的，按市場價滿打滿算也就二十文錢，再除去買豆腐和調料的成本，盈利大約八十五文錢。

八十五文錢能買五、六斤豬肉或七、八斤細麵了，雖然對那些有錢人來說不算什麼，但對於她們這樣的鄉下人而言已經是一筆很不錯的收入了。

況且之前她們都沒有做買賣的經驗，備的東西本來就不多，下次多做一些，還能賺更多錢。

宋寧掂了掂有些沉甸甸的荷包，數出五十文錢交給婆婆，孟蘭說什麼也不肯收，遂笑道：「娘，您先拿著吧，明年相公要去縣城考試，用錢的地方還多著呢。」

孟蘭見兒媳婦堅持，只得答應道：「好，這錢娘先幫你們存著。」
三個人再次謝過了白婆婆，幫她一塊兒收拾起餛飩攤子，剛整理完就看見一個面容秀麗的小婦人來接白婆婆回去了。
宋寧道：「娘，您看家裡還缺些什麼，乘機去買一些吧。」
孟蘭點頭道：「好，咱們去西市上轉轉。」
她們去西市買了兩斤鹽，又買了一些香料，突然看見一家店門口擠滿了等著買東西的顧客，又聞見一陣誘人的香味撲面而來。
「娘，這是什麼店呀，生意這麼好。」杜樂娘有些好奇地問道。
孟蘭看了看掛在上頭的店招，一塊黃底紅邊的幌子上用朱筆寫著四個字，她雖認不得字，卻看出門口那牌子上畫得圓滾滾的兩隻肥鴨，於是笑道：「是賣鴨子的。」
宋寧踮起腳尖往裡面看了看，就聽見店裡的夥計吆喝。「各位客官，瞧一瞧、看一看，新鮮出爐的韋記烤鴨，三十文錢一隻，十六文錢半隻！」
這間店叫「韋記烤鴨」啊……
宋寧一聽，就轉頭對婆婆和小姑子道：「娘，我想買半隻回去嚐一嚐，妳們先去對面茶鋪裡坐坐，我買好就過去找妳們。」
孟蘭點點頭，拉著女兒去街對面的樹底下等。
杜樂娘等得有些無聊，看見旁邊有個婦人在賣小雞，那小雞一隻隻生得毛茸茸、黃燦燦的，模樣十分可愛，忍不住湊上去看。

宋寧買完烤鴨回來，見小姑子還蹲在地上目不轉睛地盯著那窩小雞，於是問道：「樂娘，妳想要嗎？」

杜樂娘聞聲回頭看了她一眼，垂下雙眸，搖搖頭。

孟蘭察覺到女兒臉上一閃而過的失落，也跟著輕輕嘆了口氣。從前他們家裡也養了兩隻母雞，都是女兒捉田螺、捉蟲子從小餵到大的。

後來為了給兒子攢束脩，她就把兩隻母雞賣了，小丫頭雖然沒說出口，但心裡還是有些捨不得。

宋寧沒再說什麼，她打開手裡的油紙包，笑盈盈道：「妳們都餓了吧？快嚐嚐這個味道怎麼樣。」

她們今天從早上忙到晌午，的確有些餓了，聞見那股油香味，肚子更是咕嚕叫起來，再咬下那鴨肉，只覺得油滋滋、香噴噴的，味道好極了。

宋寧吃過以後也覺得還不錯，不過跟她家爺爺從前做的比起來還是差遠了。

爺爺愛吃，更愛帶著孫女研究各式各樣的美食。

有一回她只是說了句「想吃烤鴨」，爺爺嫌外面買到的烤鴨味道不好，還特地跨省拜訪了最有名的烤鴨師傅。

爺爺返家以後琢磨出自己的一套烤鴨配方，特地找人做了烤爐，做出來的烤鴨外焦裡嫩、肥而不膩，連餐廳的老師傅嚐過後都豎起了大拇指。

「娘，您覺得這烤鴨味道怎麼樣？」宋寧忍不住問道。

孟蘭頷首道：「我覺得很不錯，難怪有那麼多人排隊去買。」

宋寧若有所思點了點頭。既然這家「韋記烤鴨」都能賣得這麼好，那她完全可以如法炮製開一家自己的烤鴨店或炸雞店，只要味道好、價格親民，再請個能說會道的小夥計做做宣傳，就不愁生意不好。

然而眼下最大的問題是她手裡的本錢還遠遠不夠……好吧，開店的計畫只能暫時擱置了。

不過既然「韋記烤鴨」如此受歡迎，就說明雞鴨在他們這個地方還是很有市場的，那麼搞搞養殖業也很有前景啊！

想到這裡，宋寧忽然眼睛一亮，抓著孟蘭的胳膊道：「娘，要不咱們買幾隻小雞回去養吧？」

杜樂娘心情有些複雜地看了宋寧一眼，再看向母親，眸中也生出一絲期待。

孟蘭想了想，這錢是兒媳婦賺來的，既然她都說要買了，那就買吧。

宋寧走過去看了那些小雞，覺得都挺有精神的，那賣小雞的婦人忙熱心介紹道：「大妹子，我這些雞仔都好著呢，妳要是能把這些都買了，我給妳算四文錢一隻。」

宋寧數了數，剩下十一隻小雞，心想價格也還算公道，便說：「好，大嫂，您把這籠子也送我吧。」

那婦人爽快答應下來。

孟蘭有些不解地問道：「三娘，怎麼忽然想要買這麼多隻小雞？」

宋寧笑了笑，只道：「娘，雞養大了能生蛋，咱們就不用花錢買雞蛋了。」

她們可以先搭個棚子把這些小雞養在院子裡，權當積累經驗了。至於鴨子，就等明年開春河裡的水變暖和了再買，那個時候更好養活。

在宋寧心裡，一個富足的農家生活就應該是雞鴨成群、黃狗繞籬、倉裡有餘糧。

只是她怕要是說出想搞個養殖場，甚至想開一家自己的店，孟蘭會覺得她太異想天開，改成用「不花錢買雞蛋」這件事當理由，聽起來就合理得多，也不會嚇著人了。

她們一回家，方錦就過來了，她一整天都在琢磨宋寧做的那些滷豆乾到底賣出去沒有。一聽說全都賣光了，方錦心中大喜，真有些對宋寧刮目相看了，她拍著孟蘭的手笑道：「唉唷，我說妹子，還是妳有福氣，如今孩子們都有出息了，妳家這好日子還在後頭呢。」

孟蘭含笑看了看兒媳婦，眼裡滿是欣慰。

宋寧又向方錦家訂了三十塊豆腐，準備這兩天做好了再拿出去賣。

方錦見自家豆腐出門拐個彎就賣了出去，錢也賺到了手，還省去許多工夫，心裡越發歡喜了。

這日宋寧正在院子裡架著爐子熬滷水，陣陣香味緩緩飄到了牆外。住她家對門的曹霜一連兩日聞見這香味，心裡直犯嘀咕，忍不住踩著梯子爬上自家牆頭往另一邊察看，結果就瞧見方錦、孟蘭兩個正坐在屋簷下有說有笑的，就是看不見那香味從何而來。

「娘，您爬那麼高做什麼呢？」

曹霜正做著不光彩的事情，本就戰戰兢兢，猛然聽見背後有人喚自己，嚇得險些從梯子上跌下去，回頭一看是自己閨女，忍不住罵道：「唉唷，妳這個死丫頭，是想嚇死老娘嗎？」

劉慧娘撇了撇嘴角，淡淡道：「再不去做飯，等爹回來以後，又要發酒瘋。」

曹霜沒好氣地白了她一眼。「沒看我正忙著嗎？沒了老娘，這飯還燒不熟了？」

劉慧娘指了指趴在地上抬著屁股撿小石頭玩的小男娃道：「您又要我看著他，又要我燒飯，回頭他磕著碰著，可別又怪到我頭上。」

曹霜冷哼一聲從梯子上下來，拉起趴在地上的兒子鐵蛋，拍了拍他身上的灰塵道：「妳先去燒飯，我帶妳弟弟出去串串門子。」

劉慧娘見她拉起鐵蛋的手就要往外走，皺眉問道：「您要去杜家？杜大哥不在，您別去給人家添麻煩。」

曹霜回頭往地上啐了一口道：「呸，我怎麼生出妳這麼個吃裡扒外的東西？就妳那點小心思，還怕別人不知道？哼，沒做成人家兒媳婦，倒先學會胳膊往外彎了。」

劉慧娘臉色漲紅，抿唇道：「您就嚷吧，等嚷得全村人都知道了，壞了我的名聲，嫁不出去只能爛在家裡，您就稱心如意了。」

「哼，妳這嘴皮子跟妳老娘唱反調的時候倒是利得很！行了行了，還不快滾去燒飯?!」

曹霜說完又狠狠瞪了女兒一眼，扯著小的罵罵咧咧地出去了。

宋寧才將熬好的滷水端進灶房裡，忽然聽見有人敲門，杜樂娘跑過去開門，就看見曹霜抱著兒子鐵蛋滿臉堆笑地進來了。

「唉唷，妹子，妳們家做什麼好吃的呢？那香味呀，把我家孩子的口水都饞出來了。」

孟蘭和方錦兩個對視了一眼，只覺得眼皮子突突直跳，孟蘭臉上擠出一絲笑道：「嫂子說笑了，時辰還早，我家還沒開始做飯呢。」

宋寧在灶房裡面聽見她們說話的聲音，連忙將滷水和滷豆乾都收好。曹霜這個人她是知道的，表面上和和氣氣，見誰都笑嘻嘻、一副好相與的模樣，可一轉身就開始論人長短，尤其見不得那些比她好的人家。

別的不說，就是她嫁過來的這半年裡，這個曹霜就沒少在她耳邊搬弄是非，說她婆婆和相公的壞話，這會兒過來，肚子裡又不知道憋著什麼壞水呢。

曹霜放下兒子，拍了拍他的小屁股道：「唉唷，這小子越來越沈了，這才一會兒，我這當娘的都抱不動了。」

鐵蛋才兩歲多，話都說不清楚，平時在家裡就閒不住，最愛往桌子、椅子那些地方鑽，到了別人家裡更是覺得新鮮，只要大人不攔著，他就會使勁兒往人家屋子裡鑽。

方錦一臉嫌棄地撇了撇嘴角，朝一旁的杜樂娘使了個眼色，杜樂娘點了點頭，一把攔住正追著幾隻小雞瘋跑的小崽子道：「鐵蛋！來，姊姊帶你出去玩！」

偏偏鐵蛋力氣不小，趁杜樂娘不注意時從她懷裡掙脫出來，噔噔噔地邁著小短腿往灶房裡鑽。

曹霜裝模作樣地在後面喊了兩嗓子，直到她兒子一隻腳都跨進人家灶房了，才追上去揪著他的衣領將人抱起來，嘴裡雖然低聲喝斥著「這孩子真是不懂規矩」，一雙眼睛卻沒閒下來，直勾勾地盯著人家鍋裡看。

「唷，是三娘回來了！我說呢，妳婆婆這麼節儉，一個錢都要掰成兩個花，只有妳在的時候才捨得拿好的出來。」

宋寧笑笑的不搭話，掀開鍋蓋往裡摻水。

曹霜伸長脖子往裡看了看，見鍋裡空空的什麼也沒有，再看灶膛也是冷冰冰的，不像是生過火的樣子，心裡忍不住直犯嘀咕。

宋寧見她一臉失望的模樣，忽然「唉呀」一聲拍了拍腦門道：「對了，曹嬸，方才忘了說，最近我家進了兩隻大耗子，我在地上撒了些藥粉。這裡、那裡，還有院子裡都有，鐵蛋這孩子可要看好了。」

「什麼？妳怎麼不早說？」曹霜驚呼一聲，抱怨了兩句，趕忙抱著孩子急匆匆地出去了。

望著曹霜帶著鐵蛋倉皇離去的背影，孟蘭和方錦都忍不住笑出了聲，方錦更是捂著肚子笑道：「唉唷，三娘這孩子真是……」

宋寧撥了撥頭髮，正色道：「娘、方嬸，我看曹嬸沒安什麼好心，咱們往後要防著她一點了。」

孟蘭點點頭，方錦也道：「她呀，準是眼紅病又犯了，我這就回去跟我家那口子也打聲招呼，讓他把嘴巴閉緊了。」

等到初九這一日，孟蘭跟兒媳婦還有女兒一大早就出了門，一到老地方就看見白婆婆已經幫忙把地方占好了，宋寧再次道過謝，又將早上從自家地裡摘的橘子送給了白婆婆。

這一次她們有了經驗，提前將做好的滷豆乾、筍乾、蘿蔔乾分裝成一個個小包，有五文錢一包的，也有十文錢一包的；有單獨一樣的，也有兩、三種混裝的，只是三種混裝的比較多，畢竟根據上次販售的經驗，大多數人願意每樣都買去嚐個鮮。

更令她們喜出望外的是，居然有幾個上次買過的客人又來光顧了，加上有白婆婆幫忙，這次賣得比前一回輕鬆多了。

眼見兩籃子商品都快賣空，突然有一個身穿褐色綢衣的中年男人走了過來，他先是瞇起眼睛掃了眼正在做生意的孟蘭等人，然後貓著腰湊上去，皺著鼻子嗅了嗅籃子裡的東西。

第六章　獲得青睞

「你……」杜樂娘正想說你要買就買，不買就別擋著別人的道，話還未說出口就被她娘攔住了。

本著來者是客的原則，宋寧十分好脾氣地道：「這位老爺，純正的農家滷豆乾、筍乾、蘿蔔乾，要不要嚐一嚐？」

中年男人轉了轉手腕上的檀木香珠，微微仰著下巴道：「小娘子，妳家這東西怎麼賣的？」

宋寧笑了笑，耐心道：「小包五文錢，大包十文錢；可以只要一種，也可以兩種或是三種搭在一起。您要不要先嚐一嚐再決定買不買？」

中年男人搖搖頭，雙手抱胸，神情倨傲。「不必了，小娘子，生意不是這麼做的。」

宋寧被他的話弄得有些摸不著頭腦，卻見他眉毛擰作一團，突然又道：「妳們娘兒仨誰說了算？如今有筆大生意，要不要做？」

孟蘭目瞪口呆地望了望兒媳婦，又看了看眼前的中年男人，最後拉過宋寧低聲道：「三娘，這人該不會是騙子吧？」

宋寧抿嘴笑道：「娘，您看他那身衣裳，還有他那手腕上的珠子都值不少錢呢，咱們應該沒什麼值得他騙的。」

原來這個人叫朱宏，是一家叫做「九鄉居」的醬菜鋪子東家，前次趕集的時候他就發現宋寧她們這小買賣生意挺好的，一時沒忍住也讓小夥計買回去嚐了嚐，發現味道的確不錯。

今日他出來採購一批香料，想起這樁事，便打發小夥計先搬東西回去，自己則特地拐過來瞧瞧，見她們生意似乎更好了，不由得有些動心。

聽他說明來意，杜家三個人有些忐忑地收拾好東西，又跟白婆婆道別，就跟著朱宏進了路邊的一家茶鋪。

朱宏往小桌子前一坐，端起一杯熱茶，吹了吹浮在上面的茶葉，擰眉看了眼宋寧，最後又望向孟蘭道：「妳說這些東西都是妳這兒媳婦做的？」

孟蘭點頭應是。

朱宏放下茶杯，摸了摸嘴邊兩撇小鬍子，伸出五根手指，對宋寧道：「五兩銀子，把妳們家這個方子賣給我怎麼樣？」

宋寧微微一怔，看了婆婆和小姑子一眼，問道：「娘，您覺得如何？」

孟蘭有些茫然地搖了搖頭。「三娘，方子是妳的，妳說了算。」

宋寧點點頭，想了想以後開口道：「承蒙您看得起，不過，方子我現在還不想賣。」

朱宏瞇起眼睛看了看她，忽然冷笑道：「倒是我小看妳這小娘子了，是嫌我出的價太低了嗎？」

宋寧含笑搖了搖頭。五兩銀子對於她們這樣的鄉下人來說，是筆大數目了。「不，您出的這個價已經算是很公道了。」

朱宏仍是瞇眼盯著她，眼神裡充滿了疑惑。「那我就不明白了，妳們這樣風裡來、雨裡去，一場一場地做買賣，要做多久才能掙夠五兩銀子？」

宋寧一手支著下巴，點頭笑道：「您說得對，把方子賣給您的確是個很好的選擇，但您有所不知，我們用來做滷豆乾的豆腐是從鄉鄰那裡買的。我們若是賣了方子，同那位鄰居家的買賣就做不成了，我不能為了賺這幾兩銀子就失信於人，使鄰里間生了嫌隙，您說是不是？」

她瞥了一下朱宏臉上的神情，繼續道：「不過我倒是有個兩全其美的方法，要是您願意，咱們不妨做個長久買賣，有錢大家一起賺。我們不賣方子，但是可以把做好的滷豆乾、醬菜賣給您，您那邊賣出去的話，咱們可以按一定比例分成，賣不出去也算我們的，您不會有什麼損失，您看怎麼樣？」

朱宏捋了捋鬍子，仔細琢磨了一番，最後點頭笑道：「的確是朱某低估妳這小娘子了，就憑妳這股精打細算的勁兒，許多男人也比不上，那妳再說說咱們具體怎麼個合作法？」

宋寧笑了笑，將自己的計畫說給他聽。「我們依舊每隔兩天到鎮上來交貨，九鄉居只需提供一個櫃檯用來售賣我們的東西，實際的售價由九鄉居決定，但不管賣多少都要分給我們五成的利。」

簡而言之，九鄉居需要她們提供商品，她們則需要藉助九鄉居的名氣和平臺來擴大銷量，雙方做的是互利互惠的買賣。

朱宏聽宋寧說完，微微瞇起眼睛，蜷起手指扣了扣桌面，接著呵呵笑道：「小娘子真是打得一手好算盤，不過我九鄉居的光也不是這麼好借的，五成的利，未免要得也太多了吧？」

宋寧臉色微沈，蹙眉道：「您要是這樣說可就真冤死我了。就是您自家鋪子上請人做醬菜，也得花不少工錢吧？我們三個人從原料採購到加工製作，再到送貨上門也要花不少工夫，五成利中還包含了人工費，真不算多。」

朱宏想了想，又添了幾個條件，要她們在味道、品質上做出保證，並且只單獨供給他們一家。

宋寧這邊則提出若是往後原料成本往上漲，九鄉居也得認。

跟九鄉居的買賣就這麼說定了，如此一來，她們三個就不用起早貪黑地趕集做買賣了。方錦聽說了這件事，高興得合不攏嘴，主動把豆腐的價格從原來的兩塊豆腐六文錢降到五文錢，還隔三差五地過來幫忙。

冬日地裡活少，空閒的時候她們就在家滷豆乾、做醃菜，宋寧又嘗試著增減香料的用量、調整配方比例，力求成品的色、香、味都提到最高等級。

到了十一那日，宋寧和婆婆一塊兒去鎮上交貨。

朱宏的鋪子比她們想像中還寬敞，臨街開著四扇門，裡面擺著形形色色的醬菜，甜的、鹹的、葷的、素的應有盡有；小夥計們忙得腳不沾地，裡裡外外進進出出。

宋寧將自家做的滷豆乾、醬菜交到朱宏手裡，待他一一嚐過味道，確認無誤後，當著她們的面過了秤，登記在小冊子上，然後又按照約定付了一兩銀子訂金給她們。他還來不及叫小夥計端茶給她們，就被人叫走了，看來生意是真的好。

從九鄉居出來，孟蘭終於忍不住道：「三娘，真想不到在咱們這樣的小鎮上做醬菜買賣生意，還能這麼受歡迎。」

宋寧笑道：「娘，咱們這個鎮雖然不大，但周圍村子裡的人可真不少呢，而且方才我看了一下，有酒樓裡的小夥計前來下訂單，一次就訂半個月的貨。」

孟蘭點點頭，回頭看見街上有人賣燈籠、對聯等年貨，不禁感嘆道：「還有十幾天就要過年了，不知道大郎什麼時候回來？」

說起這個相公，宋寧想到那日他身上穿的那件打了補丁的夾衣，又想起婆婆和小姑子平時穿的都是洗得已經泛白的舊衣裳，咬了咬牙，提議道：「娘，快過年了，咱們去買兩疋布做衣裳怎麼樣？」

孟蘭張了張嘴巴剛想推辭，又不忍心拂了兒媳婦一片好意，不由得感動得眼圈一紅，忙應道：「欸，好。」

婆媳兩個買完東西從鎮上回來，剛下牛車就看見劉慧娘氣喘吁吁地跑了過來。「孟孀，您可算回來了！快，您家樂娘跟王二家的孩子打起來了！」

「什麼?!」孟蘭眼皮子突突直跳，心急火燎地跟著劉慧娘往前走，走出去幾步想起身後的兒媳婦，忙回頭看向宋寧道：「三娘，妳先把東西搬回去，我去看看到底怎麼回事！」

宋寧挎著小竹籃應道：「好，娘，您慢點，我放好東西就去。」

孟蘭匆匆跟著劉慧娘去察看情況了，宋寧回屋放好東西也急忙趕了過去，等她到的時候，就看見婆婆彎著腰、賠著笑臉，一個勁兒地道歉，王二家的媳婦則是橫眉豎眼，氣勢洶洶地指著小姑子數落。

至於她家小姑子，則是耷拉著腦袋、緊抿著唇，頭髮凌亂、臉蛋髒兮兮地站在婆婆身後。

再看了看那個叫做大壯的孩子，十二、三歲的半大小子，生得矮壯結實，跟她這個身材乾瘦、營養不良的小姑子比起來，怎麼看都不像是受欺負的那個。

宋寧微微蹙了蹙眉，耳邊就傳來王二媳婦盧珍喋喋不休的嘲諷——

「說句不中聽的，這孩子就是欠管教，一個姑娘家，平日不學好，還跟人打架？說她小，這也不小了，過兩年都該說親了，就這刁鑽古怪的性子，往後哪戶人家敢要啊？」

說著，她一把扯過身後的兒子，指著他額頭上指甲蓋大小的一塊紅腫道：「瞧瞧、瞧瞧，這死妮子可真下得了狠手，把這孩子的頭都打破了。唉，我可憐的孩子，你可是王家的獨苗啊，要是有個好歹，娘怎麼跟你奶奶交代？」

孟蘭臉色煞白，扯著女兒的手臂道：「快，快給妳盧嬸、大壯哥道歉。」

偏偏杜樂娘是個倔脾氣，死死咬著唇，任由孟蘭數落，就是不肯開口。

宋寧眉一挑，看來這個王二家的是欺負她們家裡沒個男人，不打算善了了。她清了清嗓子，上前一步道：「那個……盧嬸、娘，容我說兩句啊。」

她話一出口，在一旁看熱鬧的人才注意到原來杜家那個討人嫌的兒媳婦在這裡，於是齊刷刷地看向她，一副看好戲的模樣。

盧珍淡淡地掃了她一眼，扠著腰輕嗤一聲道：「唷，我當是誰呢，原來是大郎媳婦啊。」

這個宋三娘嫁到他們村的時間不長，但好吃懶做的壞名聲已是人盡皆知，她倒要看看從這個草包嘴裡能說出什麼像樣的話來。

宋寧自動忽略掉大夥兒不太友善的目光，有些尷尬地朝他們笑了笑道：「盧嬸、各位鄉親，大夥兒都知道我婆婆家教嚴，樂娘這孩子平時也是很懂事的，還從來沒有……沒有『主動』惹是生非過。」

「主動」兩個字，宋寧刻意加重了語氣，言外之意就是……她家小姑子一般不跟人動手，要是動手了，一定是對方先招惹她的，這兔子急了還咬人呢，人家小姑娘受了欺負就不許反抗了？

聞言，眾人紛紛點頭。宋三娘在村裡不受待見，但她婆婆孟蘭在村子裡的名聲卻是極好，一雙兒女也教養得出色，尤其是杜蘅，平時沒少幫鄉親們免費讀信、寫信，是個好孩子。

聽宋寧這麼說，盧珍有些不高興了，她眼睛一瞪，扯開嗓子嚷嚷道：「那照妳的意思，是我家大壯錯了？」

宋寧回頭看向她，臉上露出一個禮貌的微笑。「您別誤會，小孩子打架拌嘴是常有的事，咱們做大人的犯不著計較誰對誰錯。」

此話一出，盧珍的眼珠子轉了轉。唷，這小妮子裝得倒是大度，被她這麼一說，自己要是再計較，倒顯得多小氣似的。

她咬了咬牙，有些不服氣地冷聲道：「哼，那她把我家孩子打成這樣，就這麼算了？」

宋寧將王大壯上下打量了一番，這人不是好好的，什麼叫「打成這樣」了？就他頭上那個小包，只怕今天晚一點就好得差不多了。

她收回目光，笑呵呵地道：「瞧您說的，哪能就這麼算了啊。」

說著，宋寧回頭朝杜樂娘眨了眨眼。「樂娘，方才我看妳連站都站不穩了，可是哪裡傷著了？唉，妳這孩子就是這樣，受了委屈也不知道吭一聲。」

杜樂娘正在跟她娘置氣，並不是很想搭理宋寧。方才打架她可沒吃虧，非要說哪裡不舒服的話，那就是打架費力氣，肚子有些餓了。

她瞥了眼不停朝她使眼色的宋寧，十分敷衍地捂了捂肚子道：「我……肚子疼。」

孟蘭臉色一白，忙扶住女兒的胳膊，詢問她哪裡不舒服。剛才自己只顧著息事寧人，都沒怎麼注意到閨女的狀況，她不禁有些自責。

宋寧驚呼了一聲，看向婆婆道：「唉唷，娘，您看看樂娘，她這臉色怎麼這麼蒼白？您快扶她回去休息吧。我這就去請大夫，姑娘家要是留下病根，往後怎麼辦才好?!」

孟蘭看了看女兒蒼白的小臉蛋，心跟著揪了起來，有些怔怔地道：「欸，妳快去快回。」

盧珍見她們要走，有些不甘心地喊道：「她……她就……就這麼走了，這事我跟誰說去?!」

宋寧朝她笑了笑。「盧嬸，您別著急啊，咱們一塊兒去請大夫，給兩個孩子都看看。」

盧珍在心裡盤算起來，這請大夫開方子、抓藥，哪一樣不是錢呢？

她家小子看起來不過就是擦破點皮，想來沒什麼，不過杜家那丫頭臉色倒是不怎麼好，萬一真有個好歹，賴上他們家可怎麼辦？

宋寧見盧珍不說話，而且神色古怪，故意催促道：「盧嬸，快走吧，這事可耽誤不得。」

盧珍忙擺擺手道：「喔，我突然想起……大壯他奶奶泡了一罈藥酒，是專治跌打損傷的，這次就算了，我們娘兒倆就先回去了！」

說罷她便扯著自家兒子趕緊走了，生怕走慢一步，杜家人會賴上她一樣。

孟蘭母女兩個回到家裡，杜樂娘一進門就把自己關進了屋子裡。孟蘭煮了粥，敲門讓她出來吃，她也只是隔著門在裡面說：「娘，我累了，想先躺一會兒。」

等到宋寧帶著村裡的安大夫回來時，就看見婆婆一個人坐在堂屋裡長吁短嘆，走過去一問才知道小姑子把自己關在屋子裡生悶氣呢。

宋寧安慰了婆婆幾句，走到小姑子房門外，叩門道：「樂娘，妳先開開門，大夫來了，讓他幫妳看看。」

半晌過後，才聽她答道：「妳讓他回去吧，我沒事。」

宋寧把臉貼在窗紙上朝裡望了望，提高聲音道：「那可不行，診金我都付了，妳總不能讓人家白跑一趟吧？」

裡面傳來一陣窸窸窣窣的聲響，沒多久，杜樂娘將門打開從裡面走了出來，對著安大夫道：「我沒什麼事，難得您跑一趟，不如幫我娘瞧瞧，她一到陰雨天就腰腿痛，夜裡翻來覆去睡不著。」

宋寧微微一怔，成日裡見婆婆忙裡忙外的，還幫著自己一塊兒做買賣，連她都沒瞧出婆婆哪裡不舒服，就只有閨女看得出來，難怪人家都說女兒是貼心小棉襖……往後她也得注意點，不能再讓婆婆幹重活了。

孟蘭眼眶一酸，她還以為女兒仍在為自己沒有向著她的事情置氣，沒想到女兒還是關心自己的，忙不迭地應下。

安大夫為孟蘭看完診，開了幾服滋補身子的湯藥，又給了宋寧幾帖膏藥，囑咐道：「少讓她碰涼水、少操勞，這個膏藥疼的時候就貼上。」

孟蘭有些侷促地揉了揉膝蓋道：「唉唷，哪裡就這麼矜貴？過兩日就好了。」

杜樂娘皺了皺眉。「娘，聽大夫的準沒錯。」

宋寧忙點頭。「是呀，娘，往後這家裡還有我呢。」

她公公走了這麼多年，婆婆一個人拉拔兩個孩子也是不容易，想來這一身的痛處都是積勞成疾所致。

在這個孝字大過天的時代，孟蘭從未擺過婆婆的款，打壓、折磨她這個兒媳婦，即使是在她不懂事的時候，婆婆也不曾苛待她，什麼髒活、累活都搶著自己做，有一口好的也想著留給幾個小輩吃。

等往後攢下更多的錢，她一定要帶婆婆去城裡的醫館再好好看看。

第七章　閒言閒語

晚上宋寧用羊骨湯做了一鍋燴麵，三個人吃了頓熱呼呼的晚飯。

宋寧收拾完從灶房裡出來，見婆婆在屋子裡做針線，小姑子則在院子裡搭雞棚。

最近夜裡冷得厲害，她們買回來的那批小雞都喜歡縮在灶房的柴堆裡，暖和是暖和了，可到底還是有些不方便，杜樂娘就琢磨著幫牠們搭一個能夠遮風擋雨的雞窩。

「那個……謝謝。」

「嗯？」

宋寧回頭看了眼蹲在地上擺弄幾塊木板的小姑子，小姑娘頭都沒抬一下，她還以為自己聽錯了，搖搖頭正準備回屋，就聽她又道：「總之，就是謝謝。」

這下宋寧是聽得真真切切的了，她腳步一頓，看向杜樂娘道：「喔，妳是說請大夫為娘看病的事啊，這是我該做的。」

杜樂娘忍不住輕哼道：「誰說這個了？」

她說的是白天宋寧幫她解圍的事。不得不承認，嫂子這次從娘家回來以後就變了許多，好像也不那麼惹人厭了。

但誰知道她是不是因為害怕被哥哥休了，才裝出這副樣子來呢？裝一陣子容易，裝一輩子難，她還得再觀察看看。

況且，有鑑於宋寧以往的惡劣行徑，以及她們姑嫂從前向來水火不容，要她一下子就接納這個嫂子，甚至承認她的好，她暫時還邁不過心裡那道坎。

宋寧看了看彆彆扭扭的小姑子，回屋拎了兩把小竹椅往屋簷下一放。「怎麼樣，要不要聊一聊？」

杜樂娘抬頭瞥了她一眼，撇了撇嘴角，小聲咕噥道：「我跟妳有什麼好聊的？」

嘴上雖是這麼說，她還是坐到了宋寧拿出來的小竹椅上。

宋寧笑了笑，從身後摸出一個油紙包遞給她。「今日我和娘去鎮上，她就一直記掛著妳一個人在家，經過一家點心鋪子時還念著妳愛吃這個，這包酥餅就是特地買給妳的，吃吧。」

杜樂娘搖搖頭。「不用，妳自己留著吃吧。」

宋寧不由分說地將東西塞進她手裡，笑道：「我還要減肥，晚上不能吃這些。」

杜樂娘神情古怪地看了她一眼。在鄉下，人人都怕吃不飽，竟有人放著好吃的不要，減什麼……什麼肥？

宋寧笑了笑，說道：「好了，不說這個了，說說妳為什麼要跟那個王大壯打架吧。」

她這個小姑子的脾氣秉性是有些像男孩子，可也不會無緣無故地跟人打架。

杜樂娘盯著手裡的油紙包發愣，半晌後才道：「是……是他們先亂嚼舌根的。」

宋寧微微蹙眉。「嚼什麼舌根？」

杜樂娘臉色漲紅，轉頭看向她道：「妳別問了，總之不是什麼好聽的……」

宋寧輕輕嘆道：「好了，不想說就別說了，咱們沒做錯什麼也不怕他們亂嚼舌根。對了，那小子看著力氣可不小，妳有沒有吃虧？」

對於她的關心，杜樂娘眼底閃過一絲詫異，隨即微微搖頭。要是那些人晚一點到，她還能多揍那小子幾下呢。

見狀，宋寧放心了，接著眸色微沈。那些風言風語該有多難聽，才會讓小姑娘覺得難以啟齒？

翌日宋寧去村口老婆子、小媳婦們扎堆兒的大榕樹下走了一圈，馬上聽到有人見她和婆婆隔三差五地往鎮上跑，就說她們家裡沒個男人，地裡的活不做，家裡孩子也不顧，說不定是去做什麼見不得人的買賣了。

一開始宋寧以為這只是村子裡那些嘴碎的婦人無聊得慌才傳出來的閒話，直到那日她去河邊洗衣裳……

他們村的河很寬，河邊石頭又多，當時她就蹲在一塊大石頭後面洗衣裳，幾個婦人則在另一頭嘀嘀咕咕說著話，並未注意到她。

「我說曹嫂子，上回妳說那件事到底是不是真的？」

「唷，這還能有假？我就住她家對面，她家有個什麼風吹草動的，瞞得了別人，能瞞得過我？她們成日裡大門緊閉、神神秘秘的，不知道在屋子裡搗鼓些什麼，偏偏那肉香味一陣一陣地飄過牆頭，饞得我家鐵蛋天天嚷嚷著要吃肉。」

「唉唷，咱們鄉下人哪有天天燉肉吃的？這麼說他們家還真是發達了。她一個死了男人的寡婦，怎麼就突然發達了呢？」

「呵，誰知道呢？連方錦兩口子也不知道是被人灌了什麼迷魂湯，三天兩頭地就往人家家裡跑，兩家好得彷彿穿同一條褲子似的！」

「嘖嘖，以往我家婆婆還誇孟蘭是個老實本分的，原來是我們小瞧了她……」

這下宋寧算是徹底明白了，原來這話都是從曹霜口裡傳出去的。她記起前些日子曹霜帶著兒子上他們家翻找東西的事情了，眼紅別人也是一種病，得治！

幾個婦人正說得起勁，忽然聽見「咚咚」兩聲石頭落水的聲響，河面上激起水花，濺濕了她們的衣裳。大家都被嚇了一跳，站起來扠腰正準備罵上幾句，就看見宋寧笑盈盈地站了起來同她們打招呼。

「唷，原來是幾位嬸子在這裡嘮家常啊，不知道的還以為是一群長舌婦在背後搬弄是非呢！」

曹霜揪著濕漉漉的衣角，有些心虛地道：「我說三娘，妳……妳什麼意思？」

宋寧依舊是好脾氣地朝她笑了笑。「沒什麼，曹嬸，我只是想提醒您一句，這無中生有地誹謗造謠、損壞他人名聲是犯法的，要是告到縣太爺面前，可少不了一頓板子。」

犯不犯法的，其實宋寧也不清楚，誰教原主不讀書，對這個時代的律法更是一無所知，但用這種理由來嚇唬這幾個鄉下婦人，綽綽有餘了。

曹霜滿臉通紅，嘴裡還在吞吞吐吐地爭辯，宋寧的目光就十分「和善」地掃過了其餘幾個婦人。

其他人臉上皆是紅一陣、白一陣，方才的話不知被這丫頭聽去了多少。且不說孟蘭到底有沒有做什麼見不得光的事，在背後說人閒話總歸不光彩。

「那個……我想起我家雞還沒餵，我先走了。」

「對對對，我好像聽見我家孩子在叫娘，我也要回去了。」

幾人手忙腳亂地收拾好自家的衣裳、木盆，逃也似的離開了，連曹霜也不例外。

宋寧微微揚了揚嘴角，繼續蹲下來洗衣服，這下河邊只剩下她一人了，倒也清淨。

回去的路上，宋寧特地拐了個彎，去了一趟羅里正家裡。

恰逢羅里正不在家，他娘翁老太太在院子裡逗小孫子，最近兒媳婦又為家裡添了個大胖小子，她高興得很，見到宋寧來了，滿臉笑容地叫大孫子搬了把小竹椅，請她坐下喝茶。

宋寧看了看翁老太太懷裡正吸著手指頭的小嬰兒，忍不住笑道：「婆婆，這孩子可真招人稀罕。」

翁老太太最喜歡聽人誇自家小孫子了，心裡樂開了花，但嘴上還是十分謙虛地道：「唉唷，奶娃娃哪有不可愛的！回頭啊，等你們小夫妻兩個有了自己的孩子就知道了。」

「咳咳……」宋寧猝不及防地被一口茶嗆到。自己的孩子？她和相公雖然是在一張床上睡過，不過終歸還是不熟，生孩子什麼的簡直離離離……離譜！

她被嗆得滿臉通紅，拿出自己從家裡帶來的那包東西。「婆婆，我和娘在家做了些醬菜，您嚐嚐味道怎麼樣？」

「好，妳們娘兒倆有心了。」

翁老太太含笑點了點頭，看向宋寧帶過來的醬菜——嫩黃的筍、雪白的蘿蔔、翠綠的菜頭，這些東西賣相很好，還沒入口就覺得一股酸酸甜甜的香味直往鼻子裡鑽，勾得人垂涎三尺。

她眼睛一亮，將小奶娃放進搖籃裡，挾起一塊筍嚐了嚐，吃完又挾起一塊蘿蔔，品嚐過後忍不住笑咪咪地讚道：「唉唷，妳婆婆的手可真巧！」

宋寧有些窘迫地笑了笑。好吧，按照她以前的人設來看，基本沒人相信是她做的。

她清了清嗓子，正色道：「那個，婆婆，您也知道，我家相公明年就要去縣城考試了，到時候花銀子的地方多著呢，我和娘就想著有沒有什麼賺錢的法子。近日我們娘兒倆做了醬菜拿去鎮上賣，生意還不錯，可這地窖裡的蘿蔔跟筍沒剩下多少了，就想向您老人家打聽哪家有多的蘿蔔、筍可以賣給我們。」

翁老太太一聽這話，心想杜家婆媳兩個做醬菜買賣賺錢，再從鄉親們那裡採買原料，讓他們也跟著分一杯羹，這可不就是她那個做里正的兒子常掛在嘴邊的「惠及鄉鄰」的大好事嗎？宋寧能有這見識，倒讓她有些刮目相看了。

她拍了拍自己胸脯，笑道：「唉唷，妳放心，這事就包在我身上了！」

翁老太太果然沒有讓宋寧失望，很快的，她們在鎮上做醬菜買賣的消息就不脛而走了。家裡囤著些蘿蔔、筍的人，有希望跟杜家交好一起做生意的，也有自己關起門來悄悄做醬菜的。

不過宋寧並不擔心做的人多了會搶走她們的生意，畢竟她有爺爺留下來的小秘方，更何況她們跟九鄉居簽了約，這都是別人模仿不來的。

她們在鎮上做買賣的事終究瞞不住，與其藏著掖著，還不如大大方方地告訴別人，時間一久，人們也就習以為常了。

看著住對門的杜家人得意，曹霜那是一個眼饞啊，她一邊在自家院子裡處理那些蘿蔔、菜頭，一邊埋怨孟蘭她們小氣。

「哼，不就是個破醬菜嗎？老娘不信沒有妳們就做不出來了！」

南江縣，高家米鋪。

柳七噼哩啪啦地撥弄著算盤，算完又拿起筆將那帳目登記在冊，一本算完，只覺腹中飢餓，抬頭一看，見其他人都已經不在了。

他站起來揉了揉有些發痠的肩膀，長長吁出一口氣，看了看杜蘅面前疊成小山一般高的帳冊，忍不住蹙眉道：「杜兄，你怎麼還剩下這麼多？等我做完就來幫你。」

杜蘅看了看他壓在手底下的帳冊，雲淡風輕道：「這些都是已經核對過的。」

柳七低頭一瞧，這一疊足足比自己桌上的高出了一倍，一時有些驚訝地張大了嘴巴。「這……這麼快！」

杜蘅點點頭，放下手裡的帳冊。「時辰不早了，先去吃飯再回來做吧。」

兩人到了伙房那邊，見前面已經排了一條長長的隊伍，縱然餓得厲害，也只能耐著性子慢慢排。

約莫一刻鐘過去，終於等到前面只剩下兩、三個人了，柳七忍不住伸長脖子往那廚娘面前的大海碗裡瞧了瞧，卻見那碗裡的菜已經快被刮乾淨了。

「唷，兩位小公子怎麼這麼晚才來？好的都被那群大老爺們搶光了。」

幾個廚娘見他們模樣俊秀，待人也都客客氣氣的，跟那些行為粗鄙的長工很不同，便對這兩個年輕人多有好感，見他們來晚了，一邊笑盈盈打著招呼，一邊往他們碗裡添了一大勺飯，又將碗裡剩下的一點油渣刮出來盛給他們。

柳七捲起袖子大口大口地扒飯，吃完以後摸了摸仍有些扁扁的肚皮。「日日吃這些清湯寡水的大鍋菜，把嘴巴都吃淡了。杜兄，明日發了工錢，咱們就出去打打牙祭。」

杜蘅點了點頭。他不是個重口腹之欲的人，吃穿都是乾淨的就行，不過此刻倒也有些懷念起了家裡的飯菜。

翌日，兩個人到管事房中領了工錢。

兩個人拿著工錢回了房，柳七樂呵呵地盤腿坐到炕上，將荷包裡的銅板嘩啦嘩啦倒出來，放進手心裡數了起來，還沒等他數完，就聽杜蘅道：「這錢數目不對。」

柳七皺著眉從炕上站起來。「怎麼？少了嗎？我這就去找鄧管事問問。」

杜蘅拉住他的胳膊。「是多了，咱們開始上工到今日有二十一日，按照原先說好的二十文一日的工錢，總共應該是四百二十文錢。我這裡整整多出了兩百文錢，你看看你的，數目對還是不對？」

柳七點點頭。「容我再數數。」

數完後他發現自己手裡的工錢也多出了兩百文錢，忍不住笑道：「唷，這鄧管事莫非是老眼昏花數錯了？好在他是碰見了咱們！」

兩人將銅板收好，起身去鄧管事房中，誰知才走到門外就看見十來個夥計將房門口團團圍住，裡面傳來一陣吵鬧聲。

「鄧管事，我們兄弟兩個辛辛苦苦做了一個多月，工錢怎麼少了這麼多？您再看看是不是算錯了？」

「哼，你們兩個既然來了這麼久，應該清楚帳房的規矩吧？夥計們領了工錢都是當面點清的，離了我這個屋，誰知道你們是不是自個兒偷偷藏了錢，跑來我面前倒打一耙？」

「鄧管事，您……」

「大哥，你別跟他廢話，我看這老糊塗就是看我們兄弟兩個老實，想訛我們工錢。」眼看裡面的人就要打起來了，柳七扒開擋在前面看熱鬧的小夥計擠了進去。「兩位兄弟少安毋躁，這全是誤會一場！」

說話間，杜蘅也進來了，他躬身朝鄧管事拱了拱手。「鄧管事，可否借一步說話。」

柳七見狀，忙將討債的兄弟倆拉了出去，在外面問過情況，替他們將工錢又算一遍，短少的數目恰好跟他與杜蘅多出來的錢對上了。

杜蘅將事情的來龍去脈說了一遍，鄧管事一聽立刻翻開帳本，瞇起眼睛仔細看了看，果然發現是自己記差了，錯把阮家兄弟的工錢發到了杜蘅兩人手上。

「小兄弟，多謝多謝，我老頭子真是老眼昏花了。去去去，去叫那姓阮的兩兄弟進來吧。」

阮家兄弟拿回了工錢，對他們自是千恩萬謝，望著兩人離去的背影，柳七長長地吁了一口氣。

「這兩兄弟家裡還有個常年臥病在床的母親呢，唉，好在事情都說清了。忙活這大半日的，我都餓了……走吧，杜兄，咱們也出去逛逛。」

南江縣城有著十里八鄉最大的集市，杜蘅與柳七先去街邊小食攤上吃了碗打滷麵，又去縣城裡最大的書肆裡逛了逛。這家書肆生意很好，四個角落裡還放著供客人們讀書、休憩的座椅。

柳七轉到一處書架前，目光不由自主地被一本裝幀精美的書冊吸引住，驚喜道：「杜兄，你看，這家店裡竟然還有介紹稷山先生生平的書，我可要好好拜讀拜讀。」

杜蘅含笑點了點頭，拿起一本教算學的書看了起來。

書肆裡的小夥計一看，忙上前熱情地招呼道：「唉唷，這位公子可真是好眼光，這本《稷山先生傳》可是今兒個早上才到的，放眼整個南江縣就咱們這家店裡有。」

柳七有些心動地問了價錢，卻得知這薄薄一本百十來頁的書竟要二兩銀子。他依依不捨地翻看了兩頁，又將那書小心翼翼地放回原位。

兩個人在書肆裡不知不覺待了一下午，直到外面天都黑了還渾然未覺。

小夥計見自家掌櫃來了，望了望那兩道身影，有些為難地道：「掌櫃，您看……」

掌櫃擺了擺手，笑道：「莫要打擾兩位公子看書，燒一壺熱茶送過去吧。」

直到小夥計過來送茶給他們，杜蘅才發覺外面天都黑了，忙合上手中書冊，起身道謝。

第八章　小別重聚

掌櫃笑盈盈看了看他們手裡的書，客客氣氣地道：「兩位公子若是有未看完的書，大可借回去慢慢看，喔，只需押個東西在這裡即可。」

杜蘅搖了搖頭。「多謝您一片好意，今日我同窗二人在此已是多有叨擾，怎好再添麻煩？」

柳七也笑道：「掌櫃可真是大方，這一本書值個一、二兩銀子，要是回頭我們賴帳不還，您可就虧大了。」

掌櫃連忙道：「公子說笑了，讀書人愛惜名節，且我看兩位氣宇非凡，絕非雞鳴狗盜之徒。」

柳七撓撓頭，笑道：「不瞞您說，我們是從隔壁的盈川縣來的，下一回來南江縣還不知是何時。」

一旁的杜蘅若有所思地看了看手裡的書，對掌櫃拱手道：「能否借閣下紙筆一用？」

掌櫃忙點頭，讓小夥計拿來紙筆，只見他在紙上寫下一串數字，又往下寫出詳細的推演過程，臨了將筆擱進筆洗裡，指著書上一道算學題道：「這個地方解得不對，當然，也有可能是印刷的時候出了錯，還請掌櫃找人核實。」

掌櫃大驚，忙讓小夥計將架子上相同的書都撤了下來。

兩人告辭離開，才走出去幾步又聽身後小夥計喊道：「兩位公子留步！」

回頭見掌櫃撩著袍襬追了出來，躬身行禮道：「還未請教兩位公子大名。」

杜蘅、柳七皆是恭恭敬敬還禮，報上姓名。

兩人回去後收拾行李，翌日一早便搭乘牛車回了盈川縣。

杜蘅到村口時日頭已經升得老高了，往日裡愛圍在大榕樹下嘮家常的婦人們都不見了蹤影，各家房頂上炊煙裊裊，院牆裡傳來雞鳴犬吠之聲。

他走到小河邊上，挽起袖子，掬起水漱洗乾淨，才拎起包袱返家。誰知走到家門口卻見裡面的門扉緊閉著，院外的柴門上還掛了鎖。

許是聽見他推門的聲響，養在院子裡的小雞都張開嫩黃的小翅膀撲了上去，爭先恐後地擠在院門後面嘰嘰喳喳鬧個不停。

「杜大哥？」

杜蘅回過頭，見劉慧娘抱著弟弟鐵蛋站在他身後，便微微頷首跟她打過招呼。

今日他穿著一件半舊的青布窄袖袍子，一手拿著包袱，一手拎著個油紙包，雖有些風塵僕僕，卻難掩清雋儒雅的氣質。

劉慧娘臉頰微紅，飛快地瞄了他一眼，隨即斂下眉目，盯著他那微微泛白的袖口道：

「杜大哥，你回來了。」

杜蘅微微一笑，點頭道：「慧娘，可知我家裡人去了何處？」

劉慧娘看了杜家院子一眼，忙道：「早上我出去打水的時候好像看見孟孀出去了。今兒個鎮上逢集，她們大概是趕集去了，也不知道什麼時候回來，你要不要上我家坐坐？」

今兒個她娘曹霜和她爹劉貴都趕集去了，只有他們姊弟兩個在家，話一出口，劉慧娘才察覺有些不妥，內心既緊張又期盼。

杜蘅微微搖頭。「喔，不必了，時辰已經不早，我娘她們應該很快就會回來了。」

劉慧娘有些悻悻地點了點頭，正要轉身進院子，趴在她懷中呼呼大睡的鐵蛋忽然醒了，見自己娘親不在，他哇哇大哭起來，把劉慧娘弄得焦頭爛額。

「娘……嗚嗚……我要娘！」

「乖，你別哭了，等會兒娘就回來了。」

「嗚嗚……不要……我要娘……」

鐵蛋哭鬧著從劉慧娘手中掙脫，滑到地上撒開腿往外跑。

杜蘅一把將跑出去的小娃娃揪住抱了起來，從包袱裡摸出一塊飴糖遞過去。「乖，不哭就給你糖吃。」

鐵蛋紅著眼眶看向杜蘅，再瞧瞧他手裡的糖，吸了吸鼻涕，有些緊張地嚥了嚥口水，不知是被他那張不苟言笑的臉嚇的，還是被那塊糖饞的，怔怔地收起了眼淚。

劉慧娘有些羞赧地拍了拍自家弟弟的小腦袋瓜子。「傻孩子，杜大哥給你糖，也不知道說一聲謝。」

孟蘭三個人從鎮上回來的時候看到的就是這樣一幅情景——小娃娃嘴裡叼著糖，一手拉著男子的袖子，一手拽著女子的胳膊。

男子高大挺拔，女子溫婉賢淑，小娃娃活潑可愛，儼然……儼然一家三口其樂融融的畫面。

走在最前面的是杜欒娘，她一路上都惦記著自家那些小雞有沒有跑出去，昨天這附近有人撒了耗子藥，要是小雞跑出去被耗子藥毒倒了可怎麼辦？

所以她們一下牛車就急急忙忙地趕了回來，誰知看到的卻是這種場面。

杜欒娘眼皮子抽了抽，有些難以置信地喚道：「哥、哥哥？」

聞聲，杜蘅回過頭，立刻走上前幫他娘拿東西。「娘，我回來了。」

孟蘭一門心思全在自家兒子身上，她笑盈盈地將他上下打量一番，伸手拍了拍他肩頭。「唷，怎麼又瘦了？在外面沒好好吃飯吧？昨兒個我還跟三娘念叨你呢，可巧今兒個你就回來了。」

杜蘅笑著應答，目光時不時瞥向跟在孟蘭身後的宋寧。他瘦了嗎？看樣子變瘦的人似乎是她才對。

宋寧察覺到杜蘅的視線，朝他笑了笑，見他眼神閃躲，似乎沒在看自己，便回過身跟一旁的劉慧娘打了聲招呼，自個兒拎著大包小包進去了。

杜樂娘神情複雜地瞧了瞧自家兄長，再瞥向含羞帶怯的劉慧娘，看了一圈後，最後把同情的目光落在宋寧的背影上。

「樂娘，妳這孩子還站在外面做什麼？再不進來，小雞都要跑出去了！」

「欸，娘，我知道了。」

杜樂娘搖搖頭，把那些亂七八糟的想法從腦子裡趕了出去，快步進門，迅速將院門閂緊了。

杜蘅回屋換了身乾淨的衣裳出來，見他娘在屋子裡清點買回來的東西，就走過去把油紙包放在桌上。「娘，這是我在路上買的，妳們嚐嚐。」

孟蘭點點頭，打開一看是裹了糖的山楂果子，摸著腮幫子笑道：「唉唷，我可不吃這酸掉牙的東西，你拿去給三娘和你妹妹吃吧。」

杜樂娘正在院子裡餵雞，聽見他們兩個說話，忙丟下菜葉子進了屋，捏起一個山楂果子放進嘴裡，笑嘻嘻地道：「娘不愛吃，我愛吃。」

孟蘭板起臉點了點她額頭。「妳嫂子還沒吃呢，妳倒先吃了，沒大沒小。」

杜樂娘嘴裡嚼著山楂果子，口齒不清地道：「我先替她嚐一嚐，剩下的都是她的。」

此刻宋寧正坐在灶膛前燒火，杜蘅矮身鑽進灶房，接過她手裡的火鉗。「我來。」

回過頭，宋寧眼睛一眨不眨地看向他，才這麼一點時間不見，他不僅瘦了也高了，甚至多了幾分沈穩的氣息。

杜蘅捲起一把松針放進灶膛裡，往裡吹了口氣，留意到她的目光，他臉上有些不自在地道：「妳……看我做什麼？」

宋寧面不改色地盯著他，眼底帶著幾分促狹的笑，說道：「好看。」

風從門縫裡灌進來，灶膛裡轟的一聲，枯枝乾葉燒得噼啪作響，烤得他雙頰也似火一般燒了起來。

宋寧好整以暇地看著他一點點漲紅的臉，捂著肚子努力憋笑道：「那個……相公，你想吃什麼？我跟娘、樂娘都在鎮上吃過了。」

杜蘅沒有抬頭看她，「啪嚓」一聲將手裡的柴棍掰成兩截，淡淡吐出兩個字。「隨妳。」

宋寧點點頭，聽見鍋裡水煮開的聲音，便揭開蓋子往裡下麵條。

民間有「出門餃子回家麵」的說法，以前她每次從外面回去，爺爺都會親自為她做一碗熱騰騰的牛肉麵。

在這地方牛肉可是稀罕物，他們家沒有，所以宋寧為她相公做的是黃豆豬蹄麵。

黃豆豬蹄湯是昨日燉的，放了一夜口感更好了。黃豆軟爛，豬蹄入口即化，配上她親手擀的麵條，再撒上蔥花、芝麻，用熱油一澆，那香氣直往人鼻子裡鑽。

孟蘭收拾完東西出來，正要去灶房裡幫忙，卻被自家女兒攔住了。

「娘，您過來幫我找找，那隻頭上長白點的小雞怎麼不見了？」

「是嗎？好，咱們一起找！」

杜蘅吃完飯將灶臺收拾乾淨出來，就看見院子裡堆滿了蘿蔔、菜頭，不禁問道：「娘，妳們搬這麼多蘿蔔出來做什麼？」

孟蘭一邊將蘿蔔按進桶裡洗了起來，一邊將這段時間以來家裡發生的事大致說了一遍。今兒個她們又去鎮上送了一趟醬菜給九鄉居，朱宏如今見了她們就跟見了財神一般，笑得眼角褶子一大把，還讓小夥計拿自己房裡的茶水點心招待她們。

朱宏盤著腕上的珠子，樂呵呵地說道：「真是沒想到，這才短短半個多月時間，咱們這『白水村農家醬菜』的名號就打出去了，如今集市上還有好幾家鋪子模仿咱們，賣什麼『薛家村』、『田家溝』農家醬菜的。哼，真是笑話，冒牌貨就是冒牌貨！」

宋寧看了看小夥計拿過來的帳本，半個多月賣出去三十多罈醬菜，刨去成本，淨賺四兩銀子六文錢，按照先前的約定，她們分到二兩銀子三文錢。

醬菜買賣本就是薄利多銷的小本買賣，眼下能賺到這麼多錢，宋寧已經很知足了，再次謝過朱宏。

三個人辦完事從鋪子裡出來，朱宏親自將她們送到門口，笑咪咪地將一個紅封塞到孟蘭手上。

孟蘭忙擺手道：「唉唷，您真是太客氣了，這如何使得？」

朱宏笑道：「夫人莫要客氣，我聽說令郎明年就要上考場了，我還盼著日後能沾沾秀才公的光呢。」

孟蘭有些窘迫地回頭看向宋寧，宋寧朝她點了點頭道：「娘，朱掌櫃真心要給，您就收下吧，咱們做的是長久買賣，往後啊，都能賺回來。」

朱宏捋了捋鬍子，哈哈笑道：「正是這個理，等來年開了春，咱們要把買賣做到縣城、府城裡去。」

對於朱宏的宏圖大志，宋寧表示完全贊同，畢竟她也很想瞧瞧縣城、府城是什麼樣子。

晚上一家子吃完飯，因為杜蘅有夜裡看書的習慣，便早早回了屋。

孟蘭母女兩個在油燈下做了會兒針線，杜樂娘搓了搓微微僵硬的手指道：「娘，咱們也回屋吧，堂屋的窗戶漏風，實在是太冷了。」

聞言，孟蘭起身看了看宋寧，見她還在灶上燒水，便道：「三娘，忙了一天了，早些進屋歇著吧。」

宋寧從灶房裡探出腦袋應道：「欸，娘，我馬上就好！」

坐在熱烘烘的灶膛前，宋寧舒舒服服地泡著腳，小臉被水蒸氣熏得紅通通的。又過了一會兒，一陣焦香味從灶膛裡飄了出來，她扒開炭灰，將埋在裡面的東西扒出來，拍掉沾在上面的灰，再用布包起來。

她輕手輕腳地進了屋，拿起地上的鉗子撥了撥盆子裡的炭火，含笑看向杜蘅道：「夜裡風大，小心著涼。」

杜蘅抬頭迎上那雙被火光映得清亮的雙眸，感到腳下一暖，他翻書的手指微僵，神色有些不自然地道：「我知道了，妳先去睡吧。」

宋寧點點頭，摸出一個用布包著的烤芋頭塞進他懷裡。「拿在手裡暖和暖和，看書餓了還可以當宵夜。」

還未等他拒絕，她就三步併作兩步地爬上了床，將自己嚴嚴實實地裹進被子裡。

又過了好一會兒，一道清冷的聲音響起。「床頭上有吃的，是……是娘留給妳的。」

宋寧伸出一顆圓溜溜的腦袋，歪頭看向他，笑嘻嘻地問道：「喔？是你買回來的嗎？」

燭火微微晃動，他似有若無地應了一聲。

宋寧伸手搆到油紙包，拿過去打開一看——紅豔豔的山楂果子，上面的糖都有些化了，也不知道是被他揣在懷裡走了多久的路帶回來的。

她將東西小心包好，重新放回床頭。

又過了好半晌，身後的人沒了動靜，杜蘅放下書，回頭看了看，就看見她雙腿呈跪坐姿勢，雙手伸展，手心朝上，上半身壓在腿上。

這大晚上的不睡覺，她這是……這是在拜誰呢？

「妳……在做什麼？」他忍不住問道。

宋寧深吸了一口氣，撐起身子坐起來，同他解釋道：「喔，我在做瑜伽。」

「漁家？」杜蘅狐疑地看了她一眼，視線落在床頭的油紙包上，蹙眉道：「怎麼不吃？」

宋寧忍不住輕聲一笑，心裡覺得他這個事事較真的性子有些可愛。

她有些想逗他了，於是眨了眨眼睛，一本正經道：「這可是你千里迢迢帶回來的東西呀，相公，我有些捨不得吃呢。」

又被宋寧嘴上吃了豆腐，杜蘅一時無語，趕緊低下頭默默看起了書。

臘月二十七，母子幾個在家把屋子裡裡外外打掃了一遍，桌椅、板凳擦得一塵不染，床單、被褥也都洗得乾乾淨淨，接下來就是等著過年。

杜蘅依舊天未亮就起床，在院子裡活動活動筋骨，坐在燈下讀半個時辰的書，等到天曚亮再去村口挑水。

等到宋寧打著哈欠從被窩裡爬出來時，他一缸水都挑滿了，然後她就笑嘻嘻地湊上去跟他打聲招呼，順帶誇一句「相公真好」。

一開始杜蘅總是被她三言兩語逗得面紅耳赤的，漸漸的他竟有些習慣了，再聽到她說那樣的話也能面不改色，至少……表面上看起來很淡定。
到了大年三十這天，隔壁的雞才叫了一遍，宋寧便被驚醒，掀開被子快速坐了起來。
她抬頭看了眼外面的天，有些煩躁地撓撓胸口、抓抓頭髮，方才好像夢見小時候上學遲到，還有考試時間快到了，考卷卻沒寫完。
「時辰還早，起這麼早做什麼？」
宋寧不禁眨巴眨巴眼睛——媽呀，她差點忘了身邊還躺著個人！
上次杜蘅回來以後兩個人就在一張床上睡，畢竟這麼冷的天讓人打地鋪，回頭再凍出個好歹來，她還真有些於心不忍。
如今兩個人中間就隔著一條褥子，約莫半條胳膊的距離。
以往杜蘅上床時她都睡著了，她還沒醒人家又起了，兩個人鮮少有這樣睜著眼躺在一張床上的時候。
宋寧有些尷尬地笑了笑，抓起被子掩好胸前敞開的一大片肌膚，扭扭捏捏地道：「喔，那個……什麼時辰了？」
杜蘅望了望窗外那一片漆黑，緩緩開口道：「約莫五更天。」
宋寧「喔」了一聲，抓了抓亂蓬蓬的頭髮，又捲著被子躺下了。
小時候過春節，三十那天爺爺都會一大早把她叫起來，爺孫兩個再爬上山到她父母墳前上一炷香，只是如今到了這裡，人們都是年初一、初二時才祭祖。

她想著從前的事情，縮在被窩裡躺了半天也睡不著，翻了個身看向杜蘅道：「相公，你今天怎麼不起來看書了？」

杜蘅閉著眼，把前幾日看的書在腦子裡過了一遍，聽見她說話，才慢慢睜開眼道：「看完了，今日休息。」

晨光透過窗紙一點一點灑進來，兩個人沈默著在床上躺了一會兒。

直到身旁傳來一陣均勻的呼吸聲，宋寧才伸出一條胳膊輕輕掀開被子，從床頭繞到床尾，下地穿好衣裳、鞋襪。

當她輕手輕腳地打開門，正要出去時，就聽見身後的人問道：「該做早飯了嗎？」

宋寧點了點頭，隔壁傳來孟蘭開門的聲音，杜蘅便跟著起床了，緊接著左鄰右舍也有了響動。

第九章　冤家路窄

大年三十，按照習俗，晚上要全家團聚吃一頓年夜飯。像村子裡那些大家族，一家子祖孫幾代，也有幾十號人，家裡的婦人們都是一早起來就開始準備宴席的。

他們家人少，但也不能湊合著過，包子蒸上鍋之後，宋寧又捲起袖子開始炸酥肉。

肉用的是上等的五花肉，切成大小均勻的細長條，撒上蔥、薑、鹽、胡椒粉等調料醃漬入味，再裹上一層提前調好的麵糊，等鍋裡油溫達到七成熱時下鍋炸，炸到金黃酥脆再撈起來。

杜蘅兄妹兩個正在門外貼春聯，方錦過來送了兩塊豆腐、一隻豬蹄，孟蘭出去跟她說了會兒話，宋寧也送她自己做的臘腸當作回禮。

年夜飯吃的是涮涮鍋，堂屋裡架著爐子，爐子上煮著熬了一下午的大骨湯，等湯煮得咕嘟咕嘟冒泡，再往裡面涮羊肉、毛肚、鴨腸……

吃完飯全家人坐在爐子邊上守歲，孟蘭從屋裡拿出兩身衣裳，笑道：「娘的手藝不及外頭的師傅，你們試試合不合身。」

上回她們在鎮上買了布，孟蘭就幫家裡的三個孩子都做了過冬穿的棉襖，給杜樂娘的她早就試過了，穿著還有餘量，等她來年長個兒了也能穿。

宋寧輕輕摸著簇新的衣裳，這塊杏色的料子還是她為婆婆選的，顏色素雅又不顯得老氣，沒想到婆婆竟是按著她的尺碼做的。

這是她生平頭一次收到這樣的禮物，忍不住眼眶發熱，問道：「娘，我那幾身衣裳還好著呢，您怎麼不為自己做一身？」

孟蘭捋了捋耳邊的碎髮，笑道：「三娘，妳嫁到咱們家這大半年，娘還沒有替妳置辦過一身像樣的衣裳。近來妳為這個家操持，整個人都瘦了一大圈，從前的舊衣裳都不合身了，回頭我幫妳改改。」

宋寧有些不好意思地摸了摸臉頰，她是自己減肥變瘦的，可不是做家務累瘦的，這件事還真是三言兩語說不清，只得抿了抿唇道：「那就謝謝娘了。」

杜蘅換好衣裳從屋子裡出來，宋寧和孟蘭先是看了看他身上的衣裳，又不約而同地對視了一眼。

衣裳好看、人也俊美，怎麼這衣服穿在人身上就有些不對勁呢？

宋寧掩面憋著笑，瞄向他那張不苟言笑的俊臉，目光落到他腳邊，嗯……原來是衣裳短了一截。

孟蘭也有些窘迫地張了張嘴，笑道：「唷，這孩子最近可長了不少。好在為你們做的衣裳我都留了餘量，明日替你改一改就好。」

杜蘅點點頭，毫不在意地回屋換了身家常的袍子，依舊坐在爐子邊上看書。

宋寧坐在孟蘭旁邊跟她學做針線，杜樂娘則裹著被子趴在一旁的桌子上打瞌睡。

沒多久，院子外面突然傳來一陣噼哩啪啦的聲響，杜樂娘猛的驚醒，抓起孟蘭的手道：「娘，什麼時辰了?!」

孟蘭笑道：「還早著呢，妳要是睏，回屋睡去。」

杜樂娘搖搖頭，穿上鞋也去院門外放爆竹了，傳說中爆竹是驅災辟邪的，這事年年都得做。

他們家爆竹還真的就是爆……竹子，宋寧捂著耳朵看小姑子將竹筒丟進火裡炸得噼哩啪啦地響，心裡有種說不出的感覺。

這時候的爆竹跟日後絢爛多彩的煙花比起來實在是太樸素了，不過帶給人的快樂卻不見得比較少。

放完爆竹以後，大家就各自回屋睡覺了。

這天晚上，宋寧作了個夢，夢裡白花花的銀子繞著她飛來飛去……

第二天早上，宋寧是被自己笑醒的，還好身旁的人已經不在了，不然肯定被他笑話。想到那個天上掉銀子的美夢，她喜孜孜地抱著被子滾了一圈，滾著滾著就發覺有什麼東西硌得慌，掀開被子一看，還真是……錢！整整三百文錢啊！

什麼意思？難道是老天爺感受到了她的虔誠，讓她夢想成真了？

宋寧搖搖頭，否定了這個不切實際的想法。「嗯……肯定是從我荷包裡掉出來了。」她摸出自己壓在褥子底下的荷包數了數，嗯，除去這陣子家裡的開銷以及分給婆婆的那部分，還剩下一兩銀子跟三百二十三文錢。

沒錯呀，這些錢都是她昨天夜裡才數過的，一文不多也一文不少。那這些錢是……

就在此時，杜蘅推門進來了。「醒了？」

宋寧點點頭，攤開手問道：「相公，我在床上撿到三百文錢，是你的嗎？」

杜蘅「嗯」了一聲，隨意拿起一本書翻開，狀似不經意地道：「欠債還錢，多出來的是利息。」

宋寧有些茫然地抓了抓頭髮，忽然想起他臨行前她塞進包袱裡的兩百文錢，笑道：「原來你記著啊，借兩百還三百，這筆買賣還挺划算的嘛。」

杜蘅手中的錢不多，除了高家米鋪發的工錢，還有他平日幫書肆抄書攢下的幾百文錢，他還了宋寧的那筆帳，自己身上只留下一百文錢，其餘的都給了母親孟蘭。

吃完早飯，孟蘭帶著幾個孩子去杜老爺子夫妻和亡夫墳前祭拜，順便將墳前的雜草、野蒿清理了一番。

到了亡夫墳前，孟蘭免不了暗自垂淚，同他說起如今家裡光景好了，兒子、閨女都已經長大，兒媳婦也懂事貼心，要他在天之靈保佑一家子平安順遂云云。

幾個人祭拜完後往回走，半路上遠遠地就瞧見兩、三個人朝這個方向來了。

杜樂娘定睛一看，轉頭向孟蘭道：「娘，那兩家人來了。」

宋寧一臉茫然，望著婆婆道：「娘，他們是誰？」

孟蘭笑了笑，面容平靜道：「喔，是你們大叔跟二叔，呵，還真是難為他們了。」

杜樂娘雙手扠腰，冷哼道：「哼，裝模作樣的，誰稀罕！」

一旁的杜蘅收回目光，淡淡道：「走吧，時辰不早了。」

宋寧點點頭，不再多問，提著竹籃跟上。

她依稀記得她爹說過杜家兩個叔叔是杜老爺子的繼室翁老太太所生，跟她過世的公爹杜雲不是一個娘肚子裡出來的。

當年杜老爺子癱瘓在床時，只有原配生的大兒子杜雲在跟前服侍。杜老爺子一嘛氣，翁老太太就帶著兩個兒子從娘家趕了回來，一口咬定杜老爺子把自己藏下的私產都給了老大。

在杜老爺子的葬禮上，翁老太太還帶著兩個兒子當著兩家親戚的面大鬧了一場，一邊罵杜老爺子偏心，一邊罵老大藏私不肯把家產分給兩個弟弟。

杜雲氣不過，請了里正過來分家，當著大夥兒的面把杜老爺子這些年攢下的家底一分為三，連一根針都分得清清楚楚。

偏偏翁老太太還是不信，不僅把大房一家趕去住杜家舊屋，甚至還在杜雲過世後帶著兩個兒子大鬧靈堂，逼孟蘭母子交出田產。

下山的路就這麼窄窄的一條，兩批人馬越走越近，若是都裝作沒有看見，大家也就這麼相安無事地擦肩而過了。

「唷，這不是大嫂嗎？」

孟蘭回頭，就看見老二杜川的媳婦段蓮追了上來。

段蓮身材矮胖，身上穿著一件扎眼的玫紅色細棉布夾襖，襯得她臉色有些蠟黃，不笑的時候還好，一笑起來眼角的褶子粉都蓋不住。

此刻見了她，孟蘭只是含笑點頭。

段蓮十分做作地摸了摸耳朵上的銀墜子，抽出一張帕子捂嘴笑道：「唉唷，許久不見，我都快認不出來了。鄉下日子不好過吧，妳如今還真是憔悴了不少。」

杜樂娘撇了撇嘴角，忍不住喃喃道：「哼，您倒是一點也沒變，人還是那麼刻薄……」

「樂娘，大人說話小孩子別插嘴。」孟蘭將女兒拉到自己身後，朝段蓮笑了笑。「小孩子不懂事，大弟妹莫要怪罪。呵，想來還是城裡的風水養人，大弟妹瞧著倒是比從前更富態了。」

宋寧本來還在糾結要不要幫忙來著，可婆婆都說了，大人說話小孩子不要插嘴，於是她挎著籃子乖乖站在婆婆身後，拿眼尾餘光瞥了她家相公一眼，只見他面容平靜，眸光中帶著一種漠視，他……這是完全沒將這個嬸嬸放在眼裡。

當初她過門的時候，家裡跟那兩位叔叔的關係已經僵到了互不來往的地步，所以這還是她頭一回見到這個嬸嬸。

村裡人說杜家老三杜榮給縣城裡的掌櫃做了女婿，老二家的眼饞人家過得好，就攛掇著翁老太太賣了地去城裡討生活。

如今兄弟兩個在盈川縣城合夥做點小買賣，靠著岳家幫襯，似乎過得還不錯。

段蓮素來不安分，平日最愛捧高踩低，好不容易碰著這樣的機會，怎麼可能輕輕放過？

她揮了揮手裡的帕子，晃得腕上兩只銀鐲子叮噹作響，呵呵笑道：「哪裡的話，我一個當長輩的怎麼會跟個孩子計較！」

她頓了頓，上下打量著杜樂娘道：「唉唷，這是樂娘呀，一轉眼都這麼大了，姑娘家大了就得學規矩，妳雨英姊姊像妳這麼大的時候都會管家了，街坊鄰居沒有一個不誇的。」

杜樂娘哼哼兩聲沒有理她，倒是孟蘭心平氣和地笑道：「大弟妹是回來給爹上香的吧？爹的墳在那棵松樹邊上，你們可別燒錯了香，回頭祖宗怪罪。喔，對了，大弟妹這身衣裳是新做的吧，可仔細著，山上的草刺多。」

段蓮嘴角抽了抽，還想再說兩句，就聽見自家男人在山坡上吼道：「妳這婆娘還在後面磨磨蹭蹭的做什麼？快上來認認咱們爹是哪座墳！」

噗！哈哈哈……宋寧真的不想笑的，除非實在忍不住了。原來她這個婆婆不是不會吵架，只是平日懶得跟人吵而已。

翌日一早，孟蘭把宋寧叫到跟前，塞給她一個沈甸甸的荷包。

「三娘，妳和大郎一塊兒回娘家去瞧瞧妳爹娘吧。這些錢是妳這些日子給娘的，娘一個銅板都沒動，全給妳攢著。」

婆婆這是叫自己拿錢去補貼娘家？

宋寧堅決不肯要，勸道：「娘，我給您的您就留著自己花，要是我拿錢回去，我爹又要罵我不懂事了。」

孟蘭猶豫再三，點頭道：「那……那娘先替妳攢著。對了，別忘了把妳前些日子做的醃肉跟臘腸帶回去給親家公。」

臨行前孟蘭又是千叮嚀萬囑咐。「大郎啊，這是你成親後頭一次陪三娘回娘家，可別急著回來，多陪陪你岳父跟岳母。」

杜蘅面無表情地「嗯」了一聲。

宋寧轉過頭眉眼彎彎地看他，只見他左手拎著醃肉、臘腸，右手拎著一籃子雞蛋，跟他那張精緻俊美的面孔形成了強烈的視覺反差。

她眼皮子抽了抽，等到他們兩個一走出孟蘭的視線，立刻伸手去拿他手裡的籃子，可惜杜蘅加快了腳步，壓根兒沒給她這個機會。

宋寧小跑步跟上，好心提醒道：「我們家親戚特別多，一會兒你要是扛不住，可千萬別硬撐著。」

「好。」

「還有，我娘她這人刀子嘴、豆腐心，要是說了什麼不中聽的話，別往心裡去。」

「嗯。」

宋寧像個老媽子一樣絮絮叨叨地說了一路，兩人一前一後穿過一片竹林，杜蘅突然停住腳步轉過身來，宋寧一個不留神，險些撞進他懷裡。

「怎麼了？」她摸摸額頭，後退一步，一臉詫異地問道。

杜蘅看了她一眼，指著竹林後面的小院子道：「再走幾步就到了，妳很緊張？」

宋寧擺擺手，有些欲蓋彌彰地乾笑兩聲道：「沒……沒有啊，我回自己爹娘家裡，怎麼會緊張呢？」

杜蘅似笑非笑地看著她道：「緊張什麼？去的是妳家，又不是龍潭虎穴。」

宋寧低聲喃喃道：「那可不一定，我家也不見得比龍潭虎穴好到哪裡去，你是不知道那些三姑六婆有多可怕……」

此刻的宋家院子裡，兩個頭上頂著小髮髻的小崽子正蹲在地上玩石子。

宋寧走過去笑咪咪地朝他們招招手道：「小滿、小福，快過來幫小姑姑開門。」

聽到聲音，宋小滿抬頭，先看了看宋寧，再看看她身旁的杜蘅，然後拉起弟弟一溜煙地鑽進了屋。「娘，外面有個壞人冒充小姑姑！」

「什麼？你們別怕，娘這就去看看！」吳雪左手舉著鏟子，右手提著菜刀從灶房裡衝了出來。「老娘倒要看看是哪個殺千刀的……」

宋寧滿頭黑線地朝她笑了笑。「大嫂，做飯呢。」

吳雪看見變瘦了的宋寧，愣了一下，連忙放下手裡的東西，上前打開院門。「唉唷，真是小妹跟姑爺來了。」

「老大媳婦，誰來了？」堂屋裡傳出葛鳳的聲音。

宋寧笑道：「娘，是您閨女回來了。」

葛鳳從屋裡出來，三步併作兩步上前抓起宋寧的手道：「唉唷，娘的心肝兒，還真是我閨女回來啦！」

儘管葛鳳眼裡只有自家閨女，杜蘅還是禮數周全地喚了聲「娘」，然後就十分自覺地往旁邊讓了兩步。

吳雪有些同情地看了杜蘅一眼。唉，她懂，宋家的媳婦不好當，宋家的姑爺更為難。

葛鳳從頭到腳仔仔細細地打量著自家閨女，越瞧臉色就越難看。

「這才不到一個月怎麼就瘦成這樣了？瞧妳這張小臉唷……都瘦得快脫相了。跟娘說實話，妳是不是在婆家沒吃飽飯？」

杜蘅眼角一抽，他自認最近家裡伙食較以往好了許多，隔三差五地還能吃上肉，但不可否認的是她每回都吃得不多，反而是勸他們吃，難道她為了讓他們多吃，自己都沒吃飽嗎？

宋寧有些無奈地抓了抓頭髮，正要幫婆婆說兩句話，就看見她爹舉著一桿菸，咂巴著嘴從堂屋裡出來，眉毛擰作一團。「我說老婆子，妳又在說什麼胡話？」

葛鳳撇了撇嘴角，冷哼道：「我生的閨女你不心疼，我心疼。」

「娘……」宋寧半是懇求、半是撒嬌地扯了扯她的衣袖。

葛鳳咬咬牙，拉起宋寧就往屋裡走。「算了，大過年的，先不跟這個糟老頭子計較。乖女兒，跟娘進屋，娘有好東西留給妳。」

宋寧有些抱歉地扭頭朝杜蘅笑了笑，又朝她爹投去一個求助的目光。「爹，要不您先跟相公說說話。」

心領神會的宋賢了然地朝她擺了擺手。「去吧，女婿這裡有我。」

杜蘅恭恭敬敬地喚了聲「爹」。

「欸，好。」宋賢笑得見牙不見眼，忙收了菸桿去接他手裡的東西。「你們不過是回自己家，帶這些東西做什麼？」

杜蘅彬彬有禮地笑道：「區區薄禮，不成敬意，都是做晚輩的一點心意。」

宋賢點點頭，一臉慈愛地看著自家女婿，真是越看越滿意。

中午葛鳳打算在家裡招待客人，宋寧扳起手指頭算了算，光是她爹這邊的親戚就快兩桌，姚靜回了娘家，葛鳳和吳雪婆媳兩個實在有點忙不過來。

宋寧主動過去幫忙，卻被她娘葛鳳推出了灶房。「妳一個小孩子幫什麼忙？灶房裡煙熏火燎的，可不是什麼好玩的地方！」

吳雪正巧被煙熏得睜不開眼，聞言頓時無語。

宋寧實在哭笑不得，還是不顧她娘的反對擠進去幫忙。

按照葛鳳的安排，一桌三道涼菜、五道熱菜，外加一道湯，宋寧熟練地接過嫂嫂吳雪手裡的刀。「大嫂，這裡先交給我，妳去幫忙燒火吧。」

吳雪小心翼翼地瞄了婆婆一眼，忙擺手道：「唉唷，這怎麼行？小妹，這刀快，切到手可就糟了。」

葛鳳沒好氣地瞪了瞪大兒媳婦。「跟個木頭樁子似的杵在那裡做什麼？沒聽見妳小妹說的話嗎？」

「好，娘，我這就去。」吳雪心裡叫苦不迭。

我的娘唷，這小祖宗什麼時候做過飯啊，您再縱著她胡鬧，回頭搞砸了可別怪到我頭上！

第十章　拉近距離

宋寧笑了笑，頂著吳雪異樣的目光，開始俐落地忙活起來。

「娘，這個雞我分成兩半，雞胸上鍋蒸熟了做涼拌雞絲，雞骨頭和其他地方的肉用來燉蘑菇；這魚瞧著可真新鮮，就用來紅燒。嗯，還有我帶回來的臘腸和滷豆乾，上鍋蒸熟了切成薄片就可以擺盤了。」

葛鳳一邊淘米，一邊笑咪咪地瞧著宋寧。「好好好，都按妳說的來。乖女兒，用刀的時候小心點，可別傷到手。」

「好。」宋寧一邊應著，一邊手起刀落，「啪」地將一整隻雞劈成了兩半。

吳雪看得有些目瞪口呆了，她搖搖頭，用力掐了自己的胳膊一把。她是在作夢吧，這……這還是她那個好吃懶做的小姑子嗎？

葛鳳卻覺得沒什麼，她看宋寧是自帶母愛光環的。

在她心裡，閨女隨她，自幼人就機靈，只要她願意，什麼都是看一遍就會了，不像那兩個不省心的兒媳婦，就算教了一百遍，也就學個皮毛。

這日天氣和暖，宋賢讓兒子從屋裡抬了桌椅跟板凳出來，在院子裡擺了整整三桌——

男人們一桌，女人們一桌，小孩子們一桌。

一桌子飯菜雞鴨魚肉、瓜果菜蔬，色、香、味俱全，宋賢十分滿意地摸摸鬍鬚，站起來招呼眾人道：「在座的都是自家人，來來來，隨意吃喝，莫要客氣。」

眾人紛紛點頭附和，相繼拿起筷子去挾盤子裡的菜，吃過的都忍不住誇讚葛鳳婆媳兩個手藝越發好了。

葛鳳面上有光，拍著宋寧的手得意地笑道：「唉唷，我哪有那個本事？不瞞你們說，今天這幾桌都是我這寶貝閨女操持的，我和她嫂子也就打打下手罷了。」

宋寧臉頰漲紅，有些尷尬地扯了扯葛鳳的衣袖。「娘……」

坐在葛鳳對面的宋家大房媳婦——周霞忍不住撇了撇嘴角。「唷，這姑娘家嫁了人，再經她婆婆一調理還真是不一樣了。我記得從前啊，三娘在家的時候連生個火都差點把灶房燒了，說到底還是弟妹妳慣的……」

葛鳳冷笑一聲，放下筷子，盯著周霞道：「我說大嫂，妳這話什麼意思？從自己身上掉下來的一塊肉，我不疼誰疼？呵，我可沒有大嫂妳那麼狠心。」

她那番話再接著說下去，就該是：我可做不出把自家女兒賣給大戶人家做小，用賣女兒的錢幫兒子蓋房子的事。

這話要是一出口啊，還真是往周霞心上戳，這頓飯大夥兒就甭想吃了。

宋寧眼皮子一跳，忙挾起一塊魚肉放進葛鳳碗裡，勸道：「好了，娘，少說兩句，快嚐嚐這魚做得怎麼樣？」

葛鳳挾起魚肉，得意洋洋地瞥了臉色通紅的周霞一眼。「好好好，還是我閨女貼心，算娘沒白疼妳一場。」

周霞咬咬牙，心裡雖不服氣，但也不想跟葛鳳當面撕破臉，到底還是把這口氣嚥了下去。

一時之間桌上的氣氛有些尷尬，二房媳婦倪燕忙出來打圓場。「唉唷，大嫂、弟妹，大過年的咱們不說這些，講點開心的。」

宋寧有些感激地朝這個二伯母笑了笑，還沒笑完就聽她話鋒一轉，一臉八卦地盯著她問道：「三娘呀，妳和杜家姑爺成婚有大半年了吧？跟二伯母說說，你們打算什麼時候讓妳爹娘抱外孫呀？」

宋寧還沒反應過來，就聽見旁邊那桌傳來一陣劇烈的咳嗽聲。

「咳咳咳……」隔壁桌的杜蘅被一口黃酒嗆得滿臉通紅。

「相公，你沒事吧？」宋寧扭頭掏出帕子遞了過去。

「沒事。」杜蘅接過帕子胡亂擦了擦。

倪燕捂嘴笑道：「唉唷，我看啊，這小倆口感情好著呢。弟妹呀，我看過不了多久妳就能抱上外孫了。」

葛鳳嘴角一抽，板著臉道：「我家三娘還小，不急。」

周霞忍不住插嘴道：「要是沒記錯的話，三娘跟我家四丫頭同歲，快十六了吧？也不小了，這女人家要是不早點……」

一直坐在席上悶頭吃菜的宋家姑婆突然放下筷子，皺眉看向周霞幾個媳婦道：「知道為什麼妳們公婆都不在了，我老婆子還能活到這把年紀嗎？」

這姑婆都八十二歲了，是在座的人當中輩分最大的，她老人家一開口，那種被婆婆支配的恐懼好像又回來了。

婦人們訕訕一笑，紛紛放下筷子等著她往下說。

宋家姑婆挾起一塊紅燒肘子放進碗裡，呵呵笑道：「少說閒話、多動腦子就成。好了好了，這一桌子好吃好喝的還堵不上妳們的嘴？妳們不吃，我老婆子一個人吃。」

女人們這桌的氣氛慢慢回歸正常，男人們那桌也是漸漸喝開了，大家一開始是圍著宋賢父子東拉西扯的，後來又把目標轉移到了宋家新姑爺杜蘅身上。

宋賢被人灌了不少，臉上紅通通的，腦子也有些不清醒，一聽見有人要找女婿喝酒，他一個激靈站了起來，晃著酒杯踉踉蹌蹌道：「他們讀書人，酒量淺。來來來，我這個當岳父的再跟你們喝幾杯。」

杜蘅忙起身扶他坐下。「爹，長者賜不敢辭，這杯酒該由我來敬諸位長輩。」

宋賢拍了拍他手背。「莫要勉強。」

坐在一旁的宋二叔忍不住笑道：「大郎啊，你這老丈人可是把你當親兒子看呢，將來考取功名可別忘了好好孝敬他。」

杜蘅點頭應道：「二叔公說得是。」

眾人又問他何時應考、有沒有把握云云，杜蘅皆耐著性子一一回答。

一頓飯過後，家裡三個大男人都被灌得醉醺醺的。

宋平坐在門檻上，打著酒嗝對著院子裡的兩個兒子一個勁兒地呵呵傻笑。「兒子，來來來，爹教你們讀書。」

兩個小崽子一臉茫然地對視一眼，哭喪著臉躲到了宋賢身後，宋小滿說道：「爺爺，爹好嚇人！」

宋賢摸了摸兩個小孫子的頭，掏出菸桿敲敲宋平的腦袋，一臉嫌棄道：「去去去，就你肚裡那點墨水，還來禍害我老宋家的嫩瓜秧子！」

兩個小崽子正躲在宋賢身後幸災樂禍地對著親爹吐舌頭，然後就被親爺爺抓起小胳膊拎了出來。「來來來，要學就跟你們小姑父學。」

杜蘅蹲下身，一臉和善地看著兩個小崽子道：「那就從《三字經》學起。」

宋平點頭笑笑，搖搖晃晃地站起來，指著兩個小崽子道：「好好跟小姑父學啊，回頭爹要考考你們。」

兩個小崽子皆是小臉一垮，用求助的目光看向自家爺爺。

宋賢卻是打了個哈欠，擺了擺手，撂下一句「好好學，我老宋家的希望就在你們身上了」，然後就回了屋。

葛鳳幾個人收拾完碗筷從灶房裡出來，就瞧見杜蘅板著臉拿樹枝在地上一絲不苟地寫《三字經》，每寫一句就字正腔圓地唸一遍，然後晃晃手裡的樹枝，讓兩個瑟瑟發抖的小弟子跟著讀一遍。

兩個小崽子哭喪著臉盯著他手裡的「戒尺」，一副想跑又不敢跑的慫包小模樣。

吳雪捂著嘴笑道：「唉唷，這兩個天不怕地不怕的小崽子可是碰上剋星了。」

葛鳳撇撇嘴角。「哼，還算有點用。」

兩個小崽子淚眼汪汪地看著葛鳳、吳雪，葛鳳心頭一軟，剛想過去幫忙就被吳雪拉進了屋。「娘，您也累了，我替您捶捶腿、捏捏肩。」

宋寧扶額，耐著性子等杜蘅教完一個段落，才走過去拍拍他的肩膀。「相公，你醉了，我帶你回房休息吧。」

杜蘅抬頭看她，一臉嚴肅道：「別叫我相公，叫我……夫子。」

宋寧有些好笑地扠腰看著他。「夫子？」

杜蘅繃著臉做了一個噤聲的手勢。「噓，我還沒講完。」

「可是這位夫子，就算你不累，你的學生們也該下課了。」

宋寧無奈地朝杜蘅笑了笑，悄悄對兩個小崽子擺擺手，兩個小的眼珠子一轉，一溜煙跑掉了。

杜蘅有些茫然地看向她，身形不穩地站了起來，嘴上說著「我沒醉」，腳步卻是差點打結。

宋寧好不容易將人哄進屋，又被杜蘅抓著，聽他絮絮叨叨地唸了一大堆之乎者也。

「相公，鬆手！你弄疼我了……」

「故天將降大任於是人也，必先苦其心志，勞其筋骨，餓其體膚，空乏其身，妳來說下一句……」

「行拂亂其所為？」

「樂民之樂者，民亦樂其樂；憂民之憂者，民亦憂其憂。下一句……」

「啊？」

「伸手！」

「疼疼疼，你幹麼？」

被「樹枝戒尺」打了一下手心的宋寧，最後終於成功把杜蘅拖到床上躺著，整個人差點累癱。

下午宋平酒醒之後，吳雪把杜蘅教兩個兒子《三字經》的事說了一遍。

吳雪撫掌笑道：「你是沒瞧見兩個小崽子那副慫樣，我真巴不得姑爺天天來。」

宋平按了按眉心。「誰不希望自家兒孫能像妹夫那樣當個體體面面的讀書人？咱們家這兩個小子是該收斂性子了。」

他下定決心要好好管束兩個兒子，於是就有了這「父慈子孝」的一幕——

「狗不叫，雞亂跳……」

「什麼？你再給我說一遍！」

「嗚嗚嗚，太難了，我記不住。」

「就這麼幾句都記不住，你腦子裡裝的是漿糊嗎？宋小滿，你是大哥，你過來！」

「爹，我……我也記不住……」

「呵，真是爹的好兒子！我再教你們一遍，今兒個晚飯之前背不出來就別想吃飯了！」

宋寧在隔壁聽見自家大哥幾近崩潰的咆哮聲，實在有些看不下去了。

「那個……大哥，爹好像有事找你，你過去一趟吧。」

宋平正暴躁地想罵人，看見是宋寧，臉色才緩和了幾分，將竹棍交到她手裡。「小妹，妳先幫我看著他們，不聽話就給我打。」

聞言，宋寧點點頭，等他一走，就蹲下身笑咪咪地看著兩個小姪子道：「伸手，到小姑這裡來。」

只見宋小福淚眼汪汪，瑟瑟發抖地躲到哥哥身後。

宋小滿吸溜著鼻涕，慢慢挪過去，攤開小手心，眼淚啪嗒啪嗒掉下來，哽咽著道：「小姑姑……嗚嗚……能不能輕點？嗚嗚嗚……我怕……怕疼。」

見狀，宋寧心頭一軟，伸手揉了揉他的腦袋。

宋小滿害怕地眯起眼睛，睫毛顫個不停，然而預想中的「竹筍炒肉」沒有落下來，取而代之的是兩塊飴糖。

「吃吧，你們兄弟兩個一人一塊。」

宋小福從哥哥身後探出腦袋，烏溜溜的眼珠子盯著那兩塊糖，手伸到一半時見哥哥沒有動，又縮了回去。

看了看手裡的糖，宋小滿嚥了嚥口水，看向宋寧道：「小姑姑，一會兒我和弟弟要是還背不出來，妳會打我們嗎？」

宋寧無奈地笑了笑。「不會，快吃吧。」

兩個小的這才放下心來，迫不及待地將糖塞進嘴裡。

宋寧搬了把小竹椅在他們身旁坐下，看著兄弟兩個把糖吃完，掏出帕子替他們將臉上的眼淚、鼻涕都擦乾淨，才道：「知道你爹讓你們背的那些東西是什麼意思嗎？」

兄弟兩個一臉困惑地抓了抓頭上的小髮髻，對視一眼後搖搖頭。

宋寧淺淺笑了笑，將他們拉到跟前坐下。

「這句『苟不教，性乃遷』說的是一個小孩子如果未受到好的教育，那麼他善良的本性就會受到環境影響而變壞。」

兩個小的似懂非懂，睜大眼睛看著她。

宋寧見他們這樣，摸了摸下巴又道：「那小姑姑給你們講一個故事。」

於是她說起了孟母三遷的故事，當她說到「最後這位孀孀為了讓自家兒子能夠好好讀書，就把住的地方搬到了學館附近」時……

宋小滿迫不及待地抓著她的胳膊問道：「小姑姑，這個故事裡的小孩後來怎麼樣了？」

宋寧摸摸他的腦袋，笑盈盈道：「後來，這個小孩成為了一個很厲害、很有學問的人。」

聽她這麼說，宋小福眨了眨眼睛，一臉認真地問道：「那他比小姑父還厲害嗎？」

宋寧大驚，這……可不能這麼比的啊！

她清了清嗓子，本著不貶低自家相公的原則道：「你們小姑父很厲害，但是千萬要記住『人外有人，天外有天』，天底下厲害的人還有很多。」

宋小福拍著手，咯咯笑道：「小姑姑，我還要聽故事……」

見他們來了興趣，宋寧笑著點點頭。「可以，但是你們要先把之前學的那幾句默下來，可不能撿了芝麻丟了西瓜。」

兄弟兩個乖乖地點了點頭，對那些話有了初步的理解，背誦起來就容易多了。

後來宋寧又給他們講了映雪囊螢、聞雞起舞的故事，兩個小傢伙簡直聽得入了迷，吃晚飯的時候還破天荒地搶著要挨著小姑姑一起坐。

全家人都一臉古怪地看著姑姪三個，這這這……這兩個小子什麼時候跟小姑姑這般親了？

晚上等到屋裡只剩下夫妻兩個時，杜蘅忽然看著宋寧開口問道：「妳……從前唸過書？」

宋寧心裡「咯噔」一下，難道是她教兩個小傢伙的那些東西被他聽去了？

她絞著手指，吞吞吐吐道：「沒……沒有啊，我只是從前在家時愛去找老秀才家的二丫玩，聽見老秀才跟幾個兒子講課，耳濡目染學了一些。」

杜蘅若有所思地「唔」了一聲，視線落回手裡的書卷上，突然雲淡風輕地開口道：「如果妳想學寫字，我可以教妳。」

之前他在家時偶然間看過她用炭筆在草紙上寫寫畫畫，她的字看起來不錯，遺憾的是總缺撇少捺，通篇都是錯別字。

沒辦法，宋寧身為現代人，手機用習慣了，用筆寫字總會忘東忘西。

聽他主動提出要教自己寫字，宋寧十分欣慰身邊這個男人沒有「女子無才便是德」的封建思想，於是翻出紙筆遞到他面前。「相公，那你先教我寫自己的名字吧！」

杜蘅點點頭，放下手裡的書，提筆在紙上寫出「宋寧」兩個字。

他的字端正勁瘦，就跟他的人一樣一絲不苟，宋寧捧在手裡看了看，覺得很喜歡，又讓他在一旁寫下自己的名字。

杜蘅寫完以後將筆遞給她，道：「該妳了，照著方才的筆畫寫一百遍。」

宋寧忍不住抽了抽眼角。「一……一百遍？」

他面不改色地點了點頭。「嗯，寫完記得拿給我看看。」

宋寧在心裡流淚，她就不該多嘴，現在後悔還來得及嗎？

顯然杜蘅沒給她這個機會，他坐在燈下看書，等著她趴在桌上寫完最後一遍，見她揉著手腕將兩頁字交到他手裡，又提筆圈出錯處，把改進的方法說給她聽。「起筆時身要正，落筆時手腕要靈活……」

宋寧抓抓頭髮，打著哈欠「嗯、嗯」點頭。

杜蘅微不可察地彎了彎唇角。「好了，今日就先到這裡，明日繼續。」

這一晚上宋寧累極，一沾枕頭就睡著了。

杜蘅獨自一人收拾好桌上被她鋪排開來的筆墨紙硯後，也歇了下來。

次日一早，宋寧不出所料地起晚了。她打著哈欠開門出去時，就見家裡靜悄悄的，只有幾隻雞在院子裡啄食。

吳雪聽見她開門的聲音，穿著圍裙從灶房裡出來，同她打過招呼。

宋寧揉揉發痠的肩膀，很抱歉地笑了笑。「不好意思，大嫂，我昨兒個晚睡，今日起遲了。」

吳雪笑呵呵地打量著她，一臉「我懂，我什麼都懂」的表情，擺手道：「喔，不礙事，昨兒個累著了吧？娘特地吩咐過別吵醒妳。」

宋寧有些窘迫地抓抓頭髮。呃……那個，大嫂，妳是不是誤會了什麼？

第十一章　另闢蹊徑

吳雪解下圍裙抖了抖，又道：「對了，飯菜都在灶上熱著，妳吃完把碗擱在鍋裡就好，我回來再收拾。」

宋寧揉揉眼，忍不住問道：「大嫂，妳要出去？爹娘呢？」

吳雪彎腰拾起了地上的背簍。「爹娘都去甘蔗田裡幹活了，喔，姑爺也去了，等我這邊忙完，也會過去搭把手。」

宋寧點點頭。「那好，大嫂先去忙，我這邊收拾完就過去找你們。」

吳雪心想，要是讓婆婆知道自己讓小姑子下地幹活，非扒了她一層皮不可。她正想說「不用了」，可是話到嘴邊時又轉念一想——欸？這丫頭該不會是捨不得相公又不好意思明講，才說要去地裡看看的吧？

見吳雪的表情複雜，宋寧忍不住伸手在她眼前晃了晃，喚道：「大嫂？」

吳雪回過神，訕訕笑道：「欸，好，是小山坡後面的那塊地，可別走錯了。」

宋寧吃完飯，收拾好碗筷就挎著小竹籃，帶著水壺、鐮刀去了地裡。

葛鳳幾個正在甘蔗田裡忙，小滿、小福兩個蹲在田埂上玩泥巴，看見宋寧來了，丟掉手裡的泥巴就朝她跑了過去。

「小姑姑、小姑姑，我要抱抱。」宋小福張開髒髒的小手朝宋寧撲了過去。

宋小滿伸出手指往弟弟紅撲撲的小臉上戳了戳。「羞羞羞，小孩子才要抱抱呢，你都三歲了，不能要抱抱。」

見狀，宋寧笑了笑，放下籃子，一把拉住兩人的小手。「唉唷唷，瞧你們兄弟倆髒的，這臉上、手上全是泥。」

兩個小崽子看了彼此一眼，都被對方的大花臉給逗笑了。

宋寧掏出帕子仔仔細細為他們擦乾淨，才道：「好了，你們兩個誰幫我去叫爺爺、奶奶、爹娘跟小姑父過來喝水？」

「我我我！」

兄弟兩個爭先恐後地鑽進甘蔗田裡，沒一會兒就牽著葛鳳和吳雪出來了。

宋寧從籃子裡拿出水壺遞過去。「娘、大嫂，妳們先喝口水歇歇。」

葛鳳在身上擦了擦手，接過水壺，看著宋寧笑咪咪地道：「怎麼不在屋裡歇著，上這泥巴地裡來幹麼？」

宋寧笑道：「反正閒著也是閒著，就想過來看看你們。」

母女兩個正說著話，就看見宋賢、宋平跟杜蘅也從地裡出來了，宋寧忙招呼他們過來休息。

宋賢放下鐮刀，往田埂上一坐，掏出菸桿吸了兩口，看向杜蘅道：「大郎，等會兒你跟三娘先回去吧。回去要歇著或看書都行，這地裡的活不是你們讀書人該幹的。」

杜蘅拿起水壺喝了一口，才道：「爹，地裡的活多，我想留下來幫忙。」

宋賢正要說不用，就聽閨女也道：「是呀，爹，我也不回去。」

聽到這些話，宋賢猛吸一口旱菸，無奈地搖搖頭。

宋寧站在田埂上望著一眼看不到盡頭的甘蔗田，問道：「娘，這麼多甘蔗是要拿去鎮上賣嗎？」

她這一路上走來，看見了大片的甘蔗田，不知道甘蔗能不能賣個好價錢。

葛鳳搖搖頭，瞪了自家老頭子一眼，沒好氣地道：「還不是妳爹，好端端的菜地，非要學人家拿去種甘蔗。這下好了，今年村裡種甘蔗的人很多，價格就賤了，給五文錢就能買到一大捆。要是拿去鎮上賣，耽誤來回的工夫不說，連雇車的錢都賺不回本。」

宋賢臉色漲紅，搓著手道：「這件事不是當初一家子商量，大夥兒都同意的嗎？」

只見宋平有些焦躁地抓抓後腦勺，嘆道：「去年有幾個外地來的商人到咱們鄉下收甘蔗，給出了五文錢一斤的價格。鄉親們一聽覺得挺划算的，隔天就去買甘蔗苗回來種上，誰知到了今年就成了這幅光景。」

宋寧微微蹙眉，這……這事怎麼聽起來那麼耳熟呀？以前她就聽過有人故意抬高價格收購兔毛，然後騙大夥兒從他們手裡買兔子搞養殖的事。

如果真是這樣，她也不好再打擊他們了，只道：「讓我想想，咱們也不能就這樣讓它們堆在路邊、爛在地裡啊。」

葛鳳無奈地嘆了口氣。「有什麼辦法？眼看就要春耕了，不趁早料理乾淨，怎麼種豆子跟菜？」

宋寧盯著眼前一整片甘蔗田，忽然眼睛一亮。「娘，有一個法子不知道可不可行。」

既然甘蔗在本地賣不起價，運到外地又會花掉太多人力與運輸成本，那麼不如將甘蔗製成商品再賣出去。

後世用甘蔗熬出來的手工紅糖純天然、無添加，售價比一般的糖高，受到許多顧客青睞，而且榨剩下的甘蔗渣還可以用來做牛羊飼料。

宋寧把自己的想法簡單說了一遍，又道：「咱們不妨先做一批拿到鎮上去賣，如果賣得好，咱們再繼續做。」

葛鳳聽後先是大喜，隨後就擔憂道：「唉唷，紅糖這東西在這裡賣得可不便宜，若是能做出來，還真不愁賣不出去，只是……這個法子好是好，但咱們家沒人會做這東西呀。」

宋賢收起菸桿，看向宋寧道：「三娘，這法子是妳想出來的，想必妳知道該怎麼做。」

他話一出口，全家老小都帶著期待的目光齊刷刷地看向宋寧，宋寧抓了抓頭髮，無奈地笑了笑，其實她也只是見過，沒親手做過。

「爹，我可以試一試。」她實在不忍心讓大家失望。

葛鳳聽宋寧這麼說，只當事情已經成了，趕緊吩咐兒子、兒媳婦都按照閨女說的做。

宋寧讓大哥去里正家借了牛車，把已經砍下來的甘蔗都拉回家裡，又跟大嫂一起去親戚家借了兩口大鐵鍋。

接著在院子裡鋪上一層篾席，把甘蔗去皮、切塊，洗乾淨後放進石臼裡舂出甘蔗汁，再將甘蔗汁倒進鍋裡熬煮。

宋寧坐在小馬扎上親自守著火候，等鍋裡的甘蔗汁煮得冒泡，再輕輕攪拌均勻。

這麼一煮，滿院子都是甜甜的味道，勾得家裡兩個小崽子口水直流，蹲在宋寧腳邊目不轉睛地盯著鍋裡的糖水。

吳雪在灶房裡做飯，沒一會兒又溜出來看一圈，她也想親眼看看小姑子是怎麼把甘蔗做成糖的。

宋寧見汁液已經熬到黏稠，趕緊盛出來倒進模具裡定型。眼下他們還來不及找木匠做模具，只能先拿家裡的木盆頂著。

吳雪看了看木盆裡凝固成塊的紅糖，搓著手看向宋寧道：「小妹，這……這就成了嗎？」

宋寧點點頭，將木盆倒扣過來，輕輕拍了拍，一整塊圓圓的糖餅脫落下來。

她拿刀切了一小塊掰開遞給吳雪和兩個小姪子。「大嫂，你們嚐嚐，跟鎮上買的比起來怎麼樣？」

吳雪嚐過後，忍不住稱讚道：「嗯，甜滋滋的，比鎮上買的更香呢。」

宋寧也很開心，總算沒有白忙活這一場。

一旁的宋小滿踮著腳尖趴在灶臺邊上，眼巴巴地望著那塊紅糖，用手肘碰了碰弟弟，宋小福就咂巴咂巴著小嘴，怯生生地伸出兩根小手指比劃了一下。「小姑姑，我們能不能再吃一點點？」

吳雪一把將兒子的小手拍開，笑道：「好了，不吃了啊，這糖是要拿去鎮上賣的，賣了才有錢幫你們買新衣裳。」

宋小福噘起了小嘴，委屈地道：「可我不想要新衣裳，就想要糖……」

聽見這童言童語，宋寧無奈地笑了笑，又切下一塊紅糖分給他們兩個。「好了，這是最後一塊了。不是小姑姑捨不得給你們吃，而是小孩子吃太多糖會長蛀牙，很疼的。」

吳雪看著兩個兒子興高采烈地拿著糖出去了，心情有些複雜。

以前的小姑子自私自利，對自己的親姪子也很吝嗇，她礙於婆婆的情面，從來不敢說什麼。

然而現在的小姑子懂得分擔家務，也知道心疼人了……嘿，還是現在的小姑子招人喜歡。

中午宋賢幾人從地裡回來後也看到了宋寧做好的紅糖，葛鳳高興得合不攏嘴，連帶著看兒媳婦和女婿都順眼了不少。

宋寧把熬糖的關鍵講了一遍，然後當著爹娘、兄嫂的面從頭到尾做了一遍，又讓葛鳳和吳雪親自試了一下。

「娘、大嫂，這些糖妳們可以直接拿到糖果鋪子裡找掌櫃談價錢，談好了以後再跟店裡簽一份書契，按時供貨給他們就成了。」

吳雪聽得有些懵懵的，內心既緊張又有些期待。

這拋頭露面做買賣的事情過去都是交給家裡的男人和婆婆去做的，她要是學會了熬糖做買賣，豈不是能攢下不少私房錢了嗎？

葛鳳樂呵呵地拍著胸脯道：「這個妳放心，娘跟鎮上那些掌櫃很熟。」

這個家裡的柴米油鹽、婚喪嫁娶哪一項不是她一手操持的？她自認能把這筆買賣做好。

有葛鳳在，宋寧倒是不擔心他們會吃虧，又道：「對了，若是想把東西賣給鎮上那些富貴人家的夫人跟小姐們，就得把東西做得更精緻一些。到時候咱們可以找木匠做幾個模具，弄成一小塊一小塊的糖餅，吃起來方便，也更好看。」

宋寧回屋拿了紙筆開始畫起了模具。「娘，到時妳們拿著這張圖紙去找木匠做，他應該看得懂。」

葛鳳盯著那張圖紙瞧了半晌，還是沒看明白，忙拉著宋寧的胳膊道：「乖女兒，這事沒有妳我們可做不成！就我和妳大嫂這腦子，哪裡記得住這麼多東西？」

吳雪也點頭。「是呀，小妹，妳就在家裡再多住幾日吧。」

宋寧抿了抿唇，有些為難地看向杜蘅。

她想留下來幫家裡把紅糖的買賣做成，可出來的時間一久，她也有些記掛婆婆和小姑子了。

還沒等到宋寧開口，杜蘅就先替她說了。「家裡有我，妳就安心再多留幾日也無妨。」

雖然不知道宋寧是從哪裡學來這些東西的，但瞧她做得很有成就感，他也很高興。

宋寧感激地朝他笑了笑。「好，那你先回去幫我跟娘說一聲，這邊的事情處理好了我就回去。」

晚上一家人吃完飯，幾個婦人湊在堂屋裡嘀嘀咕咕地說起了熬糖的買賣；宋平把兩個兒子揪回屋裡學寫字，杜蘅則陪著岳父坐在屋簷下烤火，翁婿兩個有一搭沒一搭地說著話。

宋賢拿起火鉗撥了撥炭盆裡的木柴，狀似不經意地問道：「再過一個月就要縣試了吧，紙筆、冬衣可都準備妥當了？」

杜蘅點頭道：「都已經準備好了。」

宋賢滿意地點了點頭，從懷裡摸出一個沈甸甸的荷包塞到他手裡。「這裡面有十兩銀子，是咱們一家子的心意。窮家富路，出門在外可少不了使銀子的地方。」

杜蘅忙起身推辭道：「爹，去縣城的錢都已經攢夠了，這些您留著好家裡開銷。」

宋賢沈著臉道：「都是一家人，用不著這麼客氣，家裡的開銷我自有分寸。你放心，這事我早就跟你兩個大舅子商量過了，他們也都贊成。」

杜蘅沒再多說什麼，宋家的好意他不應該推辭，也不會忘卻，這筆銀子早晚他都會還回去的。

第二天一早，宋寧將杜蘅送到村口，細細囑咐道：「相公，你路上當心點，晚上看書別看太久。還有啊，讓娘少碰涼水，有什麼事等我回去再做。」

她瞥了杜蘅腰間鼓鼓的荷包一眼，一臉期待地望向他道：「你……還有什麼話要對我說嗎？」

杜蘅彎了彎唇角，有些好笑地看著她。「有時間記得練練字，回來我檢查。」

宋寧一時無語。

真是偷雞不著蝕把米！她是想知道她爹是不是背地裡給了他壓歲錢，她本來還想分一杯羹來著呢……

中午宋安小倆口從姚靜娘家回來了，姚靜一回來就發現小姑子跟大嫂一家子的關係不一般了，更可怕的是她婆婆跟大嫂的關係似乎也融洽了許多。

她扳著手指頭算了算，他們也就離開了兩、三天，一回來怎麼家裡就變了個樣？尤其是聽到小姑子要帶著大嫂一起做紅糖買賣時，她心中不禁一陣酸楚。

晚上兩口子回了屋，姚靜就坐在燈下對著宋安抹眼淚。「相公，早知道咱們就不該在我娘家待那麼久，婆婆肯定是怨咱們回來晚了沒幫上忙，連紅糖買賣也不讓咱們插手了。」

姚靜小心思多，還動不動就愛掉淚，葛鳳最看不慣的就是她這點，偏偏宋安對姚靜的眼淚毫無招架之力。

往回他一見到妻子哭泣，一顆心都似揉碎了一般，無論什麼事都會毫不猶豫站在她這邊，可是這回他倒覺得是姚靜想多了，破天荒地想為自家娘親和小妹辯解幾句。

「娘子，娘不是那個意思，她是看咱們今日趕路辛苦，才不讓咱們幫忙的。還有啊，小妹也說了，明兒個一早就讓妳和大嫂一起去跟她學做糖。」

姚靜怔了怔，激動地抓起宋安的手道：「真……真的嗎？」

宋安打了個哈欠，將人摟進懷裡，柔聲安慰道：「妳也知道娘最聽小妹的話了，小妹都這麼說了，還能有假？好了，別想那麼多了，睡吧。」

姚靜心頭一熱，把頭輕輕靠進丈夫懷中，憂心忡忡地道：「相公，有時候我真的很羨慕大嫂，她行事俐落討人喜歡，小滿、小福兩個也是越發招人疼了，咱們……咱們也要一個孩子吧。」

「這事不急，大夫不是說了嘛，等到妳身子骨兒養好，孩子自然就來了。」宋安輕輕握了握她的手。

其實他何嘗不想要一個自己的孩子？他們成婚都快兩年了，兩個人感情一直很好，也不是沒有過孩子，只是那時姚靜身子太差，孩子沒能保住。

這件事一直是姚靜的心病，她認為自己在婆婆跟前不如大嫂硬氣，最主要的原因就是沒能為這個家開枝散葉。

再加上每次回娘家時，她爹娘、兄嫂總是明裡暗裡敲打她，催她早些生個兒子才能在宋家站穩腳跟。

為此，姚靜沒少花錢吃苦藥補身子，可老天爺卻像是故意跟她作對似的，她越心急，孩子就越是遲遲不來。

丈夫眼下是對她關懷體貼，可她娘說了，女人要是沒個孩子傍身，再好的男人也有心灰意冷的那天。

這夜姚靜心裡有事，翻來覆去睡不著，第二日一早就頂著兩個烏青的黑眼圈開門出去，把宋寧嚇了一跳。

「二……二嫂，妳怎麼了？」

姚靜理了理耳邊碎髮，勉強擠出一絲笑道：「沒、沒事。小妹，我聽相公說今日妳要教我和大嫂做糖，我就想早些起來看看有沒有能幫得上忙的。」

她模樣生得秀美，就算是掛著兩個黑眼圈也絲毫不影響美貌，反而讓她越發顯得我見猶憐。

宋寧望著一臉憔悴的姚靜，生怕一陣風颳過來把她這個紙糊的美人吹倒了。「二嫂，那個……我這邊有娘和大嫂幫忙，妳要是不舒服就休息，千萬別硬撐著。」

姚靜一聽還以為是小姑子嫌棄她不如婆婆和大嫂能幹，頓時紅了眼圈，可憐巴巴地望著宋寧道：「小妹，我……我雖然幫不上什麼大忙，但打打下手、傳遞東西這種小事還是可以的，妳就讓我幫忙吧。」

宋寧見她一副楚楚可憐的樣子，真怕她下一秒就哭出來了，忙應道：「好好好，妳量力而為，別勉強自己。」

第十二章　利益共享

接下來的幾日，宋家的男人們都在甘蔗田裡忙著收割，女人們則在家熬糖。

宋寧叫上葛鳳一起抽空去了一趟謝木匠家裡，把自己畫的紅糖模具交給他看。「謝叔，這就跟做月餅用的印花模具差不多，您看看我畫的這圖還有什麼不清楚的地方？」

謝木匠盯著那張古怪的圖紙道：「經妳這麼一說我倒是明白了，只是妳這圖上的印花瞧著眼生得很，我還要好好琢磨琢磨……」

葛鳳一聽，扠腰冷笑道：「我說謝老頭，你少給我拿喬啊，這東西我們急著用呢，你就說能不能做？多久能做好？」

謝木匠乾笑兩聲道：「能做、能做，沒說不能做啊，只是……只是我這手上還有別的活兒……」

宋寧這下算是明白了他的意思，笑道：「您先開個價，我和娘再商量能不能成。」

謝木匠瞥了葛鳳一眼，猶豫著伸出五根手指。「這個數？這個數的話我三日內就能趕工做出來，怎麼樣？」

葛鳳踢了地上的木塊一腳，沒好氣地翻了個白眼。「你這個老傢伙，還真是獅子大開口！大家都是鄉親，你這樣開價，往後還要不要做人了？」

想了想，葛鳳伸出兩根手指道：「不就是幾個破木頭框框嗎？我最多給你這個數，怎麼樣？兩百文錢，三日後就要，你做就做，不做拉倒！」

說著她一把拉起宋寧的手，作勢就要離開，謝木匠牙一咬，忙道：「成成成，就按妳說的這個數，不過得先交一半訂金。」

宋寧笑了笑，又同他講了一些圖紙上的細節，隨即付了訂金，約好三日後來取。之後宋寧去找鐵匠訂做了一款可以快速切甘蔗的鍘刀，又找宋家姑婆租借他們家的騾子和石碾子，有了鍘刀和石碾子，在切塊和榨汁上就能省下不少力氣。

他們家約莫有半畝地都用來種甘蔗，差不多能收割兩千五百斤甘蔗。宋寧根據這幾日熬出的糖量，再考慮榨汁和去皮過程中產生的損耗，算出約二十斤甘蔗能熬出一斤糖，也就是說半畝地的甘蔗約能產出一百二十五斤紅糖。

宋寧問過葛鳳，如今市面上的紅糖大概四十文錢一斤，不過大多數鄉下人覺得糖比肉貴好幾倍，平常並不會買來吃，也就是婦人生產後才捨得買一、兩斤紅糖來補補身子。

這樣看來，紅糖的主要客群應該是那些手裡有些閒錢的夫人、小姐，這類人見識過好東西，在吃食、用品上會比普通人挑剔，所以他們如果能把東西做得精緻、講究一些，就更有優勢了。

宋寧想到自己過幾日就要回杜家了，便把這些道理講給葛鳳和兩個嫂嫂聽。「娘，大嫂、二嫂，咱們想要賣個好價錢，就必須在糖的成色、口感和外觀上嚴格把關，偶爾有火候不到的或做得不好的，咱們寧願不賣，也不能拿出去以次充好。」

葛鳳對女兒的話一向沒什麼異議，馬上就對著兩個兒媳婦耳提面命道：「三娘說的話，妳們都給我記清楚了？」

吳雪雖不能完全理解，但也一口答應道：「娘、小妹，我記住了，往後有做得不好的，咱們就留在家裡自己吃，這樣也不浪費。」

姚靜也頷首，想得比吳雪更通透。「小妹，我明白，這就跟茶莊賣茶葉是一個道理，若是好茶、壞茶摻著賣，反而會砸了自己的招牌。」

宋寧讚許地點了點頭。她二嫂性子軟弱，心思卻很細膩；大嫂性情爽朗，卻不愛動腦子；她娘潑辣果敢，卻有些獨斷專行。

這婆媳三個湊在一起，若能發揮各自的長處，就能恰到好處地彌補對方的不足，不愁事情做不好了。

初九那日，葛鳳、宋寧母女，跟宋平、宋安兩兄弟一塊兒去鎮上趕集。

崔記糖鋪的小夥計見了葛鳳母子幾個，連忙熱情地上前招待。「幾位客人這邊請，要先看看咱們店裡新出的糖嗎？」

葛鳳擺手笑道：「去把你們掌櫃叫出來，我有事找他商量。」

那小夥計忙轉身進去叫崔掌櫃出來，從前葛鳳就捨得花錢買零嘴給閨女，與這位崔掌櫃也算相熟。

葛鳳直接同他說明來意，叫兩個兒子把自家做的紅糖給他過目。「您瞧瞧，我家這紅糖的顏色、賣相，哪一點比您店裡賣的糖差了？」

崔掌櫃撿起一塊糖餅仔細端詳，他還是頭一回見到做成元寶樣式的紅糖，把那糖餅翻過來一看，底下還刻著福、祿、壽的吉祥字樣，他摳下一小塊糖放進嘴裡抿了抿。

「嗯，的確不錯，更難得的是這模樣好看，寓意也好。你們是怎麼想到這個法子的？」

葛鳳拉起宋寧的手，笑咪咪地道：「不瞞您說，這都是我這寶貝閨女想出來的。」

宋寧上前一步跟他打招呼，又掀開蓋在另一只竹筐上的紗布道：「掌櫃您瞧瞧，這邊還有做成梅花樣式的糖餅。」

崔掌櫃眼睛一亮，忍不住連連稱讚道：「沒想到妳這女娃年紀輕輕的，心思卻如此活泛，這種賣相只需包裝一下就能做成節禮了。」

宋寧也笑道：「掌櫃果然見多識廣，不瞞您說，若是能賣得好，我還打算往裡面加入紅棗、薑絲、玫瑰這類補氣益血的食材。」

崔掌櫃一聽也來了興趣，忙請他們入室內詳談。

鎮上的商號跟城裡的商號之間有千絲萬縷的關係，崔掌櫃也有本家在縣城裡做販糖的買賣，只要有好東西，還真不愁賣不出去。

雙方談好價格，簽訂了書契、按上手印，買賣就算是談成了。

葛鳳捧著白花花的銀子從崔記糖鋪出來時笑得見牙不見眼。「乖女兒，妳快掐我一把，我這不是在作夢吧？」

宋寧笑道：「娘，銀子都到手了還能有假？」

一旁的宋平朝左右看了一眼，忙道：「娘，有道是財不外露，您可要當心，別讓人惦記上了。」

葛鳳朝他翻了個白眼。「去去去，你個烏鴉嘴，大過年的就不知道盼點好的。再說了，你們兩個大男人在這邊難道是擺著好看的嗎？」

宋安有些無奈地抓了抓後腦勺，賠著笑臉道：「是是是，您說得對，不過大哥說得也沒錯，大街上人多眼雜的，還是當心點好。」

葛鳳撇了撇嘴角，嘴上還在碎碎唸，手卻是不動聲色地將銀子揣進了懷裡，隨後拉起女兒的手道：「好了好了，你們兩個先去路邊等著，我帶你們小妹再去逛逛。」

宋寧有些抱歉地朝兩個哥哥笑了笑。「大哥、二哥，你們要是有什麼想買的，都可以告訴我。」

葛鳳一記眼刀子掃過去，兄弟兩個都縮了縮脖子，笑著表示沒有。

當著娘的面指使小妹，他們就是吃了熊心豹子膽也不敢！

眾所周知，在一個村子裡最瞞不住的就是秘密。

這日宋寧正帶著兩個嫂嫂在家做薑絲糖餅，就看見她娘葛鳳氣沖沖地推開門，罵罵咧咧地回來了。「這些個不要臉的，我呸，還想占老娘便宜呢！」

宋寧連忙朝嫂嫂們使了個眼色，吳雪還想再問兩句，姚靜及時伸手將她拉住。

「大嫂，咱們先把這些做好的糖餅端回屋裡去吧。」

「欸，可是……」

「娘正在氣頭上呢，咱們現在過去就是找罵。放心吧，有小妹在呢。」

兩個嫂嫂進屋後，宋寧才走過去拉著葛鳳在小竹椅上坐下，問道：「娘，怎麼啦？誰給您氣受了？」

葛鳳黑著臉道：「還不是周霞那個不要臉的和她娘家嫂嫂，也不知道在哪裡聽說咱們家將甘蔗做成紅糖賺了錢，一上來就夾槍帶棒地說老娘藏私，有這麼好的法子還瞞著族裡的人。」

說著，葛鳳往地上啐了一口，朝著牆那頭罵道：「呸，她多大的臉，想空手套白狼？哼，老娘告訴大夥兒是情分，不說出來也是人之常情，就她那樣一個掉根針都跟人家吵得面紅耳赤的吝嗇婆娘，憑什麼跑來罵我小家子氣?!」

宋寧聽得腦袋瓜子嗡嗡直響，勸道：「好了，娘，您別氣了，這事我有辦法。」

葛鳳一聽，忙拉起女兒的手問道：「好孩子，妳有什麼辦法？」

宋寧把兩個嫂嫂也叫出來，當著三人的面把自己的想法說了一遍。

「原本這件事我就沒打算瞞著村裡人，更別說族裡了。一則這一來二去的根本瞞不住；二則是與其讓那些人在背後說咱們家不是，不如主動賣個人情給他們。娘，等會兒我陪您一塊兒去趟里正家裡。」

葛鳳聽後也點點頭。「是這個道理，誰家的甘蔗不是辛辛苦苦種出來的？我老婆子心再硬，也不忍看著那麼多甘蔗爛在地裡。」

吳雪沒什麼意見，這法子是小姑子想出來的，小姑子大方，願意送這個人情，還輪不到她說嘴。

姚靜想到這是造福鄉鄰的好事，說不定還能提高他們家在村裡的威望，內心也是贊成的。

葛鳳想了想，又道：「只是就這麼白白便宜了周霞那個不要臉的，我還真有些膈應。」

宋寧笑了笑。「娘，您放心，費力不討好的事咱們也不做。」

葛鳳一聽，眼睛亮了亮，拉起閨女的手道：「好好好，娘都聽妳的。」

上河村的里正是宋大山，宋賢見了他，還得叫一聲堂叔。

宋大山是個老好人，逢人三分笑，見葛鳳帶著宋寧上門，就招呼自家婆娘楊月拿吃的出來招待她們。

葛鳳拉著女兒坐下，忙道：「唉唷，堂叔、堂嬸，先不忙那個，我們娘兒倆今兒個過來是有正事要同您商量的。」
宋大山點頭笑道：「老三媳婦，什麼事呀？」
葛鳳拍了拍宋寧的手背，笑道：「這是我閨女的主意，我讓她跟您說。」
宋寧朝他笑了笑，開口道：「堂叔公，我瞧今年咱們村裡幾乎家家戶戶都種了甘蔗，就想著如果能帶大夥兒把甘蔗熬成糖賣出去，那大家都能賺上一筆。」
宋大山一聽，忙放下菸桿，身子往前湊了湊。「丫頭，妳仔細說說。」
於是宋寧將自己想在村子裡租幾間空房子建作坊的事情娓娓道來。
等作坊建成了，村裡人可以過去參觀，跟著他們學做糖，自家做好了再拿去鎮上賣。至於那些嫌麻煩或是捨不得花本錢雇騾子拉石碾子的人，可以直接把甘蔗賣給他們家，若是到時候他們家收的甘蔗多了，忙不過來，也會花錢雇村子裡的人到作坊裡幫忙。
當然，那幾間空房子他們家不會白用，會付租金。
宋大山聽完以後沈默良久。他心裡清楚，今年村裡的甘蔗不好賣，宋寧提出的這個法子先不論能不能賺到錢，至少大夥兒不會有太大的損失。
只是牽扯進來的人一多，是是非非就難以避免，到時候缺了東家、短了西家的，爭執起來還得由他這個里正出面解決。
可是他轉念一想，又覺得難得宋賢他們願意告知自家想出來的法子，帶著大家一塊兒賺錢，這樣的好事過了這村可就沒這店了。

況且這件事要是做好了，甘蔗就不用爛在地裡，村民還能靠賣糖或到作坊打零工賺錢，算得上是大功一件，到時候說不定他這個里正還能受到縣裡的表彰……

宋大山越琢磨越興奮，生怕晚了一步，葛鳳母女兩個就反悔了，忙道：「丫頭，這怎麼看都是造福鄉鄰的好事，我看能成。」

話一出口，他又覺得說得有些太滿了，忙改口道：「不過，這畢竟是件牽扯到家家戶戶的大事，先讓我同族裡的老人們商量，一有結果立刻回覆你們。」

宋寧點點頭，畢竟一旦里正出面，就代表跟他們家是站在一起的，她完全能理解他想慎重一點的心情。

葛鳳倒是無所謂，不論這件事成不成，該說的她們都說了，到時候他們家銀子全賺到了手，那些人後悔也來不及，更沒人能跳出來高高在上地指責他們家了。

她們母女兩人前腳一走，宋大山就叫來幾個兒子。「老大、老二、老三，快快快，去把你們周叔、王叔還有各家的長輩都請過來，就說我有天大的好事要跟他們商量。」

幾個兒子一聽，紛紛放下手裡的活出去了，等人過來的時間，宋大山就拄著枴杖在院子裡焦急地踱步。

楊月見了，忍不住埋怨道：「什麼事啊？跟催命似的。」

宋大山步伐一頓，回頭瞪了老婆子一眼。「跟妳一個婦道人家說了妳也不懂，總之就是能賺錢的好事！」

「婦道人家怎麼了？誰不是打娘胎裡爬出來的？」楊月抱怨了兩句，也不再管他，自個兒牽著小孫女進屋去了。

沒多久，宋大山的兒子們就帶著各家族老過來了，他便將宋寧的提議說給他們聽。

周家老太爺是第一個表態的。「我說老弟，這樣的好事還有什麼好猶豫的呢？別家是什麼情況我不知道，光是我周家地裡就還有一畝多的甘蔗，正愁賣不出去呢，建作坊的事我老頭子第一個站出來舉雙手贊成。」

宋大山點點頭，長長地吁了一口氣，又聽王老太爺道：「嗯，的確沒什麼好說的，到時候不管是要雇人還是雇騾子，我們老王家都有。」

他們老王家雖然沒種多少甘蔗，但勝在人丁興旺，只要作坊建起來了，這些人都能過去賺幾個錢貼補家用。

劉家老太爺也開口道：「房子的事不用愁，我家老三一家子都搬到縣城去了，宅子空著也是空著，可以租給他們建作坊。」

一直坐在一旁默不作聲的長輩們也紛紛贊成，幾個人都覺得這是天大的好事，全催著宋大山去找宋賢一家子把事情定下來，他們也好回去把這個好消息告知族中親友。

宋大山摸著下巴上的白鬚道：「只不過，我要把醜話說在前頭。諸位老哥都是咱們村裡的體面人，這事情一辦起來，大夥兒都要約束好自家族人，不可為了一己私利爭得頭破血流，失了鄰里和氣。」

幾位老爺子皆是鄭重點頭，當著里正的面做出了保證。

有了里正和各家族老的支持，宋寧的計畫開始有條不紊地進行。

劉家的宅子是舊了點，但勝在寬敞，葛鳳帶著人過去將屋子收拾乾淨，把用不著的桌椅跟板凳都挪去宅子後面的柴房裡。

按照宋寧的安排，三間寬敞的大屋子，一間用來放鍘刀、桶子，一間放爐子和大鐵鍋，還有一間專門用來存放做好的糖餅。

石碾子依舊放在院子裡，上頭還搭了棚子防雨，這樣一來大家做起事來互不干涉，也方便多了。

宋家的作坊一建成，村民們就聚集過來圍觀了。

他們早就從自家族老那裡聽說宋家要教他們做紅糖的事，但仍然有一些人不相信他們家會這麼大方。

有人問道：「老三媳婦，我聽說你們要教大夥兒做糖，這事能行嗎？要是做出來了卻賣不出去，豈不是白費力氣瞎折騰了？」

第十三章 良言治心

葛鳳扠著腰笑罵道：「我家三娘好心教大家做糖，怎麼著，您還賴上我家了？這學不學得會、賣不賣得出去，大家都各憑本事。」

宋寧輕聲笑了笑，也道：「諸位要是不願意跟著我家幹，也可以把甘蔗賣給我們，按照市面上的價格收。」

葛鳳附和道：「對對對，我也懶得跟你們費口舌。」

眾人聽了點點頭，決定再觀望觀望，看看別人家是怎麼做的。

等到大家都散去了，一直站在角落觀望的張翠蓉才縮手縮腳地走了出來。

宋寧看過去，只見她身上穿著一件灰撲撲的舊夾襖，面色蒼白，身材也很瘦削，整個人立在風裡，就好像一片搖搖欲墜的枯葉。

見她猶猶豫豫不敢上前，宋寧主動走過去朝她笑了笑。「翠蓉嫂子，妳還有什麼問題嗎？」

張翠蓉有些緊張地攥著衣角，遲疑著道：「三娘，我……很想跟你們學做糖，只是我家的情況妳也知道，若是欠了你們人情，往後……也不知道該怎麼還。我……」

她是個寡婦，母子倆靠著亡夫攢下的一點薄產過活，上面還有一對六十來歲的公婆要侍奉，將來沒什麼可以回報給宋家的。

宋寧看到她就想起了自家婆婆，忙寬慰道：「翠蓉嫂子，我家這個作坊靠著鄉親們支持才能建成，能為大夥兒做點事也是應該的。只要妳願意學，隨時都可以過來。」

張翠蓉怔怔地點了點頭，歡喜道：「好，那我明日就過來。」

接下來的兩日，陸陸續續有一些村民過來看宋寧一家是怎麼把甘蔗做成糖的。他們回去後都試著自己做了幾次糖，只是同樣的步驟做下來，不知怎的就是不如人家的糖賣相好。

這樣一來，大夥兒也都知道了做糖的難處，大多數人都選擇把甘蔗賣給宋家。一則他們自認沒那個手藝，有那個力氣還不如去料理好自家的田地；二則他們沒有宋家那個魄力，捨不得花錢置辦那些做糖需要的物品。

幾天下來宋家收的甘蔗多了，光憑他們一家實在忙不過來，便雇了人進作坊幫忙。村民們得到了實實在在的好處，再也沒人說三道四了。

葛鳳算是在幾個妯娌面前揚眉吐氣了一把，尤其是大嫂周霞，如今見了她更是酸得牙都快掉了。

不過萬事起頭難，宋家的作坊才剛剛建起來，還有許多需要完善的地方。

一開始他們經常手忙腳亂，忙了這頭、忘記那頭。有一日拉車的牛忽然趴在地上不肯動了，嚇得葛鳳以為人家給的牲口都累趴下了，找了人過來看，才發現是大夥兒忙到忘了餵牛。

後來宋寧為大家分工，一個人只做一樣事，都說熟能生巧，後來出的錯也就少了。

就在一家子忙得腳不沾地的當口上，姚靜卻撐不住，病倒了。

宋安請了邱大夫來給姚靜看病，好在她只是有些風邪入體、全身乏力，休養幾日就會好了。

姚靜害怕婆婆責怪，還想強撐著起來幫忙，可是宋安哪裡肯讓她再勞累，只要她躺在床上休息，連喝水、吃飯都是端到跟前伺候。

原本姚靜的身體就弱，在這個風寒都能要人命的時代，小心些總是沒錯的。

大夥兒沒什麼意見，只是葛鳳偶爾會忍不住在閨女面前抱怨幾句。「都是吃五穀雜糧的，就她矜貴，真當自己是紙糊的美人燈，一陣風就吹倒了。」

「好了，娘，誰都有個傷風咳嗽的時候，二嫂她也不想啊。」

「咱們鄉下人娶媳婦，哪個男人不是盼著有人替自己生兒育女、操持家務的？偏偏妳二哥那個傻子，成婚兩年了，一男半女都沒個著落，還把人家當菩薩一樣高高供著！」

「娘，我覺得二哥這樣很好……」

「唉唷，這世道就是好人才容易吃虧呢。」

這些話不知怎的被姚靜聽去了，當天夜裡她就發起了高燒，整個人迷迷糊糊的，喚都喚不醒。

宋安急得天還沒亮就起床，衝出去拍響了葛鳳的門。

葛鳳睡得正沈，生生被驚醒，有些不情不願地披衣起身，開門出去罵道：「半夜三更不睡覺，還不教人安生了？」

宋安抹了一把額上的冷汗，焦急道：「娘，靜兒的病加重了，我去請大夫過來看看，您先替我看著她。」

起初葛鳳還以為是兒子誇大其辭，有些不耐煩地抱怨了兩句，然而當她看見姚靜那張蒼白得沒有一絲血色的臉時，也被嚇了一跳，忙催著兒子動身。「都這時候了，還去找邱老頭有什麼用啊？快！找你全叔套車去鎮上請大夫！」

「好！」宋安拔腿就跑。

「等等，錢帶夠沒?!」葛鳳追了上去，摸出衣裳夾層裡的荷包塞進他手裡。

宋安眼眶一紅，哽咽著道：「娘，謝謝您，我……我回頭再還給您。」

葛鳳拍了拍他肩膀，長長地嘆了一口氣，目送兒子踏著夜色出了門。

這麼一折騰，家裡的人都睡不著了，宋寧和大嫂一塊兒幫她娘照顧姚靜；宋賢和宋平父子兩個在一旁乾著急，可是什麼也幫不上，索性走路去村口等宋安回來。

宋寧用手背探了探姚靜的額頭，發現她高燒還沒退下去，再伸手進去摸了摸她貼身的衣裳，忙道：「大嫂，妳知道二嫂的衣物放在什麼地方嗎？她衣裳都濕透了，要趕快換下來。」

「好！」吳雪點頭，連忙打開床頭的箱子翻出乾淨的衣裳，兩人合力幫姚靜換上。

葛鳳幫姚靜掖好被角，有些不安地望向女兒道：「三娘，妳二嫂她沒事吧？」

宋寧勉強擠出一絲笑，拉起葛鳳的手安慰道：「娘，二嫂會沒事的。您跟大嫂先看著這裡，別讓她再著了涼，我去灶房燒一鍋熱水，或許用得著。」

吳雪忙道：「小妹，還是妳在這裡看著吧，我去燒水。」

宋寧點點頭，姚靜已經燒得開始說胡話了，她得設法幫姚靜把體溫降下來。「娘，咱們家還有酒嗎？」

「有，我這就去把妳爹藏的那罈藥酒搬出來。」

宋寧拿藥酒沾了帕子幫姚靜擦拭身體，試圖幫她降溫……

在姚靜的病變得更嚴重之前，宋安把鎮上的辜大夫帶回來了。辜大夫為姚靜把過脈、扎了針，又讓宋安將人扶起來餵藥。

餵完藥，姚靜還是沒醒，宋安眉頭緊鎖，忍不住問道：「大夫，我娘子怎麼樣了？」

辜大夫摸摸鬍鬚道：「沒事，好在你們及時幫病人把高燒降下來了，她應該過一會兒就能醒了。」

宋安怔怔地望向自家娘親，葛鳳擺了擺手，指向閨女道：「這都是你小妹的主意。」

聞言，宋安感激地朝宋寧笑了笑，這才覺得壓在心上的大石頭放下了。

又過了約莫一刻鐘，姚靜果然醒過來了。

她睜開眼睛看見宋安，伸手扯住他的袖子，一行熱淚瞬間滾落下來。「相公，我……都怪我沒用……」

「好了好了，醒了就好。」宋安拉著她的手，柔聲安慰道。

葛鳳見她這樣倒是鬆了一口氣。「行了，還知道哭就好。」

吳雪也很高興，忙道：「娘，時辰不早了，我先去做早飯。」

葛鳳點點頭，拉起閨女的手道：「咱們也出去吧，這裡有妳二哥看著就好。好孩子，妳起得早，回屋再睡會兒。」

宋寧點點頭，又回頭看了姚靜一眼，也沒睡回籠覺，而是直接去灶房幫吳雪做飯。

一家人匆匆忙忙吃完早飯，又要趕去作坊幹活，宋寧便主動留下來照顧姚靜。

姚靜被勸著吃了大半碗粥，臉色總算稍微好看了一點，只是丈夫一走，她又偷偷抹起了眼淚，直到聽見小姑子敲門，才慌張地擦乾淚水。

宋寧端著熱水進去，擰了毛巾遞給她，輕嘆道：「二嫂，妳是不是聽見娘之前說的那些話了？」

姚靜怔怔地望著小姑子，半晌才艱難地點了點頭，哽咽道：「小妹，娘說得對，我不是個好妻子，相公……相公他待我這麼好，我卻沒什麼能報答他的……」

昨夜姚靜燒得糊塗，宋寧聽見她喃喃自語，念叨的都是二哥和孩子的事情，就猜到她這病源於心裡。

宋寧見她哭得實在可憐，伸手輕輕拍了拍她的肩，勸道：「妳跟二哥是夫妻，本該互相扶持，妳身子好了，長長久久地陪著他，就是最好的報答。」

姚靜心頭一熱，拉起宋寧的手道：「小妹，我也想長長久久地陪著相公，只要能為他生下孩子，吃再多苦頭都可以。」

她一直害怕自己生不出孩子，終有一天會被相公厭棄、被婆家休離。

這些話她從不輕易對人說，但在她病得迷迷糊糊的時候，感受到了小姑子的悉心照料，此時她對宋寧除了感激，還多了一分信任。

宋寧也感受到了這分信任，朝她笑了笑。「二嫂，這個時代往女子身上套了許多枷鎖，既要她們傳宗接代、相夫教子，又要她們識大體、懂分寸，最好一輩子圍著丈夫跟孩子轉。「我聽說，那些大戶人家的婦人甚至還要親自為丈夫納妾，拱手把自己心愛的男人讓給其他女人，才能彰顯自身賢德，但有些話我希望妳能懂……」

姚靜睜大了眼睛。要她眼睜睜看著相公和別的女子親熱還不能嫉妒，光是想像就已經很痛苦了。

宋寧看了看她，又道：「其實那些人習以為常的事情並非全是對的，就好比夫妻倆生不出孩子……很有可能是男人的問題。因此咱們女子不該事事都把罪過攬到自己頭上，要活得灑脫一些、通透一點，妳……明白了嗎？」

姚靜怔怔地望著她，這些話無異於憑空一道驚雷，劈得她好半晌都回不過神來。

什麼叫生不出孩子可能是男人的問題？這種話可從來沒人對她說過。

「小妹，妳……妳說的是真的嗎？不是我的問題，是相公……」

宋寧有點無奈地笑了笑，她只是打了個比方，本意是勸姚靜想開一些，沒想到對方抓錯了重點。

這話可不是我說的，二哥呀，為了自家媳婦好，這鍋你就揹著吧。

見姚靜一臉緊張地望著自己，宋寧清了清嗓子道：「也可以那樣理解，不過，二嫂，這事多少有些傷自尊，妳可千萬別說出去啊。」

姚靜重重地點了點頭，忍不住擔憂道：「那……相公他會好嗎？」

宋寧硬著頭皮繼續胡謅下去。「當然會好了，你們還年輕，只要養好身子、放寬心，還有……還有用一些法子，一定能懷上的。」

姚靜眼睛一亮，迫不及待地問道：「什麼法子？」

宋寧問了她月事，幫她推算出排卵期，紅著臉告訴她該怎麼做才能提高受孕機率。

姚靜聽她說得頭頭是道，不禁問道：「小妹，妳怎麼懂這麼多？」

宋寧抓了抓頭髮，支支吾吾地道：「那個……相公教我認過字，我是……是偶然從一本醫書上看來的。」

姚靜深信不疑地點了點頭，眼底的愁雲散去，淺笑道：「小妹和姑爺感情可真好。」

宋寧小臉一紅。為了一家和睦，她容易嗎她……

好在宋寧的話起了作用，姚靜心病去了大半，整個人跟著精神了不少，到了第三日身子已經痊癒，又跟在她大嫂身後忙進忙出了，就算婆婆偶爾埋怨兩句，她也不會太放在心上了。

宋寧很欣慰，作坊那邊也多了幾個得力助手，前幾日來的張翠蓉就是其中一個。

等宋寧終於回過神來時，已是正月十四，不知不覺她都在娘家待了快半個月，心想自己是時候回杜家了。

晚上吃完飯，宋寧把明日一早要回去的事情跟大家說了。

宋賢雖然捨不得，但閨女終究是嫁出去了，有自己的家，他這個當爹的不好挽留。

葛鳳則是直接把情緒寫到了臉上，一聲不吭地丟下眾人回了屋。

宋寧忙跟過去安慰道：「娘，咱們兩個村子離得這麼近，您要是想我，讓大哥站在山上對著白水村喊一聲，我就回來了。」

葛鳳忍不住笑著戳了戳她的額頭。「妳這個小沒良心的，有了婆婆忘了娘。妳這一走啊，娘要見妳一面又不知道是什麼時候了。」

宋寧把頭輕輕靠在葛鳳肩上。「娘，我說真的，咱們家的作坊才建起來，我還有些放心不下，一有時間就會回來看看的。」

葛鳳滿意地點了點頭。「這還差不多。不過，如今我看妳對杜家那小子和妳婆婆態度大不一樣了，妳跟娘說實話，是不是打算死心塌地跟著他了？」

宋寧微微一怔。死心塌地？她其實也沒想那麼多。

說起杜蘅這個人，遠遠望過去像是一棵立在懸崖邊上的孤松，走近了看卻能察覺出一絲不為人知的柔軟。

婆婆對她好得沒話說，連從前跟她勢同水火的小姑子也慢慢有了改變。

既然冥冥之中命運的線將他們纏繞在一起，那就盡可能地好好把日子過下去，至於其他的東西，她不敢奢求……

她搖搖頭，抱著葛鳳的胳膊道：「娘，相公他長得好、學問好，性子也不錯。婆婆待我更不必說，小姑子也懂事了，我覺得杜家很好。」

葛鳳暗暗翻了個白眼，有些不服氣地冷哼道：「我看啊，妳就是被那張臉給迷了心竅，他一個手無縛雞之力的窮書生有什麼好的？」

宋寧不禁笑道：「人家前不久才跟哥哥們一起下地幹了活兒，哪裡就手無縛雞之力了？」

葛鳳伸手往她臉上捏了一把，嗔道：「妳呀，就知道胳膊往外彎。他們家輕輕鬆鬆把我養了十多年的寶貝閨女娶進門，一年到頭就幫我幹這點活，不是應該的嗎？」

宋寧眉眼彎彎，臉上露出一絲討好的笑。「應該、應該，娘說得都對。」

葛鳳輕撫著女兒的背，嘆道：「娘也不求他們家日後能飛黃騰達，只求自己吃過的苦頭別讓我閨女再吃一回。」

正月十五一過，這個年就算是過完了，按照凌雲書院的規定，學子們十六日就得回書院報到。

根據以往的慣例，孟蘭提前一日把兒子需要攜帶的衣物都翻出來，看看有沒有需要縫補的地方，況且杜蘅這兩年個子竄得快，去年的春衫也需要改一改了。

孟蘭埋頭做針線，不知不覺就到了晌午。她收起針線，準備起身做午飯，抬頭瞧見牆角下疊得跟小山丘似的柴堆，忙道：「好了，大郎，這些柴都夠我們用十天半個月了，你快歇歇吧，手上要是磨出泡來就不好寫字了。」

杜蘅躬身將地上的木柴堆放整齊，回道：「娘，您也別忙活了，我的衣服已經夠穿了。」

孟蘭揉了揉微微痠痛的脖頸，輕嘆道：「一晃眼這個年都快過完了，也不知道三娘怎麼樣了？」

杜樂娘正在院子裡曬褥子，聞言忍不住撇了撇嘴角。「娘，人家好著呢，明日哥哥就要走了，咱們今兒個把房梁上那塊豬蹄取下來燉了吧。」

孟蘭微微蹙眉，還未開口便聽女兒搶先一步道：「好了好了，知道了，這豬蹄您要留到兒媳婦回來才捨得……」

誰知她話才說到一半，就看見宋寧扛著大包小包站在院門口。

「娘、相公、樂娘，我回來了！」

杜樂娘差點閃到舌頭，很好，這下房梁上的豬蹄有著落了。

第十四章　再度分別

孟蘭放下針線笸，笑盈盈地迎上去。「唉唷，怎麼帶了這麼多東西？早知道我就讓大郎接妳回來。」

說話間，杜蘅已經上前接過她挎在臂彎上的竹籃和揹在身後的背簍。

宋寧揉著肩膀道了聲謝，卻見他斂眉問道：「什麼東西這麼沉？」

只見宋寧笑了笑，指著竹籃道：「這裡面是我娘給的雞蛋和二十斤白麵，背簍裡有大嫂做的年糕跟二嫂從娘家帶回來的核桃，喔，還有咱們自家做的紅糖……」

杜蘅眸色微沈。「所以妳就揹著這些東西走了這麼遠的路？」

她搖搖頭。「不是，是大哥送我到村口的，不過家裡事情多，他已經先回去了。」

孟蘭點點頭，望著村口方向懊悔道：「妳大哥難得來一趟，再忙也該請他到家裡吃頓便飯再走的。」

宋寧忙道：「沒事的，下次我再請他到家裡吃飯。娘，我帶回來的紅糖對女子身體好，回頭我煮糖水蛋給您和樂娘吃。」

孟蘭笑著應答。「好好好，咱們娘兒仨一塊兒吃，樂娘今兒個還念叨著要吃豬蹄呢。」

「成，那咱們就吃紅燒豬蹄！」

杜蘅第二日一早就要走，孟蘭照例會起個大早為兒子做一頓飯，所以晚上一家子吃過飯便各自回屋歇息了。

宋寧進屋時見杜蘅正在收拾書稿，她便躡手躡腳走過去把一大包東西塞進他的包袱裡。

「妳在做什麼？」

牆上的燭影跳了跳，宋寧被突然從背後冒出來的人嚇了一跳，捂著胸口道：「沒……沒什麼呀。」

杜蘅提著燈狐疑地看了宋寧一眼，趁她轉身的工夫掀開包袱一角，就見她塞了一半的東西掉出來了。

他輕輕「唔」了一聲。「是核桃？」

原來方才她偷偷摸摸蹲在牆角是在砸核桃，是要給他的……

「欸……那個，其實也沒什麼，就是怕你不要。」

宋寧有些心虛地眨了眨眼，本來是沒什麼的，可是現在他就站在她面前，以高出一個頭的身形壓迫她，用一雙黑沈沈的雙眸俯視她。

她幾乎是下意識地後退一步，一不留神撞到了角落裡的衣箱，然而預想之中的疼痛並沒有發生，她睜開眼睛，扭頭一看……是他伸手擋在自己身後。

「對不起，我看看你手怎麼樣了？」情急之下，宋寧不由分說地拉起杜蘅的手，見他手背上被刮出了一道長長的紅痕。

「痛嗎？」宋寧腦子有些懵，下意識地對著那道傷口輕輕吹了吹。

杜蘅神色一僵，輕輕抽回自己的手，有些不自然地背過身去。「好了，沒事，下回當心一點。」

宋寧後知後覺地紅了耳朵。「那個……那只箱子年代已久，上面的鎖扣都生鏽了，萬一……萬一感染了怎麼辦？你等著，我去找東西幫你消消毒。」

「不用了，妳過來，我有東西要給妳。」杜蘅垂頭看了自己的手背一眼，並未將那道傷痕放在心上，反而是方才與她肌膚相觸的地方竟似被火烤一般發燙。

「什麼？」宋寧停下腳步回頭望著他，只見他翻開壓在上面的一本書，從底下抽出一沓字帖。

「我不在的時候，妳照著這個練會容易許多。」

宋寧嘴角一抽，不情不願地接過東西，低頭看了看字帖上的字，是他親筆寫的，墨跡還沒乾。

這……這教她怎麼拒絕呀？

「那個，相公，我能不能……」

「業精於勤荒於嬉。」

「行行行，我練，我練就是了。」

說完，兩個人各自收拾東西，熄了燈上床睡覺。

第二日天還未亮，杜蘅在身旁窸窸窣窣的聲響中醒來。「妳怎麼了？」

黑暗中，宋寧蜷縮著身子，有氣無力地道：「抱歉，吵到你了。」

他披衣起身點了燈，藉著燭火看見她眉頭緊蹙，額角上滲出大顆汗珠，伸手摸了摸她的額頭，不但沒有發燒，反而有些發涼。「妳等著，我去找大夫。」

宋寧勉強撐起身子，扯住他的一片衣角。「別、別去，我這不是病，歇歇就好了。」

「那妳先躺好。」杜蘅扶著宋寧躺下，彎腰替她掖好被角，然後就開門出去了。

不一會兒，孟蘭提著燈進屋，有些焦急地問道：「三娘，妳哪裡不舒服？」

宋寧蒼白著臉朝她笑了笑。「不礙事的，娘，我只是月事來了。」

昨兒個夜裡，她忽然來了月事，悄悄起身換上月事帶，重新縮進被窩裡，誰知剛睡得有些迷迷糊糊，就被腹部傳來的一陣抽痛給疼醒了。

按照原主的記憶，這副身子從前便有這樣的毛病，只要熬過頭一、兩天就好了。

孟蘭憂心忡忡地看向她道：「那妳好好躺著別動，娘去給妳煮紅糖水。」

宋寧虛弱地點了點頭。「好，謝謝娘。」

孟蘭推門出去，見兒子還站在門外，便如實相告。「三娘她來了月事，肚子疼。」

杜蘅微微一怔，隨即紅了兩頰。

他們兩人雖是夫妻，但從未有過肌膚之親，更不了解她身體的秘密，他還是偶然間才在一些雜書上看過關於那方面的記載。

原來……這麼疼的嗎？

宋寧喝了一大碗熱紅糖薑茶以後，身上發了汗，手腳暖和過來了，一陣睏意襲來，不知不覺睡了過去。

等她再次醒來的時候，天已經大亮了，她翻了個身，感覺到懷裡有個暖烘烘的東西，腳底下好像也有……

「妳醒了，還疼嗎？」

宋寧倏地睜大了眼睛，循聲看過去，就瞧見杜蘅背著光坐在窗下，此時正望向她，臉上的神情在一片陰影裡顯得有些不真切。

「啊，已經不疼了。相公，你不是要回書院了嗎？現在是什麼時辰了？」

「快到晌午了，妳要是餓了，起來吃完飯再睡。」

孟蘭在灶膛裡留了柴火，宋寧一起床就能吃上熱呼呼的粥和小菜。

大概是看她好了，杜蘅收拾好東西就準備離開，宋寧放下碗筷出去跟婆婆、小姑子一起將人送到村口。

孟蘭理了理他身上的衣襟，細細囑咐道：「大郎，路上當心點，天涼了記得添衣服，夜裡看書別看太晚了……」
杜蘅一一點頭應下。
一旁的杜樂娘趕緊拽了拽母親的胳膊。「好了，娘，哥哥再不走就要遲了。」
孟蘭有些窘迫地點點頭，忍不住喃喃道：「娘就是這樣，上了年紀就喜歡嘮嘮叨叨的。好了，走吧。」
孟蘭推著女兒的肩膀往回走，杜樂娘有些不情不願地道：「欸，娘，我還有……」
「咱們先走，讓妳兄嫂再說說話。」
「他們有什麼好說的啊？」
看著婆婆和小姑子遠去的背影，宋寧有些窘迫地抓了抓頭髮，別人家的小媳婦送丈夫出門都是怎麼說的呢？「那個……相公，我……」
杜蘅笑了笑，視線掃過她被風吹得微微發紅的鼻尖，率先開口道：「知道了，妳也回去吧。」
知道了？
宋寧有些錯愕地眨了眨眼，絞著手指糾結了半晌，憋出幾句話。「放心，你不在家時我會照顧好娘和樂娘，也會……也會好好練字的。」
「嗯。」他滿意地點了點頭。

從白水村到鎮上逢集可以坐牛車，不過杜蘅沒有趕上早上那趟牛車，便徒步走去鎮上。等他到書院時已經過了晌午，好在開學第一日無課，書院裡的學子們會去先生跟前報到，等吃過午飯後就會在寢舍裡溫書或是歇息。

杜蘅剛走到寢舍門口，就被迎面跑出來的一個人撞了個滿懷。

「哪個不長眼的……子瀾，你回來了啊！」江澄大笑兩聲，一把摟住杜蘅的肩膀，朝窗下正在翻書的人高聲喊道：「七郎，子瀾回來了！哈哈哈，咱們有救了！」

柳七回過頭，也丟下書馬上站起來。「杜兄，你可算來了。」

杜蘅朝他點了點頭，輕輕拍開江澄搭在自己肩上的手，走進去解開身上的包袱放到床上，就要去倒水。

江澄先他一步將茶壺拎起來，親自倒了一杯水遞到他面前。「我說子瀾，年前夫子留的課業……」

杜蘅淡淡掃了他一眼，面無表情地道：「那些課業都是夫子壓的考題，若是解不了，縣試大概也過不了。」

柳七有些垂頭喪氣地看了看江澄，江澄卻是朝他眨眨眼，笑嘻嘻道：「子瀾，四書五經上的內容我也能默個七七八八，可先生給的題，有幾題我還真沒看出是哪本書上的，靠我們自己翻書找答案，不得翻到猴年馬月？」

他頓了頓，直勾勾地盯著杜蘅的包袱道：「直接參考你的更快，反正你的就是標準答案。你放心，我和七郎只要抄過一遍，就能記下了。」

柳七點點頭，也道：「是呀，杜兄，我有幾道題翻遍了四書五經也不知出自何處。」

杜蘅放下茶杯道：「我幫你看看。」

「喔。」柳七點點頭，老實地翻出自己的課業拿過去給他瞧。

江澄在一旁悄悄遞了個眼神給柳七，柳七有些惶恐地搖了搖頭。

只見江澄偷偷摸摸繞到兩人身後，悄悄地抓過杜蘅的包袱，結果才剛扯開包袱一角，就瞧見一個油紙包滾了出來。

「咦，這是什麼東西？哈哈哈，你說你，回來就回來，還給我們帶了吃的嗎？」

杜蘅臉色頓時一沈，將他解到一半的包袱奪回去。「這個你不能碰。」

江澄攤了攤手，厚著臉皮道：「什麼好東西我不能碰了？喔，該不會是你家那個小娘子送你的什麼貼身信物？不是吧，我可聽說那個宋三娘……」

柳七在杜蘅身後一個勁兒地朝他擺手，他「粗俗無禮」四個字還未出口，杜蘅的表情就已經難看到不行，好在這時候外面有人叩門道：「子瀾兄，陳夫子讓你過去一趟。」

杜蘅的目光冷冷地掃過江澄，起身隨那人出去，走到門口時，他忽然又回頭將包袱拎走。

江澄在他身後齜牙咧嘴地揮了揮拳頭。「呿，小氣！」

柳七兩眼一翻倒在床上，哀號道：「你難道不知道這件事在杜兄面前是個忌諱嗎？得，這下是真沒戲了，咱們就等著一塊兒到夫子面前挨板子吧。」

他們兩人其實沒見過杜蘅那位新婚妻子，可書院裡就有個上河村的同窗，只要稍加打聽就能知道宋家三娘是何等人物。

江澄搖搖頭，托腮笑道：「也對，說起來子瀾還真是可憐，被迫娶了大字不識一個的粗鄙村婦。畢竟論起相貌跟才學，放眼整個盈川縣，大概只有子瀾勉強能與我媲美。像我等這樣的謙謙君子，只有陳師妹那般窈窕淑女才勉強配得上……」

柳七朝他翻了個大大的白眼，抓起書繼續翻了起來。

「罷了罷了，我出去找其他師兄想想辦法。」江澄擺擺手，大步流星地出去了。

陳夫子把杜蘅叫到跟前親自考校他課業，見他皆能從容應答，滿意地點了點頭。「不錯，可見你私下未曾一日荒廢學業。不過，須知人外有人、天外有天，想要出人頭地，你得把自己放到縣城、府城，甚至是全國的學子當中比較，萬不可得意忘形。」

杜蘅垂頭應是。

陳夫子撫了撫花白的鬍鬚，一雙銳利的眼睛上下打量著他道：「年前你請了一陣子的假，家中之事可都處置妥當了？」

杜蘅點頭。「都處理妥當了，多謝夫子掛心。」

陳夫子吁了口氣，端起茶杯淺啜一口，忍不住又道：「雖說你才成親不久，正是新婚燕爾的時候，但為師作為過來人，免不了還是要捨了這張老臉提醒你一句。咳咳……莫要耽於兒女情長而誤了正事。」

杜蘅點了點頭，陳夫子又絮絮叨叨囑咐了幾句課業上的事情，才放他回去休息。

正當杜蘅穿過遊廊要往回走時，忽然聽見身後有人相喚。

「杜師兄，請留步！」

陳玉茹帶著婢女落落大方地走上前，朝他微微欠身打過招呼。

杜蘅拱手還了一禮。

陳玉茹撫了撫鬢上珠釵，攥緊手裡的帕子道：「年底玉茹隨家人北上，途中突逢大雪，寫了兩首詠雪的詩句，卻總覺得詞不達意，不知杜師兄可否幫我瞧瞧？」

杜蘅微微垂眸，溫和有禮地道：「說來慚愧，杜某生平未出過九江府，亦未能有幸目睹大雪紛紛之盛況，故而不敢妄言。此時夫子正在房中，師妹不妨前去請夫子指點一二。」

「師兄何必自謙？我、我不是那個意思……」陳玉茹臉色漲紅，還待分辯幾句，一抬頭卻見他已告辭離去。

婢女蕓香見自家主子怔怔地立在原地，忍不住埋怨道：「姑娘才名在外，書院裡的郎君哪一個不是上趕著請姑娘品評詩文？偏偏這位杜公子眼高於頂……」

「蕓香，慎言！」陳玉茹低聲喝斥道。

蕓香撇了撇嘴角，喃喃道：「奴婢只是為了姑娘鳴不平。」

陳玉茹微微搖著頭，苦笑一聲道：「罷了，妳一個丫頭懂什麼？走吧，咱們去給叔祖父見禮。」

凌雲書院的陳夫子就是陳玉茹的叔祖父，她出身書香世家，姿態多少高了一些，連帶著婢女也不懂事起來，所幸學生們多半禮讓，因此並未引起什麼紛爭。

兩日後，縣上傳來消息，今年的縣試定在二月十六。

公告一出，陳夫子親自帶學生們去了一趟縣衙禮房，將這次參加考試的名單遞上去。想參加考試，考生們需要親自填寫親供、互結、具結三樣資料。

「親供」包含考生個人的姓名、年齡、籍貫、容貌特徵；從曾祖父母到父母這三代的姓名及履歷，以確保考生家世清白，無作奸犯科之徒。

「互結」是指每位考生需要與其餘四名考生組成一隊，寫下承諾書，如有一人作弊，則五人連坐。

「具結」指的是每位考生都需要請一位本縣的廩生，也就是成績優等的秀才出面作保，證明考生提供的資料屬實。

親供自不必說，杜家往上三代都是從事躬耕的農戶，互結的考生和為他們出面作保的廩生都是由陳夫子親自挑選、安排的，為的就是能讓自家學生安心參加考試。

陳夫子帶著學生們前腳從縣衙出來，迎面就碰上了乘風書院的孫夫子也帶著十來號人過來。

雙方人馬見過禮之後，孫夫子先開口道：「唷，陳夫子，你們學院今年參加考試的人可真不少啊，該不會是打算以量取勝吧？」

陳夫子冷笑著捋捋鬍鬚道：「呵，彼此彼此，咱們考場上見分曉。」

江澄站在杜蘅身旁，雙手抱臂低聲道：「子瀾，對面有人一直盯著你看，嘖嘖，那眼神，像是要把你生吞活剝似的。」

杜蘅面不改色地回頭，禮數周全地朝打量他的那些人拱了拱手，對面幾個學生皆是微微一怔，抄著手移開了目光。

江澄朝他豎起了大拇指，笑嘻嘻道：「不愧是咱們書院的頭牌……不不不，是頭名，這氣度、這雅量，真是無人能及。」

柳七點點頭，激動地拉著江澄的袖子道：「快看，那人就是乘風書院的趙熹吧？」

兩人順著他的目光看過去，只見乘風書院的學生簇擁著一個身形瘦削的青衫少年從他們面前經過。

等到那些人走遠，江澄上前拍拍杜蘅的肩，感嘆道：「子瀾，我還以為那個能跟你齊名的人有什麼三頭六臂，原來不過是個平凡無奇的文弱書生。」

杜蘅拍開了他的手，快步跟上走在前面的陳夫子。

第十五章　花錢購地

凌雲書院設立了甲、乙、丙三個班，按照學生的學習進度分班，杜蘅、江澄和柳七幾乎是同時入學的，也一路從丙班慢慢升到了甲班。

二月，甲班二十多個學生大多要參加科考，陳夫子對他們寄予厚望，在課堂上抽查起課業，豈料有一大半人被問得滿頭大汗、啞口無言。

陳夫子氣得吹鬍子瞪眼，拍著桌上的書稿怒罵道：「老夫怎麼教出了你們這群庸碌無為之輩？都給我從頭到尾抄寫十遍，沒抄完，誰也不准踏出這間屋子一步！」

江澄無奈地攤了攤手，柳七長長嘆出一口氣，杜蘅最無辜。眾人大眼瞪小眼，紛紛認命地掏出紙筆抄了起來。

學生們回書院不過幾天，日日被夫子耳提面命，已是嚇得膽戰心驚，如今抄書抄得手腕都快斷了，才剛歇了一會兒，又被告知隔天要月考。

得知這個消息，學生們苦不堪言，咬著牙挑燈夜戰。

這次月考，陳夫子按照往年縣試的內容出題。

連著幾日考下來，江澄覺得腦子都快考糊了，考完就癱在床上一動也不動地對著兩個室友哀號道：「不行了，我得讓我家老頭子給我準備點人參、鹿茸之類的補一補，就這個考法，不死也得脫層皮。」

柳七十分同情地看了他一眼。「你就是平常缺乏鍛鍊，不像我和杜兄常常要幫家裡務農，身強體健。」

杜蘅笑了笑沒有說話，江澄突然想到了什麼，掙扎著從床上爬起來，目光灼灼地盯著杜蘅道：「對了，子瀾，你這回考得怎麼樣啊？」

杜蘅被盯得有些不自在，默默拿書擋住江澄的視線。「馬馬虎虎。」

江澄一拍大腿，下床抽走杜蘅手裡的書。「別呀，我可是把過年賺的身家都壓你身上了，輸了銀子不要緊，丟了面子事大。」

柳七一聽也來了興趣，丟下書上前問道：「你壓了多少？」

江澄伸出五根手指晃了晃，柳七啞然。「五兩銀子？」

見江澄搖頭，柳七驚得下巴都快掉下來了。「五……五十兩？你可真是……毫無人性！江伯父知道你這樣花銀子的嗎？」

他爹娘在鄉下得種多少年的地、賣多少斤糧食才能攢下這麼多銀子啊？

江澄抄著手哼哼兩聲，滿不在乎地道：「是我祖母和姑母們過年給的壓歲錢，你不說、我不說、子瀾不說，老頭子怎麼會知道呢？」

他們江家算是本地望族，祖上是做茶葉買賣發家的，有多少家產連江澄也不知道，總之花不完就是了。

不過他爹說了，「士農工商，只會做買賣沒什麼出息，唯有科舉入仕才能光宗耀祖」，偏偏他家三代單傳，他是這代唯一的男丁，於是全家的希望都寄託到他身上了。

杜蘅面無表情地抽回自己的書，換了個方向繼續看。

江澄見他如此淡定，撫掌大笑道：「穩了，我就知道你不會輸給乘風書院那個趙肅！」

柳七點點頭，在他心裡杜蘅就是名副其實的第一。

其實乘風書院的孫夫子和凌雲書院的陳夫子從前是同窗，後來又成了同屆的舉人，兩人暗自較了大半輩子的勁兒，到頭來誰都沒能考上進士。

如今兩位白鬍子老頭把鬥爭的目標轉移到了自家弟子身上，趙肅和杜蘅作為兩位夫子的得意門生，免不了要被兩間書院的學生拿出來比較一番。

這次他們寫的考題乘風書院的學生也寫了，等到夫子們批改完成，得第一名的考卷就會被拿到書院門口張貼，供學子們觀摩學習，誰高誰低，到時候一目了然。

過了三日，凌雲書院的夫子們將考評結果貼出來了，杜蘅不出所料又得了第一，江澄排在第四，柳七排在第八。

柳七對自己的排名很滿意，畢竟跟他們一起考的還有五位去年參加過縣試的師兄。

江澄卻有些忿忿不平地站在榜單下冷哼道：「我的文章差在哪裡了？才第四？我不服！」

這幾句話成功引來了周圍一眾學子的白眼。

江澄窘迫地輕咳了兩聲，打哈哈道：「不過，現在最重要的不是這個，我這就叫人去乘風書院門口看看那個趙肅得了第幾名。」

過了小半個時辰，他派出去的小書僮回來稟報道：「公子，奴才都打聽清楚了，趙公子也得了乘風書院的第一名。」

江澄扠著腰，撇嘴道：「哼，把他的考卷拿來給我瞧瞧！」

小書僮點點頭，從袖子裡摸出找人謄抄好的考卷。

江澄將考卷抖開，鋪在桌上從頭看了起來，柳七也湊了過去。

一目十行地看完後，江澄一巴掌拍在桌子上。「這個趙肅的確有兩把刷子，不過子瀾，我還是覺得你的文章立意更好。」

柳七跟著點頭。「沒錯，這位趙公子文章雖然辭藻華麗，但內容上總覺得還差點意思。」

杜蘅不置可否，江澄急得抓過小書僮問道：「幾位夫子評選出來了嗎？到底誰更勝一籌？」

小書僮抓了抓腦袋，一五一十地道：「選出來了，是平局。」

江澄瞪大了眼睛，追問道：「什麼？平局？這回共有幾位夫子評選？有幾位是咱們書院的，有幾位是乘風書院的？」

小書僮老實地搖了搖頭。「不清楚。」

江澄急得在屋子裡踱來踱去。「再去打聽打聽，怎麼可能是平局?!」

小書僮奉命出去打聽，不多時就上氣不接下氣地跑回來說道：「公子……打聽清楚了，共十一位夫子參加評選……乘風書院和凌雲書院各有四位，還有三位是別家書院的。」

江澄詫異道：「十一位，那怎麼會是平局？除非……」

「除非有人棄權。」柳七搶先答道。

小書僮點點頭。「對對對，就是有一位夫子棄權了。」

江澄有些煩躁地抓了抓頭髮。「這位夫子好好的棄什麼權？真是牆頭草兩邊倒！不行，我要去把我的銀子要回來！」

望著他風風火火離開的背影，柳七搖搖頭，看向杜蘅道：「杜兄，你別介意，平心而論，我還是覺得你的文章更勝一籌。」

杜蘅一臉淡然地搖了搖頭，走過去拿起桌上的考卷看了看，最終給出一句中肯的評價。「若真上了考場，我的倒未必更好。」

科舉考試也需要碰運氣，除了身體狀況、突發事件這些因素之外，還取決於考官的喜惡，這也是杜蘅這麼說的理由。

轉眼到了二月，自古以來，民間便流傳著「二月二龍抬頭，千家萬戶始耕牛」的說法。

隨著天氣漸漸暖和起來，村民們也籌備起了春耕的事，不過杜家的地不算多，倒不急於一時。

孟蘭扛著鋤頭去自家河溝邊上的地裡鋤地，宋寧和杜樂娘也過去幫忙。娘兒仨花了一上午的時間拔除荒草、刨鬆土地，種了些毛豆、茼蒿這類耐寒的蔬菜。

等地裡的活兒幹得差不多了，她們就挽起袖子去河溝邊上洗手。

「娘，有魚！」杜樂娘挽起褲腿、脫下鞋襪，說著就要下水去撈魚。

孟蘭伸手拽住她的胳膊。「妳這個孩子，如今才幾月呀？這麼冷的水踩下去，回頭染了風寒還得了！」

杜樂娘咕噥道：「我身子骨兒強健，哪有那麼容易病的？」

宋寧蹲下身仔細往水裡瞧了瞧——河水清澈、水草蔥綠，還真能看見不少小魚、小蝦在綠油油的水草間游動。

「這魚蝦還真多，就是太小了，等長大了再抓也不遲。」宋寧提議道。

她站起身來望向河溝邊上一片寬闊的灘塗，忽然眼睛一亮。「娘，您說咱們買幾十隻鴨子來養怎麼樣？」

孟蘭還沒反應過來，又聽她道：「您看，這條河溝裡有小魚、小蝦，那邊的灘塗也適合小鴨子嬉戲活動。正好咱們後院還有塊空地，可以收拾乾淨搭個鴨圈，您說呢？」

望著不遠處的河灘，孟蘭提出自己的擔憂。「這當然是好事，只是……那河溝邊上的灘塗，一塊地是妳方嬸家的，她倒是好說話，但另外一塊地是王二家的，他們家可不好相與……」

王二家？宋寧眨了眨眼，那的確不好說話。要是她沒記錯的話，當時王二的媳婦盧珍還想訛她們來著。

宋寧搖搖頭，心裡清楚少跟這種人打交道為妙，不過為了這點困難就要她放棄，又覺得有些可惜。

杜樂娘穿好鞋，拍了拍身上的草屑道：「怕他們做什麼？咱們只要管好自己家的鴨子，不從他們家地裡經過，他們就是想賴也賴不上咱們。」

宋寧不禁苦笑一聲。話雖這麼說，可是鴨子有腳、有翅膀，難免有人管不了的時候。想到這裡，她仔細觀察起河溝邊上的環境，那裡地勢低窪，只要碰上暴雨，河溝裡的水位上漲、河水倒灌，地裡的莊稼就容易澇死。再看看王二家地裡齊膝高的雜草，就知道這塊地不好種。

宋寧左思右想，想到了一個法子。「娘，要不咱們看看能不能把河溝邊上那兩塊地買下來或租下來？」

要說有哪種作物既不容易被路過的小鴨子禍害，又能扛得住水淹，她最先想到的是高粱。高粱稈子長而硬，根系發達不怕水淹，正適合種在這樣的地方。

他們這個地方種粟米和小麥的人多，種高粱的人少，大概是因為高粱在市面上的價格不如前兩者高。不過宋寧已經想好了，等他們家高粱收成以後，可以用來釀酒。
孟蘭聽完她的想法後沒什麼意見，至於杜樂娘，嘴上雖然不說，心裡還是很贊成的。
她自幼就喜歡養小雞、小鴨，小時候她爹編竹筐，她就坐在小馬扎上看，搭鴨圈這樣的事她最擅長了。
娘兒仨商量好了就去找方錦，方錦一聽，笑道：「我沒什麼意見，那塊地呀，往年也就用來種些豆子，還動不動就被水淹。今年孩子他爹都懶得去耕地了，妳們要是覺得不虧就拿去。」
方錦為人豪爽，可是宋寧跟孟蘭都覺得不能讓人家吃虧。「娘，我打聽過了，如今鄉下一畝良田的價格大概要五、六兩銀子，等方嬸家的人量完地，咱們就按這個價格為基準去算怎麼樣？」
孟蘭點點頭。「好，妳作主就是。」
過去他們家進項少，處處都要精打細算，恨不得一文錢掰成兩文錢花。如今他們家做起了買賣，攢了些錢在手上，準備讓兒子考試的那筆錢她自然不會動，但剩下的她覺得該花就花，反正早晚都能賺回來。
孟蘭想到王二家那邊不好辦，不禁擔憂道：「三娘啊，妳有那麼多銀子嗎？不夠的話，娘這裡還有。」

宋寧掂了掂荷包裡的碎銀子，笑道：「娘，我還有。」

年初她回娘家幫爹娘建紅糖作坊，回婆家前她娘又偷偷塞了六兩銀子給她，再加上這些日子以來做醬菜賺的錢，她手上總共還有七、八兩銀子。

河溝邊上那兩塊地加起來也就一畝左右，這樣她還能留些餘錢買鴨子。

盧珍一看見孟蘭婆媳，就想起自家兒子被她家閨女揍的事情，偏偏她是個斤斤計較的人，誰要是得罪她，她能記一輩子。

宋寧跟孟蘭都快走到眼皮子底下了，她才漫不經心地抬頭盯著她們，冷笑道：「唷，真是稀客，什麼風把妳們兩個吹到我家來了？」

孟蘭心平氣和地朝她笑了笑，客客氣氣地問道：「妹子，丁大娘在家嗎？」

盧珍撇撇嘴角，正要敷衍說「不在」，誰知孟蘭這話偏偏被正縮在屋子裡烤火的婆婆聽見了。

丁梅拄著枴杖顫巍巍地從屋子裡走出來。「誰呀？找我老婆子什麼事？」

孟蘭帶著宋寧走到丁梅跟前，抬高聲音道：「丁大娘，是我，我們來找您商量事情。」

丁梅瞇起眼盯著孟蘭仔細端詳，費了好大的勁兒才終於把人對上了號。「喔，原來是杜家媳婦過來了，妳們找我老婆子什麼事呀？」

孟蘭笑著把兒媳婦想買他們家河溝邊上那塊地的事說了一遍。

盧珍一聽，還沒等婆婆開口，便忍不住插嘴道：「這事妳們想都別想，我家那塊地還要留著種菜呢！」

宋寧在心裡默默吐槽。她們又不瞎，王二家要是真打算種菜，那地裡一堆雜草又是怎麼回事？

孟蘭只是笑了笑，沒有說話，耐著性子等丁梅回話。

丁梅瞇了瞇眼，慢吞吞地問道：「妳們是說要花銀子買我家河溝邊上那塊地？」

宋寧點點頭，伸出五根手指頭，一字一句地道：「丁婆婆，我們打算以五兩銀子一畝地的價格買那塊地，您看成嗎？」

聽到「銀子」兩個字，丁梅眼睛一亮，腦子頓時活泛起來了。「五兩銀子？妳們該不會是在欺負我老婆子上了年紀，耳目不聰吧？」

宋寧忙解釋道：「丁婆婆，我和娘絕對不敢誆您，只要您點頭量地，我們兩家人就一塊兒去里正面前過書契，一手交銀子、一手交地。」

盧珍見婆婆有些動搖了，忙湊過去在她耳邊嘀咕。「娘，您別聽她們的，哪有這種天上掉餡餅的好事？我看這婆媳兩個就是合夥誆您呢！」

誰知丁梅聽了卻冷笑一聲，手裡的枴杖重重拄在地上。「妳真當我老婆子糊塗了嗎？我和杜家媳婦說話，哪裡輪得上妳這個婆娘插嘴？去，把我兒子叫回來，讓他跟著走一趟。」

盧珍悻悻地閉了嘴，接著便跑去自家男人面前搬弄是非。

王二聽了他婆娘的話，本來還不怎麼想答應的，但一聽到杜家出的價錢，不禁動了心。單憑那樣一塊地能賣到這種好價錢，任誰都不會覺得吃虧。

他猶豫再三，還是應了下來。

事情談妥、地也量好之後，三家人歡歡喜喜地到里正面前過書契，只有盧珍全程垮著一張臉，活像誰搶了她家似的。

羅里正當著三家人的面唸完書契上的文字，又好意提醒道：「你們可都想清楚了？這手印一按下去，就沒有反悔的餘地了。」

宋寧有些無奈地笑了笑，總覺得羅里正這話主要是對她們婆媳兩個說的，畢竟五兩銀子在他們村裡都能買一塊上好的良田了，誰都會認為他們家太虧。

按手印之前，宋寧回頭看了婆婆孟蘭一眼。

見孟蘭朝自己點了點頭，宋寧十分肯定地道：「羅叔，謝謝您的好意，日後是賺是虧，我們家都認，不後悔。」

方錦見丈夫范全愣頭愣腦地杵在原地，忍不住用手肘頂了他一下。「人家三娘都按手印了，你個大男人還磨蹭什麼？」

范全撓了撓頭，嘿嘿笑道：「我這不是等妳發話嗎？」

方錦瞋怪地瞪了他一眼，范全便樂呵呵地按了手印。

王二家的人將書契捧在手裡仔仔細細看了一遍，老實說別的他們看不懂，只知道上面寫的銀兩數目對得上，便點頭按了手印。

羅里正見他們都沒意見，也無話可說。其實他之所以這麼謹慎，是有原因的。

按照本朝律法，土地轉讓經過買賣雙方同意後簽訂書契，不過是第一步而已，須得由他這個里正拿著書契到官府辦理轉讓手續，並加蓋公章、登記在冊，才能正式生效。

三日後，宋寧終於拿到了加蓋官府公章的書契。

第十六章　離家赴考

初六，宋寧和婆婆要去鎮上送醬菜，順便買小鴨子和高粱種子，杜樂娘主動留下來看家。

孟蘭記掛兒子，一早就起來蒸了米糕準備帶過去給他。

去九鄉居交醬菜的時候，免不了聽朱宏嘮叨了幾句。「三娘，妳是不知道，那個知味居和老蒲記為了拉客，竟然生生把價格壓下去兩成。哼，妳說他們這樣不是胡搞嗎？誰不知道醬菜買賣本就是薄利多銷，這麼下去遲早要完。」

宋寧思索了一下，也把自己的想法說出來。「我贊成您的看法，他們越是這樣就越說明他們沒有自己的特色，只能靠打價格戰來搶占市場。這時候要沈得住氣，讓他們自己去爭，咱們守好自己的本心，在品質和味道上嚴格把關就行。雖然短時間內咱們看起來會吃虧，也會損失一部分貪便宜的客源……」

朱宏身子往前湊了湊，等著她說出那個「但是」。

宋寧蜷起手指敲了敲桌面，清了清嗓子道：「但是咱們都心知肚明，若是想低價售出，要麼倒貼錢賣出去，要麼就得壓縮花在原料和工費上的成本。若是前者，他們撐不了多久；若是後者，他們做出的醬菜只會越來越差。」

朱宏盤著手腕上的珠子，哈哈笑道：「人人都說我朱某是隻老狐狸，我看三娘更勝一籌，妳能這麼想正合我意。」

宋寧有些赧然地笑道：「您過譽了。不瞞您說，我還打算等天氣回暖，地裡的菜長出來以後，再做些新的品項。」

朱宏一聽頓時來了興趣，不知不覺又聊了一個多時辰。

婆媳兩個從九鄉居出來已經臨近晌午了，匆匆趕去集市上挑了二十隻小鴨子，又買了高粱種子，正要往回走時，才突然想起要給杜蘅的米糕還在包袱裡。

孟蘭望著手裡的兩筐小鴨子，不由得苦笑道：「瞧我，都忙糊塗了。三娘，要不妳去一趟書院街把米糕帶給大郎，娘在這裡等妳。」

宋寧有些窘迫地抓了抓頭髮。「娘，都怪我跟朱掌櫃一聊起來就忘了時辰。那好，您去那邊茶攤上坐著等我，我去去就回。」

見孟蘭點點頭，宋寧就揹著小包袱去了書院。

宋寧趕到書院門口時，正好碰見一群穿著學子服的少年走了出來。

想到杜蘅有可能就在這些人裡面，她心裡莫名地感到緊張，還夾雜著一絲小小的期待。

不過宋寧站在門口的樹下等了許久，並沒有看到杜蘅出來，轉念一想，又覺得書院裡應該有伙房，他大概是不會出來了。

可惜此時學生們都散了個精光，書院門口只剩下一位頭髮花白的老伯佝僂著腰在掃地上的樹葉。

宋寧整了整身上的衣裳，走過去對那老伯道：「請問這位老伯，能否幫我帶個東西進去？」

老伯抬頭瞥了她一眼，繼續低下頭去掃地。「帶個東西？給誰呀？」

宋寧想了想，道：「杜蘅，天字甲班的杜蘅。」

老伯好似沒有聽清楚，豎起耳朵又問了一遍。「誰？」

宋寧有些無奈地嘆了一口氣，抬高聲音道：「杜——蘅，我找杜蘅！」

「請問姑娘是何人？找杜師兄有何事？」

宋寧循聲望去，只見一個身著杏色綾襖、模樣秀麗的姑娘立在身後，那姑娘也正在不動聲色地打量著她。

客氣地朝她笑了笑，宋寧道：「姑娘，您認識杜蘅嗎？」

掃地的老伯看到那姑娘就停下掃帚，和藹可親地笑道：「玉茹姑娘，今日又來找陳夫子討教學問嗎？」

陳玉茹帶著婢女蕓香走上前，微微頷首同他打過招呼，然後看向宋寧道：「姑娘是杜師兄的妹妹？」

宋寧沒有多做解釋，只道：「那個……我有東西要交給他。姑娘若是能進去，可否為我將東西遞給他？就說是家母親手做的米糕，趁早吃。」

陳玉茹點了點頭，示意身後的蕓香接過宋寧的包袱。「姑娘既然是杜師兄的妹妹，何不跟我一同進去把東西當面交給他？」

宋寧忙搖頭道：「不用，喔……我是說書院裡都是男子，我一個姑娘家進去不大方便。」

陳玉茹自覺失言，笑道：「姑娘說得對，是玉茹考慮不周了。」

宋寧擔心婆婆等太久，再次同她道過謝，沒再逗留就走了。

陳玉茹目送宋寧離開視線，然後帶著蕓香進了書院，找到杜蘅。「杜師兄，這是令妹託我交給你的東西，說是令堂親手做的米糕。」

杜蘅眸光微動，向她道謝後接過東西，他心中正有些疑惑，就聽江澄在身後笑嘻嘻地湊上前問道：「樂娘來啦？她在哪裡？伯母沒有一起來嗎？」

陳玉茹搖頭笑道：「她是一個人來的，方才還在書院門口，我本想邀請她一起進來的，可……」

見杜蘅忽然扭頭就走，江澄喊道：「欸，子瀾，你要去哪裡?!」

宋寧離開書院，沿著小河邊上往回走，走到半路時聽見身後一道熟悉的聲音響起——

「什麼時候來的？」

宋寧有些詫異地回頭，看見杜蘅正站在她身後的不遠處，穿著一身儒雅的學子服，目光沈沈地望向她。

被他看得有些心虛，宋寧笑道：「那個……相公，你怎麼出來了？」

杜蘅走近幾步，站到她面前，垂頭盯著她微微發紅的臉頰道：「妳怎麼一個人來了？娘呢？」

宋寧垂頭盯著自己的鞋尖道：「娘在草市街路邊等我。」

「嗯，回去告訴娘，不用再送東西過來，我過兩日就會回去。」

「知道了，那我走嘍。」

「好，路上當心。」

縣試將近，按照慣例，凌雲書院會給學生們放幾日假，讓他們回家收拾衣物、拜別親友，再趕往縣城赴考。

臨行前，陳夫子請來了往年考過的童生師兄為學生們講解考場注意事項，讓他們保持飲食清淡、考試當日不能穿有夾層的衣服，以及維持好心態、不要看到有人交卷就驚慌之類的。

等到師兄講完，陳夫子親自上前拍著戒尺道：「該說的你們師兄都說了，老夫最後再提醒你們幾句。上了考場，考題會不會做倒是其次，若是有人想要投機取巧、考場舞弊，令自己名聲掃地、連累同窗，就不要怪老夫翻臉無情了！」

學生們戰戰兢兢，紛紛表示會謹遵師訓。

也不怪陳夫子對他們三令五申，十年前便有一樁震驚整個梁國上下的科場舞弊案。其中一人抱著僥倖心理夾帶文章，最終導致同門十多名考生受到牽連，被終身禁考。

十年寒窗毀於一旦，那些學子何其無辜！

杜蘅在家三日，孟蘭從村裡買了兩隻老母雞，燉了藥膳湯來給他補身子。

其間方錦親自送來一筐橘子。「我家沒什麼拿得出手的東西，這筐橘子是我早上剛從地裡摘的，你們母子不要嫌棄才是。」

「嫂子這樣說就見外了，我們母子平時沒少受到你們照料，感激都來不及了，怎會嫌棄？」孟蘭雙手接過竹筐，又把杜蘅叫出來親自道了謝。

羅里正家的翁老太太也親自上門送了一隻豬蹄給他們家，取「祝題」的諧音，預祝杜蘅可以金榜題名。

這些恩情，孟蘭都牢記在心，囑咐兒子若是有朝一日能夠出人頭地，都要記得報恩。

杜蘅離家那日，孟蘭帶著杜樂娘、宋寧一起將他送到了鎮上。

這次他們去縣城搭乘的是江家的馬車。江哲把兒子這次縣試看得極重，特地放下手裡的生意親自送考，江母黎韻娘本來想跟去照顧兒子起居，卻被江澄嚴詞拒絕了。

「娘，我是去考試，不是去遊玩的。再說我又不是沒斷奶的孩童，你們跟過去會惹人笑話的。」

黎韻娘伸手點了點他額頭。「娘都是為你好，你這小子真是不識好歹，家人送考不是常事嗎？我看誰敢笑話！」

江澄有些抓狂地看向父親道：「爹，您快勸勸我娘，人家子瀾和七郎都是隻身前去應考的。」

聞言，江哲呵呵笑道：「是是是，有為父在就足夠了。夫人放心，我能照顧好咱們兒子的。」

「罷了罷了，老娘不管了，你們父子兩個好自為之！」

黎韻娘撂下狠話，然而到了送考這日，她還是巴巴地跟著送到了書院門口。

江哲見到杜蘅母子三個過來了，笑咪咪地同他們打過招呼，此時柳七也在家人的陪同下到場，三家人相互見過禮。

柳七的爹娘年紀大了，這次來送他的是已經嫁做人婦的六個姊姊，六個姊姊齊聚一堂圍著柳七絮絮叨叨地交代個沒完，吵得柳七耳朵嗡嗡直響。

江澄一手搭上杜蘅的肩笑道：「還好我家姊姊嫁得遠，光是我娘一個女人就夠我一個頭兩個大的了。」

黎韻娘伸手擰起他一隻耳朵道：「你這臭小子，說什麼呢？」

江澄叫苦不迭。「娘，這麼多同窗都看著呢，兒子不要面子的嗎？」

眾人不禁哈哈大笑，黎韻娘尷尬地笑了笑，訕訕地收回了手。

江澄撇了撇嘴角，突然神秘兮兮地湊上前對杜蘅道：「欸，說起來你家那個小娘子沒來送你一程嗎？還真是狠心！」

杜蘅朝人群望了望，方才宋寧說自己有東西落在牛車上了，不知道能不能在馬車啟程之前趕到。

孟蘭又仔仔細細檢查了一遍兒子要帶去的東西，臨別之際，免不了傷感起來。「大郎啊，這些衣裳夠不夠？娘聽說往年有人在考場上凍得暈過去了，還有人一出來就一病不起。你一個人去縣裡，娘總有些放心不下。」

杜蘅耐心答道：「娘，衣裳都夠了，這幾日天氣還算暖和，況且我身體康健，不會有事的。」

一旁的杜樂娘摟住孟蘭的肩膀勸道：「娘，哥哥是跟同窗一塊兒去的，彼此間能夠相互照應，您就放心吧。」

江澄拍拍自己的胸脯笑道：「樂娘妹妹說得對，伯母您就放心吧，有我在呢。」

孟蘭含笑點了點頭，恰逢陳夫子一行人也過來給學生們送行。

陳玉茹看到杜蘅母子幾人，主動上前同他們打過招呼。「杜師兄，這是玉茹親手做的桂花糕，預祝師兄蟾宮折桂！」

江澄盯著陳玉茹遞過來的桂花糕，嘻嘻笑道：「陳師妹，是單給子瀾一個人的，還是我們這些人都有？」

陳玉茹面上一紅，掩口笑道：「有的，師兄們都有。」

江澄滿意地點了點頭，伸手接過她手裡的桂花糕。「那我就先幫杜兄收下了，多謝！」

陳玉茹含羞帶怯地望了杜蘅一眼。

杜蘅微微頷首致謝，目光卻是有些心不在焉地望著熙熙攘攘的送考人群。

「三娘，這邊！」孟蘭一眼就在人群中看到了宋寧，朝她揮了揮手。

今日宋寧穿了一件水紅色小襖、石青色裙子，烏黑的髮綰成一個髻，臉頰因為方才小跑了幾步而染上一抹紅暈，整個人看起來容光煥發，氣色很好。

「娘……相公……還好趕上了。」宋寧停下腳步，長長地吁出一口氣。

「相公?!」江澄睜大了眼睛，一臉不敢置信地盯著迎面而來的女子。她……她她就是傳說中那個囂張跋扈的宋三娘嗎？

杜蘅朝她點點頭，嘴角微微上揚。「東西拿到了嗎？」

宋寧頷首，將一個包袱塞到他手裡。「這裡頭有我做的肉乾、果脯和餡餅，都是些方便食用的小零食，你看書餓的時候可以吃，嗯……應該也可以帶到考場上吃。」

江澄看得眼珠子都快掉下來了，拉過剛從姊姊堆裡解脫出來的柳七道：「這位姑娘就是宋三娘？怎麼跟大家口中的不一樣？」

傳聞宋三娘言語粗鄙、行為荒唐，眼前這位女子模樣俏麗、舉止有度，更難得的是眉眼間流露著一種閨中女子少見的舒朗之氣，這兩者怎麼會是同一個人呢？

柳七撓撓頭。「正所謂三人成虎，這耳聽為虛、眼見為實……好了，別想了。走，咱們過去跟他們打個招呼。」

江澄還沒反應過來，就被柳七拉著上前行禮，杜蘅也向宋寧正式介紹了兩位同窗。

宋寧對著他們微微一笑。「三娘祝兩位公子一路順風、金榜題名。」

盈盈笑語，如沐春風！江澄腦海裡倏地冒出這八個大字，臉上也跟著笑開了花。「弟妹這話我愛聽。」

說完還忍不住用胳膊撞了撞柳七，同他竊竊私語道：「難怪子瀾一直藏著掖著，弟妹這麼討人喜歡，難免遭人惦記。」

柳七忍不住噗哧一笑，杜蘅則裝作沒有聽見。

站在不遠處的陳玉茹看到了宋寧，也注意到杜蘅在面對她時不經意間流露出的親暱之態。

她捏著帕子喃喃道：「原來她是杜師兄的娘子……她怎麼會是他的娘子呢？」

跟在她身後的蕓香有些不滿地道：「是啊，姑娘，她既然是杜公子的娘子，上回為何要騙咱們說是杜公子的妹妹？可見這人心機深沈！」

陳玉茹不知該如何回話，只默默收回視線，盯著自己的鞋尖。

一行人坐了大半日的馬車，終於抵達縣城。江家在縣城裡有產業，其中就包括離縣衙不遠的一處二進宅子。

杜蘅和柳七原本打算要去縣衙附近找一間客棧落腳，江哲聽說以後，忙道：「兩位賢姪都是犬子的同窗，實在不必這樣客氣。況且縣城這兩日前來赶考的學子眾多，那些客棧臨時漲價不說，還魚龍混雜，若是耽誤你們備考，豈不是懊悔終生？」

杜蘅拱手道：「此番我與七郎一路上能得伯父照拂已是不勝感激，怎好再來叨擾？」

柳七也嘿嘿笑道：「伯父您放心，我和七郎不挑地方，到哪裡都能睡得著。」

江哲眉頭緊皺，面露焦急之色。「這……」

見狀，江澄伸手勾住兩人肩膀，壓低聲音道：「我說你倆跟我瞎客氣什麼？我爹是真心想邀你們跟我同住的，他呀，其實就是希望有人能代替夫子看著我。」

江哲的心思被兒子無情戳穿，乾笑兩聲，蜷起兩根手指砸在江澄頭上。「你這小子！」

還真被兒子給說中了。他對兩位晚輩的照拂，一則出於兒子與他們之間的同窗之誼；二則是兒子性子跳脫，可是柳七為人謙和、踏實勤勉，杜蘅性子沈穩、學識又好，有他們在，他能省下不少心。

柳七有些猶豫地看向杜蘅。其實他沒什麼意見，反正有杜蘅在，去哪裡都一樣。

杜蘅笑道：「既然伯父一片美意，晚輩卻之不恭。」

就這樣，他們兩人在江家的別院住下了。

三人依舊待在一起看書、切磋學問，空閒的時候江哲還帶他們去街上轉一轉，提前熟悉考場周圍的情況。

這日他們走到半路上，江哲就被幾個舊相識撞見，非要拉著他一塊兒去酒樓裡敘敘舊。

江哲為難地看著幾個晚輩道：「諸位世兄，非我推辭，只是今日我還要陪著幾個小輩……」

一旁的江澄忙道：「爹，您就安心去吧，這條街離咱們家就幾步路，我們還能走丟了不成？」

朋友那頭盛情難卻，江哲點點頭，又囑咐了幾句，就跟人離開了。

第十七章　縣試登場

沒了父親盯著，江澄就如同脫了韁的野馬，被街上形形色色的店鋪和路上的漂亮姑娘迷花了眼。

逛著逛著，他突然停在一處小攤子前，指著小娘子手裡栩栩如生的絨花道：「唉呀呀，子瀾，你瞧瞧，如今城裡的姑娘都時興戴這樣的花，可惜我和七郎都是光棍……你呢？要不要買一朵回去送給嬌滴滴的小娘子？」

那賣花的小娘子見三人相貌不俗，臉頰一紅，掩口笑道：「幾位公子是要買花送給心上人嗎？梨花清雅、海棠嬌豔，不知公子們想要哪一種？」

柳七有些不好意思地摸了摸後腦勺，嘿嘿笑道：「杜兄，我看這姑娘手巧，花做得跟真的似的，姑娘家見了一定歡喜。」

杜蘅握拳抵唇，輕咳了兩聲，朝他們兩人道：「我先去前頭瞧瞧，你們自便。」

江澄眼珠子一轉，扯了扯柳七道：「你說他這該不會是在害羞吧？」

柳七若有所思地點點頭。「我看是。不過，咱們打擾了這位姑娘，要是不買，實在有些說不過去。」

「欸，你家裡不是有六位姊姊嗎？要不買給她們一人一朵？」

「伯母那麼疼你，你若是買一朵孝敬她，她肯定會很開心的。」

「呵呵，我娘年紀那麼大還學小姑娘戴花，不會臊得慌嗎？」

兩人你一言、我一語地打趣對方，追上了前面的杜蘅。

縣試這一日，天還沒亮，縣衙門外就有考生開始排隊了。

仲春二月，樹枝上結著一層寒霜，一陣冷風颳過來，吹得那些衣衫單薄的考生哆哆嗦嗦，將雙手插在袖子裡，不住地跺著腳。

「哈啾！」江澄一隻腳踏出門，就感覺到寒風灌進脖頸裡，他不禁打了個大大的噴嚏。

江哲皺眉，從管家手裡接過冬衣為他披上。「快，先把棉襖穿上，到了考場你們幾個再脫下來也不遲。」

縣試時的天氣雖然寒冷，但是為了防止有人作弊，是不允許有人穿帶有夾層的衣服。為了抗凍，他們身上都穿了四、五件單衣，行動起來有些笨拙。

江澄吸了吸鼻子道：「爹，您別忙活了，現在穿起來暖和，等會兒再脫下來，豈不是越發凍得慌？」

聞言，江哲板著臉替他攏了攏衣裳道：「總之你先老老實實穿著，興許等會兒太陽出來就不冷了。」

柳七搓了搓手，笑道：「是呀，江兄，你聽伯父的沒錯。」說完又看向杜蘅道：「杜兄，你覺得冷嗎？」

杜蘅微微搖頭。「還好。」

江哲一早起來就吩咐廚房給他們做了熱騰騰的麵條，江澄沒胃口吃得少，杜蘅和柳七吃完麵、喝下湯，現在身上還微微發著汗，手腳都暖烘烘的。

他們住得離考場比較近，到那裡的時候排隊的人還不算多，排了一會兒之後，就看見幾個乘風書院的學生過來了。

那幾個人提著考籃同他們擦身而過，突然停住腳步，意味不明地朝他們笑了笑。

江澄被那些人笑得有些發毛，抄著手撇撇嘴角道：「哼，大清早的真是晦氣！」

柳七摸摸後腦勺。「總覺得哪裡怪怪的。」

杜蘅眸色微沈，目光落在府衙門口那兩個紅通通的燈籠上。「走吧，快到了。」

眼看就要進場了，排在他們前面的考生卻突然鬧哄哄的，只見兩個身形魁偉的官差架著一個文弱書生，將他拖出了人群。

那書生一個勁兒地掙扎道：「各位官爺，那不是我的東西，我是被冤枉的！」

另一名為首的官差捏著一張寫滿字的小紙條。「這個東西是從你籃子裡搜出來的吧？你還有什麼好說的？」

那書生跌坐在地上，仰面痛哭道：「這不是我的東西，官爺明鑑，是……是有人要陷害我，有人要害我啊！」

大約是那書生哭得淒慘，抓著他的兩個官差一時有些動容，卻聽見為首的那人怒道：「愣著幹麼？耽誤了考生進場，上頭怪罪下來，你們擔待得起嗎？還不快把他給我拖下去！」

官差領命拖著書生走遠了，排隊的考生們忍不住竊竊私語起來，完全沒料到剛開始就有這種場面。

江澄也低聲道：「你們說，他到底是被冤枉的，還是在狡辯？」

站在他身後的柳七搖搖頭。「不好說，這時候碰上這種事情，只能自認倒楣。」

排在兩人前面的杜蘅卻是微微蹙眉，心裡升起一種不祥的預感，沈聲道：「你們看看考籃，可有被人塞了什麼不乾淨的東西？」

點到的兩人皆是心裡「咯噔」一下，悄悄翻了翻籃子裡的東西。

江澄說道：「我的沒有。子瀾，你呢？」

杜蘅微微搖頭，江澄才剛鬆了一口氣，正要問柳七，誰知還未等到他回應便見幾個官差帶著刀朝他們走了過來。

官差們掃視了四周一圈，其中一個厲聲喝斥道：「安靜，考場外禁止交頭接耳！」

考生們紛紛屏氣斂息，等著接受搜查。

杜蘅和走在前面的兩個師兄先進去，不多時江澄也進去了，幾個人在考場的院子裡等了好一會兒，才終於看見柳七拎著考籃、耷拉著肩，慢吞吞地進來了。

江澄和杜蘅對視一眼，走過去問道：「七郎，你怎麼了？怎麼臉色看著有些不太好？」

柳七看了他們兩人一眼，目光躲閃道：「喔，沒什麼，我就是剛才吹了點冷風，身子有點不舒服。」

江澄狐疑地湊上前盯著他道：「真的？」

見柳七欲言又止，杜蘅拍了拍他的肩道：「好了，有什麼話等考完再說。考場上沈下心來答題，不要受到外界干擾。」

聽了他的話，柳七重重地點了點頭。「杜兄，我知道了。」

等到考生全部進場，縣令就帶著本縣的教諭現身，照例宣讀考場規則、交代注意事項，然後由廩生唱保，證實由自己作保的那幾位考生身分屬實，無替考情況。

接著考生們領著自己的考牌，進入相應的號房裡。號房是兩排一字排開的小隔間，裡面只有一塊充作桌子的木板和一條硬邦邦的凳子。

對於個子比較高的人而言，待在這樣狹窄的號房內實在有些束手束腳，但也無可奈何，大家都是這麼過來的。

他們三人的號房相隔很遠，但幸好沒人被分配到離茅廁最近的臭號。

杜蘅找到自己的號房，矮身坐了進去，擦了擦桌子上的灰塵，拿出筆墨，靜靜等待分發考卷。

縣試共有五場，第一場被稱作正試。顧名思義，第一場就是最重要的一場，唯有通過第一場，才能繼續參加後面的複試。

第一場考的是貼經，考官從四書五經任意選取一行出題，要求考生默寫出上文或下文，短則一句，長則數十行。只有將四書五經爛熟於心，才能做到不錯一字、不漏一句。

能做到這點已是不易，再加上有很多人上了考場後因為太緊張，連平日倒背如流的那些內容都想不起來了，可見要通過正試有多困難。

等到卷子發下來，巡考官宣布可以開始答題之後，考場內瞬間安靜下來，只剩考生們翻動紙張、振筆疾書的聲音。

杜蘅拿到考題以後，先是按照習慣從頭到尾將考卷翻看了一遍，確認無誤後開始研墨、答題。

寫到一半，他抬頭望向外面升至正空的太陽，雖然不覺得有多餓，還是拿出宋寧做的肉乾、餡餅就著桌上的清水吃下去，吃完又拿出兩枚果脯。

杜蘅平時沒有吃零嘴的習慣，但此時卻覺得那果脯入口生津、酸酸甜甜，滋味很不錯。坐在他對面的考生隔著一丈多的距離抬頭見他吃得津津有味，雖然看不清是什麼東西，也跟著嚥了嚥口水。

杜蘅吃完擦淨手，繼續答起題來。

到了下午，已經陸陸續續有人示意巡考官要交卷了，江澄便是最先交卷的那一批人。

一拿到考題，江澄就驚喜地發現這次的考題有好些是陳夫子考校過的內容，他記性好，答起來毫不費力。

迅速地答完題，江澄就毫不猶豫交了卷，在那個又冷又硬的小隔間裡多待一秒，都令他渾身難受。

此時杜蘅雖已答完了所有題目，卻未急著交卷，而是將考卷一張張疊放整齊，然後從頭到尾細細翻看起來。

另一頭，柳七看到周圍的人紛紛交卷，心中焦急，緊趕慢趕地答完題了。

雖然他也覺得在號房內待著簡直如坐針氈，但一想到杜蘅、師兄以及夫子平日的囑咐，終究耐著性子慢慢檢查答題有無錯漏之處。

不看不打緊，一看還真讓柳七抓出幾處遺漏來，他又匆匆補上幾筆。

第一場剛考完，就從原來參加考試的三百多人中刷掉了一半。

凌雲書院去參加考試的二十六名學子只剩下十二名可以繼續參加複試，其中就包括杜蘅三人和他們幾位師兄。

江哲見自己看好的幾個後生都過了，心裡十分歡喜，拉著兒子回去給列祖列宗上了一炷香，還要大擺宴席慰勞他們幾個。

不過江澄卻是不以為然地雙手抱胸冷哼道：「爹，這才第一場，後面還有好幾場呢，等全考完了再慶祝也不遲。」

杜蘅和柳七也紛紛表示不敢再添麻煩，江哲想了想，最終還是叫家裡的廚子多做幾道菜，為他們加了一頓餐。

他們在家休息了一日後，再次進入考場應試，第二場考的是默義。這一場仍圍繞四書五經出題，要求考生為考題中引用的經典內容進行注解。

第三場把貼經和默義放到一起考，考試範圍雖大抵相同，可內容上較前兩場更加深入。再往下的第四、第五場考試範圍越發寬泛，已經超出了四書五經的範疇，不僅考校學生對經典的理解與闡述，還涉及律法、明算以及詩賦等各方面。

據說當今聖上和內閣大臣們有意改革文試制度，考試範圍擴大也側面反映出如今的朝廷更加渴求全能型的人才。

連著五場考下來，考生們目睹身邊的同伴換了一個又一個，有不少人是考得心灰意冷，主動放棄，還有很多人則是未考完就病倒了。

縣試考完後，城裡的醫館人滿為患，好在江哲提前叫人請了大夫在家候診。

三個人考完都瘦了一大圈，杜蘅和柳七身體底子好，除了有些睏倦外，並無什麼不適，但也在江哲勸說下喝了兩碗薑湯祛寒。

反觀江澄，他平日就缺乏鍛鍊，飲食上又過於精細，考到第三場的時候還剛好下了一場雨，寒風一颳，他就開始吃不消了。

回家後江澄被江哲灌了幾大碗藥，他咬著牙，腦子昏昏沈沈地上了考場。

好不容易堅持到考完這一日，他整個人都快脫力了，在江哲和家僕的攙扶下返家。晚上，江澄服了藥，裹著棉被倒在床上，聽見柳七和杜蘅進來，眼睛倏地睜開了，目光灼灼地盯著他們道：「七郎、子瀾，快，扶我起來，咱們來說說那句『天地養萬物，聖人養賢，以及萬民』你們是如何解的？」

柳七有些茫然地抓了抓後腦勺。「啊？有這句嗎？我怎麼都沒印象了。你該不會是腦子燒糊塗，記錯了吧？」

江澄一言難盡地望著他。「是第三場的經義題倒數第二道，杜兄，你快告訴他有沒有。」

見杜蘅點了點頭，柳七有些沮喪地垂下了頭。「啊，我怎麼完全想不起來了……」

杜蘅伸手拍了拍他的肩。「別想太多，考都考了，安心等結果就是。」

江澄被父親關在屋子裡躺了一天，又裹著被子發了汗，才終於好轉過來。

柳七和杜蘅都記掛著家裡，見他快好了，便準備隔日啟程回鄉。

沒想到這日早晨，街上忽然傳來消息說縣衙門口有學生聚集，擊鼓鳴冤。

江哲聽說後，擔心這件事會影響這次縣試的結果，忙派了人出去打聽，不久後家僕回來將事情的來龍去脈講了一遍。

聽到家僕說的事，江澄立刻找上杜蘅、柳七，面色沈重道：「你們還記得那個在第一場考試前因夾帶小紙條被拖下去的考生嗎？」

柳七與杜蘅對視一眼，皆點了點頭。

江澄長嘆一聲道：「聽說那位考生名叫戴林，是蘆山書院的學生，那日他被官差帶走後，官府未經查證便被認定為科場舞弊，他被打了二十大板，險些丟了性命。」

柳七微微一怔，只覺得背上一陣惡寒，又聽江澄道：「戴林平日為人本分，又是蘆山書院的佼佼者，他的同窗們聽說後都為他鳴不平，考完後一同去了高縣尉府上請願，要他們還戴林一個公道，結果被高家的刁奴亂棍打了出來，有好幾個人都受了重傷。」

杜蘅蹙眉，問道：「如此說來，此事跟這位高縣尉脫不了關係。」

江澄點點頭，敲著桌面道：「高縣尉有個兒子名叫高駿，也是蘆山書院的學生，平常仗勢欺人，沒少找戴林的麻煩。」

柳七驚出了一身冷汗，喃喃道：「這麼說來，戴林很有可能就是被那個高駿陷害的……」

江澄點點頭，見他面色蒼白，忍不住問道：「七郎，你怎麼了？臉色這麼難看！」

柳七苦笑著搖了搖頭，把那日發生在自己身上的事情說了出來。「那日若不是杜兄提醒我們在進場前查看自己的考籃，此時我很有可能便是第二個戴林。」

江澄聽後拍案而起，大驚道：「什麼？還有這樣的事！自那日我們在縣衙門口碰見乘風書院那幾個人後，我就隱隱覺得有些不對……這麼說來，他們就是那個時候將東西丟進你的考籃的？」

柳七點點頭。「出門前我們都仔細檢查過，並無什麼不妥，除了他們，我想不到還有誰。」

「這麼大的事你怎麼現在才說？」江澄氣得在屋子裡踱來踱去，抬頭盯著杜蘅道：「子瀾，你早就知道了嗎？」

杜蘅點點頭，沒有說話。

江澄的拳頭捏得咯吱咯吱響。「不行，這口氣我嚥不下去，我這去找他們算帳！」

柳七拽著他的胳膊坐下。「我跟杜兄就是怕你這樣，才會一直瞞著不敢讓你知道。」

杜蘅簡明扼要道：「現在去了也沒用，我們沒有證據。」

江澄抓狂地捋起袖子，伸手看向柳七道：「那張東西呢？就是他們塞到你考籃裡的那個。」

柳七嚥了嚥口水，臉色漲紅道：「我……我吞下去了。」

江澄目瞪口呆地盯著他的喉嚨道：「也是，要不是這樣，你也進不了考場。讓我想想，他們為何認準了你下手，而不是我和子瀾？」

杜蘅沈思道：「我們和兩位師兄互結，無論是誰出了意外，其餘的人都有可能受到連坐。」

柳七點了點頭，手心全是汗。「只要一想到有可能連累你們，我心裡就一陣害怕……」

江澄恍然大悟。「原來他們這些卑鄙小人打的是這個主意，這麼說來戴林也算是誤打誤撞地幫了咱們幾個。」

提到戴林，三人都心情複雜地沈默了一瞬，接著不約而同地站了起來。

江澄摸了摸後腦勺，苦笑一聲道：「咱們也去看看？」

「好。」柳七和杜蘅同時附和道。

第十八章 代為申冤

三個人一隻腳還沒邁出江家大門，江哲就上氣不接下氣地追了出來。「你們要去哪裡？現在外頭亂哄哄的，都給我安生待在家裡！」

江澄有些無奈地望著他道：「爹，我們就是想去瞧瞧官府到底打算怎麼判，還有戴林的傷勢怎麼樣了。」

杜蘅回頭看向江澄和柳七道：「逸軒、七郎，你們兩人都留在家裡，我出去打聽就行了。」

江澄搖搖頭，瞠著眼睛道：「那怎麼行?!」

柳七撓了撓頭笑道：「我看江兄大病初癒，出去再受了風寒怎麼辦？還是我和杜兄一塊兒去吧。」

「不行，你們誰都不准去！」江哲手裡舉著木栓站在門口，攔住他們的去路，情緒激動道：「你們知道那高家背後有什麼人嗎？又明白聚眾鬧事有多嚴重嗎？既然你們的家人把你們交到我手上，我就絕不能讓你們有任何差池！」

江澄扯了扯江哲的袖子，拿開他手裡的木栓。「爹，這件事往小了說是一位學子的前途，往大了說就關乎天下所有讀書人的清白。今日他人遇到不平之事我們不挺身而出，若是他日這樣的事情落到我們自己頭上，又該如何？」

聞言，江哲怔怔地望著兒子，竟似有些不認識他一般。

杜蘅與柳七對視一眼後，也道：「伯父，您放心，我們斷不會莽撞行事。」

江哲捏了捏拳頭，有些頹然地嘆道：「好，你們要去就去吧，我會派兩個人跟著你們，切記不要跟人起衝突。」

他們來到縣衙時，裡面已經站滿了各個書院的學生以及前來聲援學生的百姓們。

戴林和三個重傷的學生都被抬到了公堂上，學生們據理力爭，要求高家還他們一個公道。

誰知高家卻只是派了幾個奴僕前來受審，並一口咬定高駿沒有陷害戴林，高家也未唆使奴僕動手打人，是學生們私闖民宅，高家人才不得不出手自衛，進而在推搡間失手傷人。

此言一出，學生們群情激憤，指著高家惡僕破口大罵。

「放屁！只是推搡，能將人打到手腳骨折嗎？」

「對，我們根本沒有踏足高家宅院，何來私闖民宅?!」

「沒錯，戴學子品行端正，為人更是謹慎，你們為何不經調查就擅自動刑？盈川縣衙就是這麼草菅人命、殘害國家棟梁的嗎？」

縣令黃克勤被學生們這一連串發問問得滿頭大汗，他雖然畏懼高家背後的勢力，但也害怕學生們將事情鬧大，害他丟了頭上的烏紗帽，一時之間難以決斷，連忙拍著驚堂木宣布隔日再審。

高家奴僕囂張離去，百姓們也在嘆息中散開，學生們無功而返，最後只剩下包含傷者在內的十二個蘆山書院學生徘徊在縣衙門口不肯離去。

杜蘅三人上前同他們交換姓名，又問了他們如今在何處落腳云云。

江澄看了看被兩個同窗攙扶著的戴林道：「依我看，戴兄的傷勢嚴重，不妨先找家醫館好好診治一番，再從長計議。」

戴林蒼白著臉，重重咳了兩聲，搖頭苦笑道：「師兄們受我連累至此，這點皮肉之苦又算得了什麼，我就算要死，也得先為大家討回公道。」

杜蘅摸出臨行前母親塞給自己的盤纏，江澄和柳七也拿出身上的銀兩塞到他們手中。

蘆山書院的學子們見杜蘅與柳七衣著樸素，猜測他們家境並不寬裕，堅持不肯收，也婉拒了江澄的好意。

領頭的學子說道：「幾位高義，我等銘感五內，只是這銀子我們說什麼都不能要。」

杜蘅卻道：「出門在外，衣食住行都要花不少銀子，這是我們的一點心意，請務必收下。」

江澄與柳七又跟著勸了好一陣子，才終於說服他們收下。

三人五味雜陳地回到家中，心中多少有些兔死狐悲、物傷其類的感觸。

見他們平安回來，江哲長長地吁了一口氣，忙叫來廚子吩咐道：「今晚多備幾道酒菜，為幾位公子去去晦氣。」

江澄擺了擺手，輕嘆道：「爹，您別忙活了，我們現在沒什麼胃口。您要是真想幫忙，就幫我找個大夫去一趟萬來客棧替人治傷。」

聽了他的話，江哲點點頭，忙叫來管家去安排。

江澄回屋癱在軟榻上，悠悠嘆道：「如果天底下的官都如黃縣令那般膽小怕事，一心只想保住自己的烏紗帽，或是像那個高縣尉無法無天，仗著自己有幾分權勢就橫行霸道，這世道還有救嗎？」

柳七怔怔地張了張嘴巴，然後苦澀地笑道：「世上總歸有好官吧。」

江澄茫然地望了望黑漆漆的屋頂，忽然察覺到杜蘅不在屋裡，問道：「欸，子瀾去哪裡了？」

柳七摸了摸後腦勺，想起方才杜蘅好像去了前院，便道：「出去了吧。」

前院花廳，杜蘅對江父拱手道：「伯父提過的高家背後之人，能否告知晚輩是誰？」

江哲略一沈吟道：「此事我也不大清楚，只聽商號有人提過，在盈川縣絕不能得罪高家人。若非背靠大樹，何至於連縣令都不敢輕易問罪他們？」

杜蘅若有所思地點了點頭，道了謝便要離去，卻聽江哲在身後問道：「賢姪突然問起這事，難道是有什麼打算？」

雖然略有遲疑，但杜蘅還是回過身，如實道：「之前晚輩在街上聽學子們談起聖上十分看重此次科考，特派一名御史至各地巡考。」

江哲身形微微一顫，大驚道：「所以你是想……」

杜蘅點點頭。「聽說那位大人如今正在九江府，晚輩想以考生身分遞一封實名信，將戴林一事的來龍去脈如實上報，還請伯父暫時不要將此事告訴逸軒、七郎。」

「不可！」

江哲還未從震驚中回過神，就看見江澄和柳七推門而入。

只見江澄一臉嚴肅地盯著杜蘅，質問道：「你知道自己這麼做的後果是什麼嗎？以你的才學考個縣案首並非難事，一旦你得罪了黃縣令，就不怕他從中作梗嗎？」

柳七也道：「是啊，杜兄，想想令堂和嫂夫人，你實在不該鋌而走險。就算要寫也是我來寫，反正我這次多半考砸了，大不了明年再考。」

江澄轉頭看向他道：「你忘了自家雙親年事已高嗎？別跟著添亂，要去就我去，反正……」

兩人還在爭執，就見江哲一手握拳重重砸向桌面。「胡鬧！一個個都不知天高地厚！」

幾人沈默了半晌，最終還是江哲開口道：「都說商人逐利，我們家世世代代走南闖北、風餐露宿，好不容易掙下家業卻為士大夫所不齒。如今蒙聖上開恩，讓出身商賈之家的子弟也可以科考入仕，我又如何能眼睜睜看著後生自毀前程？」

江澄抬頭望向父親，心底湧出一股說不出的酸楚。

眼神掃過幾個孩子之後，江哲自嘲一笑，平靜道：「你們讀書人口中的那些大義我們何嘗不懂？雖然我們無職無權，誰都得罪不起，但總歸有些門路。寫吧，寫好了以後，我會設法將信送到那位大人手裡。」

九江府，知府衙門。

巡按御史傅昆坐在上首，瞇起眼睛似笑非笑地看了看立在左側的九江知府紀舟道：「紀大人，昨日有人將一封書信交到了本官手上，您不妨也看看？」

傅昆端起桌上茶杯淺啜了一口，候在一側的隨從立刻上前，恭恭敬敬地將書信呈給站在一旁的紀舟。

放下茶杯，傅昆抬手虛點了點身側的位置，笑呵呵道：「坐吧，紀大人在本官面前何必如此自謙？」

「傅大人說笑了，大人代聖上巡查州府，下官豈敢怠慢。」

紀舟戰戰兢兢接過那封書信，撩開袍襬在一旁的圈椅上坐下，將書信展開來看，越往下看越是冷汗涔涔，看完忙起身告罪。

「大人，下官失察，竟不知在我九江府治下還有如此無法無天之事！」

傅昆微微挑眉，手指輕扣桌面，淡淡道：「那依紀大人看，這高、戴一案應當如何處置？」

紀舟抬袖擦了擦額上的汗，抖著身子道：「按理……自然是應該嚴查。只是大人，下官有一言不知當不當講……」

傅昆冷笑一聲，起身走到他身側，一雙銳利的鷹眼注視著他道：「紀大人有話但說無妨。」

紀舟拱手，將頭垂得更低了些。「那個高盛不過是個小小的縣尉，查起來倒容易，只是這高家背後……」

傅昆聞言忽然仰頭大笑兩聲，反問道：「如此說來，非但不能動他，還要替他將那些膽大妄為的學生都壓制住？」

紀舟打了個哆嗦，忙躬身道：「下官不敢，這些學生都是國之棟梁，該……該安撫。」

傅昆負手而立，點頭笑道：「嗯，只要紀大人沒有忘記這天下是誰的天下，自己是誰的臣子便好。如此，本官便不叨擾了，告辭。」

說罷，他便帶著隨從揚長而去。

紀舟怔怔立在原地，吩咐手下人道：「去查一查那封信出自何人之手。」

陽春三月，楊柳拂堤，梨花堆雪。

杜家這幾日來一直都在忙著耕種，宋寧將熬好的黃米茶放進籃子裡。「大嫂，我先去了，送完就回來幫妳做飯。」

吳雪揉著麵，點頭笑道：「好，路上當心點。」

宋寧挎著籃子前腳剛邁出灶房，兩個小姪子後腳就不知從什麼地方鑽出來，拽住她的胳膊嚷嚷。

「小姑姑，我們也要去。」

「是啊，帶我們去吧！」

吳雪拍了拍手裡的麵粉，回頭笑罵道：「你們去幹什麼？小姑姑一會兒就回來了。」

兩個小崽子扁著嘴，可憐巴巴地盯著宋寧。

宋寧心一軟，一手牽起一個。「好好好，咱們先說好了，一會兒去了地裡可不許亂跑，要乖乖跟在小姑姑身後。」

宋小滿一臉嚴肅地點了點頭。「好的，小姑姑，我會管好弟弟的。」

一旁的宋小福則朝他做了個鬼臉，噘著小嘴道：「小姑姑，我會管好自己的，拉勾勾。」

誰知宋小滿搶先伸出小指。「我也要、我也要。」

宋寧哭笑不得地伸出手指跟他們拉勾，又對吳雪道：「大嫂，那我帶他們一起去了。」

吳雪無奈地笑了笑。「好。」又板著臉對兩個兒子道：「你們兩個要聽小姑姑的話，不許添麻煩，知道了嗎？」

兄弟兩個重重點了點頭，表示絕對會聽小姑姑的話。

就這樣，一大兩小手牽著手出門了。

春日的白水村如同一幅濃淡相宜的潑墨山水畫，遠處是連綿起伏的山丘，近處阡陌縱橫，田埂上長滿了五顏六色的小花，孩童們在陌上嬉戲，農人們在地裡勞作。

宋寧帶著兩個小姪子來到自家田邊，朝正在耕種的幾人招了招手。「娘、大哥、方嬸、全叔、樂娘，快過來歇歇，我給你們帶了黃米茶。」

方錦夫妻與宋平過來幫忙，他們與孟蘭母女正在田裡撒種子，大夥兒聞聲便回頭朝宋寧揮了揮手。

宋小滿踮起腳尖，用力揮著小手。「爹爹、孟奶奶、方奶奶、范爺爺、小小姑，小姑姑帶了黃米茶來！」

只見宋小福抓了抓小腦袋，張開小手要宋寧把他抱到一塊小石頭上，用更大的聲音喊道：「爹爹、各位爺爺奶奶、小小姑，有黃米茶！」

宋小滿氣呼呼地朝他吐了吐舌頭。「你這學人精。」

地裡的宋平揩了一把額上的汗，朝他們笑道：「我把這行地犁完了就去。」

說罷又對孟蘭幾人道：「你們都先去喝口水，歇歇吧。」

不過孟蘭等人都表示要把手邊這點活兒幹完了再歇息，於是宋寧放下竹籃，坐在田埂邊上等他們。

兩個小孩子有些閒不住，宋小滿指著一旁水溝裡的蝌蚪道：「小姑姑，我們想去捉蝌蚪。」

宋寧微微蹙眉，想到如今天氣還有些涼，怕他們兩個弄濕衣裳染上風寒，便搖搖頭道：「不行，你們想玩蝌蚪，回頭小姑姑幫你們捉幾隻放在罐子裡玩。那個水溝裡可能有蛇，被蛇咬可疼了，你們怕不怕？」

聞言，宋小福害怕地躲到哥哥身後，宋小滿也縮了縮脖子，小聲道：「怕，我們不去了。」

宋寧含笑摸了摸他們的小腦袋，指著身後一塊空地道：「你們要是想玩可以去那邊玩一會兒，但是絕對不能走遠，更不能踩到別人地裡的莊稼，記住了嗎？」

兄弟兩個點點頭，牽著小手蹦蹦跳跳地跑開了。

孟蘭幾人忙完手裡的活兒就走到田邊休息，宋寧從竹籃裡取出碗為他們每人倒上一碗黃米茶。

方錦喝著茶，笑呵呵地稱讚道：「唉唷，這味道正宗，三娘的手藝真是越來越好了。」

宋平聽見自家妹子被人誇，心裡喜孜孜的，嘴上卻是謙虛道：「哪裡，都是親家母教得好。」

孟蘭紅著臉，擺手道：「唉唷，快別這樣說，我可什麼都沒做。三娘這孩子手巧，這些都是她自己琢磨出來的。」

宋寧被誇得有些羞窘地垂下了頭。「你們都先歇著，我去看看兩個小的，等會兒再過來收碗。」

方錦朝小山坡上指了指，笑道：「方才我瞧見他們兩個在那上頭玩呢。」

宋寧起身沿著田埂爬上小山坡，沒有瞧見兩個孩子的身影，卻聽見小山坡下面的矮樹叢邊傳來一陣孩童的啼哭聲。

她心頭「咯噔」一下，循聲追了過去，只見曹霜扠著腰指著兩個小傢伙的鼻子罵道：「你們兩個野小子做了壞事還有臉哭？快跟我走，找你們家大人去！」

說著她便要伸手去拉兩個孩子，宋寧快步上前將他們護在身後，手背卻不慎被曹霜手裡的鐮刀劃了一下。

「曹嬸，有話好好說，您這樣會嚇到兩個孩子的。」

曹霜冷笑一聲，抄起手道：「唷，我還當是誰家的孩子這麼沒規矩，原來是妳家的。」

兄弟兩個怯怯地躲在宋寧身後吸鼻涕，宋小福齉聲齉氣道：「小姑姑，這個婆婆好凶，我們不喜歡她。」

宋寧牽起他們的小手，柔聲安慰道：「別怕啊，有小姑姑在。」

曹霜撇撇嘴角，指著自家地裡的菜苗道：「妳來得正好，省得我再跑一趟。妳瞧瞧，那邊地裡的一大片，我昨兒個才種上的，今兒個來澆水，就瞧見這兩個小崽子從我地裡跑過去，把我這菜苗糟蹋的……」

她扠著腰，對著姑姪三個噼哩啪啦地念叨個沒完。

宋寧牽起兩個小姪子走到曹霜說的那塊地，蹲下身看了看。

嘖，還真是沒眼看了，一地菜苗被踩得東倒西歪的，難怪曹霜會暴跳如雷。

宋小滿見宋寧眉頭緊蹙，眨巴眨巴眼睛，摟著她的脖子奶聲奶氣道：「小姑姑，這些菜不是我和弟弟踩的，我們過來的時候就已經這樣了。」

宋寧摸摸他的頭，又問道：「真的？」

只見宋小福也點點頭，小聲道：「小姑姑說……說不能踩到人家的菜菜，我和哥哥沒踩。」

宋寧點點頭，以她對這兩個小傢伙的了解，他們以往做了錯事要麼會認錯，要麼就一言不發，但從來沒有撒過謊。

再看那地裡，一堆亂七八糟的腳印，看起來很難分清楚到底是怎麼回事。

她相信兩個小姪子不是始作俑者，不過有句話叫「瓜田李下」，現在周圍又沒其他可疑的人，必須要跟曹霜把話說清楚才行。

第十九章　高中頭名

宋寧想了想，說道：「曹嬸，如果這地真是我家孩子踩壞的，您的損失我們都認，看您想要賠償還是要恢復成原樣都行，只是……」

曹霜扠腰冷哼道：「只是什麼？」

宋寧一臉平靜地道：「只是我家兩個孩子說他們過來的時候，這地就已經被人踩壞了，我相信他們沒有撒謊。」

曹霜一聽就氣炸了，指著兩個小的劈頭蓋臉地罵道：「唷，你們爹娘就是這麼教的？教出你們這樣一對撒謊精，真是不知羞！」

宋小福扁了扁嘴巴，「哇」的一聲扯開嗓子哭出來。

至於宋小滿則是氣呼呼地踮起腳尖大聲喊道：「我們沒有撒謊，妳才撒謊！」

宋寧將兄弟兩個摟在懷裡，沈下臉來，冷聲道：「我家孩子怎麼教還輪不到您來指手畫腳。」

她指著地裡雜亂的鞋印道：「這裡除了孩子的小腳印，還有一排大人的腳印，既然我說的話您聽不進去，咱們就去請村裡的人過來評評理。」

曹霜臉都綠了，指著宋寧冷嘲熱諷道：「他們才多大呀？他們不懂事，妳這個當姑姑的也這麼不分好壞，他們說的話能信嗎？我看呀，你們就是想賴帳！」

宋寧不打算跟她再進行這種無休止的爭吵，拉起兩個小的就要去找人來主持公道。

曹霜見他們要走也急了，眼巴巴地追上去，結果一個不留神踩到一塊青苔，一頭栽進了地裡。

「唉唷，摔死老娘了！你們這些小兔崽子要去哪裡？這事還沒說清楚呢，都給我站住！」

宋寧聽見響動，回頭一看，只見曹霜一屁股坐在地上，渾身都是泥，頭上還插了根草，模樣狼狽極了。

她有些無奈地嘆了口氣，走過去伸手將人拉起來。「曹嬸，大家都是鄉親，有話不能好好說嗎？您看您，這又是何必呢？」

曹霜撇了撇嘴，哼哼道：「好好說也是這個理。」

「唷，我說鐵蛋他娘，原來妳在這裡啊，我正好有事找妳呢！」

曹霜揉了揉屁股，一回頭就看見羅里正家的翁老太太挎著籃子站在田埂上，她立刻滿臉堆笑道：「翁大娘，什麼事勞您老人家親自跑一趟？」

翁老太太見宋寧也在，笑著同她打過招呼。「三娘，妳家大郎進城考試還沒回來？」

宋寧笑了笑道：「還沒，興許是要等看了榜再回來。」

翁老太太點點頭。「好好好，我等著你們家的好消息。」

說罷，她看向曹霜道：「鐵蛋他娘啊，說起來還真有些抱歉。上午我家兩個小孫子吵著要來幫他們爹趕羊，誰知那幾隻畜牲走在路上脫了扣，跑進妳家地裡去，就把這地糟蹋成這樣了，實在是對不起。」

曹霜張了張嘴巴，忙擺手道：「不、不礙事，這點小事哪用得著您老人家親自跑一趟啊。」

宋寧牽著兩個小姪子，皮笑肉不笑地看向她道：「曹嬸，您方才可不是這樣說的。您不是說，誰踩了您家的地，就要人家原模原樣地賠回來？」

翁老太太有些尷尬地輕咳了兩聲，指著手裡的籃子道：「是該賠，這籃菜苗就是我家賠給妳的。喔，妳要是覺得不夠，回頭我讓孫子他爹再送十斤米去妳家怎麼樣？」

曹霜打著哈哈道：「那個，您別聽她的，這丫頭這張嘴唷，她是在說笑呢。您真是太客氣了，這幾個菜不值錢，回頭我們家還有事情要麻煩里正呢。」

翁老太太含笑點頭，好說歹說地將那籃菜苗塞給了曹霜。

事情都理了個清楚，宋寧想著要快些回去跟大嫂一塊兒燒飯，也不耽擱，牽著兩個小姪子先走了。

回去的路上，兄弟兩個都像霜打了的茄子似的，蔫蔫地不說話。

宋寧拉起他們的小手晃了晃，問道：「怎麼啦？要是走累了，小姑姑抱抱好不好？」

卻見宋小福搖搖頭，噘嘴道：「小姑姑，我已經不是小孩子了，可以自己走。」

宋小滿也道：「我比他還要大，也可以自己走。」

這童言童語讓宋寧忍不住笑出聲。「那你們怎麼不說話啦？心情不好嗎？」

宋小滿抓了抓腦袋，忽然問道：「小姑姑，為什麼我和弟弟說的話那個婆婆不信，那個老奶奶說的話她就信呢？是因為我們不是大人嗎？」

聞言，宋寧蹲下身摸了摸他的小腦袋瓜，解釋道：「大概是因為那個婆婆不了解你們，不知道你們是從不說謊的好孩子吧。但是小姑姑了解你們，所以你們一說，小姑姑就相信了。」

宋小滿與宋小福似懂非懂地點了點頭。

瞧見他們這模樣，宋寧笑了笑，又問道：「所以能不能告訴小姑姑，你們為什麼要去那個婆婆的地裡？」

宋小滿從懷裡摸出一朵被壓得扁扁的小黃花。「我和弟弟看到那邊有花花，我們想摘花送給小姑姑。」

宋寧怔怔地接過他手裡的小黃花，眼眶有些發熱。「小姑姑教你們唱歌怎麼樣？」

兩個小娃娃眨巴眨巴眼睛，乖乖地應了。

宋寧清了清嗓子，唱了起來。「走在鄉間的小路上，暮歸的老牛是我同伴……」

「走在鄉間的小路上，蘑菇的老牛是我同伴……」

「是暮歸不是蘑菇！」

宋寧牽著兩個小姪子走到家門口，正好遇見泥瓦匠家的金婆婆從門前路過。

金婆婆指著他們家院牆笑道：「唉唷，三娘回來了。我剛瞧見一對喜鵲落進妳家院子裡，想來妳家大郎是要高中了。」

宋寧笑著點了點頭。「承您吉言，回頭相公要是中了，定會請您喝杯喜酒。」

金婆婆樂呵呵道：「好好好，妳呀，就安心等著做秀才娘子吧。對了，回頭記得把秀才公用過的毛筆……唷，瞧我這嘴，說秀才公，秀才公就回來了！」

宋寧詫異地回過頭，就看見好一陣子沒見的杜蘅揹著包袱站在她身後。

他穿著一身洗得有些發白的青衫，整個人似乎又瘦了一些，所幸精神看起來不錯。

宋寧朝他笑了笑。「相公，你回來了。」

「嗯。」杜蘅點點頭，跟她身後的金婆婆打過招呼，寒暄了幾句。

兩個小崽子一看見他過來，「咻」地躲到宋寧身後。

宋寧無奈地將他們牽了出來，笑道：「小姑父回來了，怎麼不打招呼？」

只見宋小滿垂著頭，小聲地喊了「小姑父」。

宋小福卻拉著宋寧的胳膊晃了晃，噘著小嘴巴道：「小姑姑，小姑父又要讓我和哥哥背書嗎？」

聽他這麼說，宋寧無奈地搖了搖頭。「不會的，小姑父走了好遠的路回來，需要休息。」

宋小滿點點頭。「我和弟弟會乖乖的，保證不吵到小姑父休息。」

杜蘅俯身朝兩個小傢伙招了招手。「過來！」

他們看了看宋寧，有些不好意思地慢慢挪過去。

杜蘅伸手揉了揉兩人的小腦袋，從包袱裡摸出兩根糖人分給他們。兩個孩子拿著糖人，笑嘻嘻地跑進了院子裡。

「那個……」

「妳……」

兩個人不約而同地開口，宋寧不好意思地別過頭，踢了踢腳下的小石子。「你先說。」

杜蘅看向她，視線落在她的手背上，蹙眉道：「怎麼傷的？」

宋寧詫異地看了自己的手背一眼，她之前都沒發現，被他這一說才感覺到火辣辣的疼。

「喔，這個啊，不小心劃到了。」

「注意點，別沾到水。」

「嗯，沒事的，待會兒我拿東西消消毒，包紮一下就好了。今日大哥和方嬸、全叔幫咱們家耕地，娘跟樂娘也下地了，大嫂一個人做飯忙不過來，我先進去幫忙。」

「嗯，我放了東西就去。」

傍晚時孟蘭幾個人從地裡回來，宋寧和吳雪做了一大桌子酒菜，一則感謝方錦兩口子幫忙，二則是幫杜蘅接風洗塵。

席上大夥兒都高興，幾個男人推杯換盞，不知不覺又多喝了幾杯。

宋平大著舌頭拉著杜蘅問東問西。「欸，妹夫，你跟我們說說，今年有多少人參加縣試？」

杜蘅一五一十地答道：「三百多人。」

宋平扳著指頭算了算，打著酒嗝道：「唔，這麼多，那你能……」

吳雪瞪了他一眼，往他嘴裡塞了根青菜。「好了好了，別光顧著喝酒，多吃些，吃完咱們早點回去。」

宋寧笑道：「大嫂，不急，等吃完飯，我打著火把送你們回去。」

杜蘅放下筷子道：「還是我去吧。」

孟蘭倒是想留客，可是他們家就這兩間屋子，實在沒地方住，而且吳雪也想早點回去，省得婆婆念叨。

送完客，杜樂娘拿著掃帚陪孟蘭一塊兒收拾雞圈，路過灶房時瞧見杜蘅正在裡頭幫宋寧收拾碗筷，兩個人看起來竟有些……般配。

杜樂娘搖了搖頭，忍不住喃喃道：「娘，您有沒有覺得他們看起來跟從前有些不一樣了？」

孟蘭點了點頭，笑道：「妳哥哥這個性子啊，娘還怕他一直不開竅，不知道心疼人呢。如今看來倒是好了，只要他們小倆口感情好，娘心裡比什麼都高興。」

杜欒娘皺了皺鼻子，其實她覺得變化更大的是宋寧，至於她哥哥，一直都很好。

宋寧仔仔細細擦著灶臺，忽然間打了個噴嚏，不知怎的，從晚上起她這耳尖就一直發燙。

嗯，一定是有人在背後說她。

晚上回了屋，杜蘅依舊坐在燈下看書，宋寧盤腿坐在床上，掏出自己縫的小本本開始算帳。

杜蘅抬眼瞥見那抹身影，不動聲色地挪了挪油燈，問道：「聽娘說妳最近買了兩塊地準備種高粱？」

提到她置辦的那些產業，宋寧丟下帳本喜孜孜地看向他道：「是呀，相公，我還買了二十隻小鴨子，再過幾個月高粱熟了，鴨子也長大了，就能喝上純正的高粱酒，吃上肥得流油的鹹鴨蛋了。你要是不愛吃鹹鴨蛋，我還會做皮蛋，帶松花的那種，可以用來涼拌，也可以用來做皮蛋瘦肉粥……」

等宋寧一口氣說完，才發現自己囉囉嗦嗦說了太多，她有些不好意思地抓了抓頭髮道：

「那個……我是不是吵到你看書了？」

杜蘅不禁勾了勾唇角道：「還好。」

宋寧點點頭，就見他站起身打開箱子取出一包東西。「打開看看。」

她狐疑地看了他一眼，迫不及待地打開那包東西，首先映入眼簾的是白花花的銀子。

宋寧睜大了眼睛，詫異道：「怎麼這麼多錢？」

杜蘅眼皮子一抽，心想：明明還有別的東西，妳怎麼就沒看見？

這是他第一次送娘子東西，心裡有些忐忑，偏偏這女人真是鑽錢眼裡了。早知道別買什麼東西，直接送她銀子豈不是更好？

杜蘅輕輕咳了咳，平復心中波瀾，淡淡道：「這是臨走前岳父給的盤纏，如今我已經回來，也用不著了，妳留著自己花。」

宋寧捧著沈甸甸的銀子笑彎了眼，嘴上卻道：「那怎麼好呢？要不還是你留著買紙筆用吧。」

杜蘅看著她財迷的模樣，說了聲「不用」，又聽她問道：「對了，相公，你路上還順利嗎？我原以為你要等到放榜以後才回來。」

杜蘅微微一怔，問道：「回來的路上，人人都問我能不能考上，妳怎麼不問？」

宋寧收好了銀子，雙手托腮，一臉好奇地看向他道：「那你會考不上嗎？」

還沒得到他的回答，她就自言自語道：「憑你的天賦和努力，不會考不上的。就算發生了什麼意外也無妨，反正縣試年年都有，大不了明年再考……呸呸呸！瞧我說的……總之就是考上了很好，沒考上也沒什麼大不了的。」

她眨了眨眼，盯著燈影下他好看的側臉道：「你……明白我說的意思吧？」

「嗯。」杜蘅被她看得有些不自在，轉過身子，裝作認真看書的模樣。

宋寧卻是笑嘻嘻地望著他的背影道：「這對絨花可真好看，謝謝，我很喜歡。」

又被這女人擺了一道……杜蘅頓時無語。

三月初十這日出了個大太陽，萬里無雲、碧空如洗，白水村的杏花一簇簇開滿枝頭，暖風吹拂，落了一地花瓣。

孟蘭幾個人正在地裡除草，一抬頭，遠遠瞧見一個人朝他們這邊跑了過來。

她揉了揉眼睛細看，也只瞧出個模糊的人影，便回頭對杜蘅道：「大郎，你幫娘瞧瞧，是誰過來了？」

杜蘅放下鋤頭，定睛一看，就見羅里正一手提著鞋，氣喘吁吁地跑了過來。「大郎……大郎……唉呀，你……你還種什麼地？中了中了，你考中了！」

聞言，杜樂娘激動地踢翻了腳邊的竹筐，衝到羅里正面前，再次確認道：「羅叔，您說的是真的？我哥哥他真的中了？」

羅里正點點頭。「官府的喜報都下來了，還能有假？大郎他有大出息，中了頭名！」

宋寧眉眼彎彎地看向孟蘭道：「娘，您聽見了嗎？我早就說過，相公他一定能考個縣案首回來。」

孟蘭張了張嘴巴，手裡的鐮刀「噹啷」一聲落到地上，眼眶紅了起來。「中了縣案首？好好好，娘就知道，我家大郎有出息。」

杜蘅鄭重地向羅里正道了謝，彎腰拾起地上的鐮刀放進竹筐裡。「娘，妳們先回去，我把最後這點地鋤完再走。」

孟蘭推著兒子的肩往田埂上走，嗔道：「你這孩子還鋤什麼地啊？咱們家有這麼大的喜事，又難得你羅叔跑一趟，咱們一塊兒回去好好請人進屋坐坐。」

宋寧看了看羅里正提在手上的鞋，笑道：「是呀，相公，這地改日再鋤也不遲，難得羅叔跑一趟，說什麼都該請人進屋喝杯茶。」

羅里正笑呵呵地穿上鞋，擺手道：「你們就不用管我啦，咱們村都多少年沒人考過縣試了，我就是太高興，忍不住跑過來親自通知這個好消息。不過，你們是得回去好好準備了，晚一些鄉親們免不了要上門沾沾喜氣。」

杜蘅點點頭，再次向羅里正道了謝，幾個人收拾好東西返家了。

果不其然，他們才走到家門口，就看見村裡人扶老攜幼全圍了上來。

「唉唷，未來的秀才公回來了！老頭子我早就說過大郎這孩子從小就有出息！」

「去去去，你這個老頭子倒是會往自己臉上貼金，馬後炮誰不會放呀？」

「唉呀，我這不是高興嘛！你們瞧著吧，過不久啊，咱們村就能出一個秀才公了，往後見了下河村那群老古董，也能挺直腰桿了不是？」

眾人大笑，上前對著杜家人一頓恭喜，有誇孟蘭教子有方的、有誇宋寧福氣好的，還有人誇杜欒娘，說他們兄妹倆一樣都是自幼就與眾不同。

孟蘭聽得耳朵發熱，笑呵呵地回屋拿了一百多文喜錢出來撒。

小孩子們一哄而上，一下子就搶了個精光，搶到了還不忘笑嘻嘻地朝杜蘅一家子道喜，宋寧也從家裡拿了果子分給他們吃。

老人們免不了對著自家小孫子一陣耳提面命，叫他們好好讀書，往後也要做個風光體面的人。

羅里正不知從哪裡拿了一串鞭炮過來，幾個人幫忙掛在杜家門口噼哩啪啦地放了起來。

第二十章　怦然心動

趁著大夥兒看熱鬧的工夫，泥瓦匠家的金婆婆拉著宋寧到牆根下悄悄問道：「三娘呀，我前些天跟妳說的那件事還記得不？」

「什麼事呀？您再同我說一遍。」宋寧抓了抓頭髮，她還真想不起來了。

金婆婆笑咪咪地拍著她的手背道：「就是讓妳家秀才公把用舊的毛筆給我一枝，我拿回去給我家小孫子掛在房梁上，讓他天天看，說不定哪一天也能考上啦！」

宋寧哭笑不得地點點頭。「好，您老人家等等，我這就去跟相公說。」

金婆婆警惕地看了看周圍，笑道：「好好好，妳悄悄問，可別讓別人聽見了，回頭跟我搶。」

有道是「十年寒窗無人問，一舉成名天下知」，宋寧忽然有些同情村裡的小孩了……

杜家可說是春風得意、好不熱鬧，住他們家對門的曹霜卻是扒著門，從門縫裡偷偷往外看。

人家說三十年河東、三十年河西，往前十年杜家還沒沒無聞，如今的杜家卻真是風光啊。

她既忐忑又後悔，覺得自己早該像方錦那樣巴結上杜家才是……

「娘，您幹什麼呢？」
曹霜看得正出神，被突然從身後冒出來的女兒嚇了一跳，她拍著怦怦直跳的胸口道：「唉唷，妳這丫頭，走路怎麼沒聲?!」
劉慧娘往門外看了一眼道：「您要看就出去看，躲在門後偷偷摸摸做什麼？」
曹霜擰著眉、搓著手，在院子裡焦急地踱來踱去。「唉，妳懂什麼？我前幾日才得罪了宋三娘，杜家大郎往後要是真考上秀才、舉人，當上官老爺，記恨咱們家怎麼辦？」
劉慧娘在心裡冷笑一聲。您現在知道怕了？當初看人家家道中落，落井下石、在背地裡說風涼話的時候，怎麼沒想著給自己留條後路呢？
到底是自己的親娘，這些話劉慧娘說不出口，只安慰道：「您放心吧，杜大哥不是那樣的人，咱們只要往後安分守己，待杜家人客氣一點就好了。」
曹霜看著劉慧娘，眼珠子一轉，忽然抓住她的胳膊道：「對對對，妳說得對。從前的事過去就過去了，這往後啊，咱們可得跟他們把關係處好了！」
劉慧娘怔怔地點了點頭，就看見曹霜從屋裡喜孜孜地拎了一籃雞蛋出來，塞到她手裡。「好閨女，妳不是跟杜家的女人關係好嗎？幫娘把這些東西送過去。」
劉慧娘盯著籃子裡的雞蛋，無奈地嘆了口氣，等到眾人都散去了才過去拜訪。
她站在杜家院門外輕輕叩了叩，是宋寧出來應門的。
劉慧娘看了宋寧一眼，有些窘迫地遞出手裡的籃子道：「三娘，這個是我娘讓我送過來的。她……她從前糊塗，做了不少錯事，如今她已經知道錯了，希望……希望你們大人有大量，不要同她計較。」

宋寧將籃子輕輕推了回去，笑道：「慧娘，過去的事都過去了，這些蛋妳還是拿回去吧。」

劉慧娘抬起頭，有些怔怔地看向她。

宋寧忙解釋道：「喔，妳別誤會，妳也知道我家相公和婆婆都不是斤斤計較的人，從前的事不會放在心上，況且妳家並不寬裕，這東西我們不能收。對了，妳等等。」

說完，宋寧回屋拿了幾文錢跟果子塞到劉慧娘手裡。「這是我娘準備的喜錢，村裡的孩子都有，也給妳家鐵蛋幾個。」

劉慧娘含笑點了點頭，心中卻是酸澀難言。

從前人人都道宋家三娘不論是樣貌或品性，沒一處配得上杜家大郎，她認為杜蘅就算奉父母之命娶了她，也不可能喜歡她，如今看來……竟是自己癡心妄想。

晚上杜家人吃完飯，孟蘭就看向兒子問道：「大郎，下午里正問咱們家要不要辦幾桌酒席，他好安排鄉親們幫忙，娘看你的意思。」

杜蘅微微搖頭道：「娘，我如今才考完縣試，連個童生都算不上，等府試考完了再辦也不遲。」

孟蘭點點頭。「正是這個理，娘想著這些日子你還是安心讀書，準備後面的府試才好。」

夜裡下了一場雨，宋寧躺在床上聽著雨點敲打著瓦片的聲音，想到這場春雨落下來，地裡的菜苗喝飽了水又該往上竄一大截，忍不住抱著被子感嘆道：「還真是『好雨知時節，當春乃發生』。」

從方才起身邊的人便一直翻來覆去，杜蘅也沒能睡踏實，突然聽見她嘀嘀咕咕，他睜開眼睛，微微側頭看向她道：「妳說什麼？」

宋寧吐了吐舌頭，笑道：「沒說什麼。相公，這場雨下得真好，幫咱們省去了挑水澆地的工夫。」

杜蘅點點頭，接下來兩個人都沈默了，靜靜地聽著雨打在瓦片上的聲音從一開始的滴滴答答，慢慢變成嘩啦嘩啦……

然後宋寧就感覺到有幾滴水落到自己臉上。「相公，好像漏雨了。」

「嗯。」杜蘅起身點亮了油燈，回頭看向她道：「我去拿東西過來接水。」

「知道了。」宋寧裹著被子起身，將墊在底下的褥子都挪開。

杜蘅取了兩個木盆回來接水，兩個人又一塊兒把老木床往邊上挪出去幾寸。

宋寧貓著腰鑽進帳子裡仔細觀察了一會兒，笑道：「好了，這下不會淋到了……」

話音剛落，她就聽見身後的人結結實實打了個噴嚏，一回頭才注意到他身上只穿了一件單薄的裡衣，此時還濕答答地黏在皮膚上，看起來很不舒服。

宋寧清了清嗓子，移開視線。「相公，你衣裳打濕了，快換一件吧。」

杜蘅低頭看了自己身上濕透的裡衣一眼，是方才出去時淋濕的，也未多想，開箱取了一件衣裳就背過身去換上。

宋寧將自己埋進被子裡，儘管眼睛看不見，耳朵卻能聽見窸窸窣窣的衣料摩擦聲，然後就感覺到身邊的床榻一沈──他躺了上來，挾著一股清冽的氣息鑽進帳子裡。

她伸手拍了拍自己滾燙的臉頰，將蓋在眼睛上的被子拉過頭頂，作賊心虛般往被子裡縮了縮，憋著氣不敢出聲，心跳卻如擂鼓一般咚咚咚響個不停。

黑暗中，她頭頂的被子突然被掀開，接著耳邊傳來他低沈的笑聲。「妳把自己悶在被子裡做什麼？」

宋寧深吸一口氣，眼珠子轉了轉，睫毛亂顫。「啊，沒什麼，就是覺得有點冷，這樣睡著暖和……」

杜蘅拍了拍身邊的位置道：「那妳睡過來一點。」

宋寧有些緊張地嚥了嚥口水。「啊？幹什麼？」

杜蘅笑了笑，看著她慢吞吞地挪了挪，掀開自己身上的被子，疊在她原來的那層薄被上。

春雨綿綿的夜晚，兩個人本是並肩而眠的，睡著睡著，宋寧就踢掉了自己身上的被子，後來又覺得有些冷，不知不覺地鑽進了身側之人暖烘烘的被窩裡。

杜蘅被她的小動作驚醒，身子一僵，偏頭去看，藉著朦朧的夜色瞥見她軟綿綿地靠在自己肩上，長睫低垂，唇瓣微微翹起，一會兒伸手抓抓頭髮，一會兒動動嘴皮子，像是在說些什麼……

他一動也不敢動地盯著她看了半晌，發現她似乎沒有要醒的跡象，就默默伸手將她露在外面的胳膊攏進被子裡，也合上了眼睛……

隔天早晨孟蘭煮了湯圓，芝麻餡的小湯圓，一個一口大小。

宋寧吃完忍不住笑道：「娘，昨夜我夢見了吃湯圓，還真是巧，今早您就做了。」

孟蘭瞥了自家兒子一眼，笑道：「是大郎說要做的。」

宋寧「唔」了一聲，回頭看向杜蘅。

杜蘅目光閃躲，起身看向孟蘭。「娘，我去村裡請大河叔過來修屋頂。」

誰知他才剛走到村口，就看見一輛馬車從不遠處的官道上駛了過來。

馬車在他面前停下，裡面的人掀開簾子，笑嘻嘻地抬頭看向他道：「子瀾，好巧！」

柳七繞過江澄，從馬車上跳下來，拱手笑道：「杜兄，我們是專程來給你道喜的。」

杜蘅點點頭，朝他們拱手道了聲「同喜」。縣上的喜報他已經看過了，江澄排在十一，柳七排在第三十九，他們書院還有三位師兄也榜上有名。

江澄從馬車上下來，抖了抖身上的衣袍，故意文謅謅地道：「今日你我老友相聚，又是春風得意，當浮一大白！」

說著他便招呼車夫從馬車上卸下從家裡帶來的五、六個包袱，朝他們兩人招手道：「快，快過來搭把手啊！」

杜蘅上前接過東西，問道：「怎麼這麼多？」

柳七一手拎著一隻羊腿，一手抱著一只點心盒子，嘿嘿笑道：「江伯父跟江伯母實在是太客氣了，江兄方才去我家也是送了這麼多禮，嚇得我爹娘都不敢收……」

江澄從懷裡摸出一把扇子，抖開搖了搖道：「這些都是我爹娘的一點心意，出門前，他們拉著我嘮嘮叨叨半晌，要我一定得把東西帶到，我拿他們沒轍，你們自己看著辦吧！」

孟蘭正在院子裡餵雞，突然看見兒子帶著兩個同窗大包小包地回來了，忙打開院門將人請進屋。

宋寧和樂娘在屋裡聽見聲響也迎了出來，幾個人都被江澄帶來的賀禮嚇到了，忙將雞鴨趕回籠子裡，迅速打掃院落，請他們去屋裡坐。

孟蘭母女兩個去灶上生火做飯，宋寧則捧了茶果點心出來招待客人。

江澄搖著扇子，盯著宋寧笑盈盈道：「弟妹，多日不見，妳越發光彩照人了。」

他生了一雙好看的桃花眼，眼尾上挑，笑起來滿目春色、含情脈脈，尋常小娘子見了免不了會羞紅臉。

可宋寧卻坦坦蕩蕩地朝他笑了笑，回道：「江公子也是……嗯，風采依舊。」

江澄兩頰一紅，倒有些不好意思起來，快速地搖著扇子，匆匆灌了一大口茶，抬頭時瞥見她髮間一朵嬌豔的海棠花，不禁詫異道：「弟妹頭上戴的……不是咱們在縣城裡見過的絨花嗎？」

杜蘅握著茶杯的手一抖，柳七趕緊朝江澄搖了搖頭，宋寧則點頭笑道：「嗯，是相公買的，娘和妹妹都有。」

江澄一副了然的模樣，側過頭去朝杜蘅擠眉弄眼，杜蘅權當沒看見。

宋寧去了灶房幫孟蘭做飯，留下他們同窗在堂屋裡說話。幾個人言歸正傳，說起他們這次來的主要目的。

縣試放榜後，盈川縣的黃縣令邀請了各家書院的夫子，請他們帶著自家弟子參加兩日後在縣城裡舉行的文會。

自古以來，文會都是學子們結交人脈、增長見聞的重要途徑之一，他們三個作為凌雲書院的學生，又是此次縣試中的佼佼者，沒有不去赴宴的道理。

江澄搖著手裡的扇子感慨道：「還真沒想到，這個黃大人膽子雖小，倒還有幾分雅量。我還以為咱們得罪了他，定會遭他記恨，沒想到他能不計前嫌，點了子瀾這個縣案首。」

柳七撓撓頭，也道：「不管怎麼說，高家那些傷人的惡僕最後得到了懲治，蘆山書院那幾位兄臺也獲得應有的補償，咱們算是沒有白費一番功夫。」

杜蘅點了點頭，他雖不喜這些虛與委蛇的詩會、文會，但縣令下了帖子，又有夫子同行，他們自然得去，於是問道：「你們打算何時啟程？」

江澄敲了敲桌面。「咱們最好今日便走，先回一趟書院同夫子與師兄們會合，明日一早再啟程去縣城。」

杜蘅想了想，道：「你們先行一步，我明日一早再去書院同你們會合。」

江澄眼睛一亮，笑嘻嘻地問道：「怎麼？就這麼捨不得弟妹？」

柳七噗哧一笑，意識到自己失態，趕緊閉上了嘴巴。

杜蘅垂頭盯著手裡的茶杯，耳尖悄悄染上一絲紅暈，表面上卻是一派平靜道：「我家屋頂壞了，還沒來得及修。」

江澄唰地收起扇子，站起來看向他們兩人道：「那還等什麼？趁著咱們都在，先把屋頂修好。」

柳七一臉懷疑地看向他，他一個四肢不勤、五穀不分的公子哥兒會修屋頂，就好比牛長鱗、馬長角、癩蝦蟆長毛，總之就是不可能！

江澄見柳七不信，又一臉期待地望向杜蘅。

杜蘅搖了搖頭，伸手拍拍他的肩膀，邁步出了屋門。

江澄回過頭，抓起柳七的胳膊問道：「欸，你們怎麼不信？本公子真的會修，我家修補老宅那次還是我親自監工的。」

柳七抓抓頭髮，哈哈笑道：「我看這事還是算了吧，咱們這些門外漢上了屋頂踩壞瓦片事小，萬一不小心跌下來摔斷胳膊跟腿可如何是好？後面還有好幾場考試等著咱們呢！」

江澄撇撇嘴角，在腦海裡想像他們三個人吊著手腳上考場的模樣，點頭道：「嗯，說得也是。」

兩個人正說著話，就聞見一陣撲鼻的肉香味飄了過來，走出去一瞧，看見杜蘅正坐在爐子旁拿著一把大蒲扇將火搧旺，烤得那架在上頭的羊腿嗞嗞嗞地直往外冒油……

宋寧彎著腰站在一邊親自盯著火候，手裡也沒閒著，一直不停翻動烤架，確保肉的每個部位都受熱均勻。

江澄和柳七兩人對視一眼，不約而同地嚥了嚥口水。

只見江澄收了扇子別進腰裡，捋起袖子，興沖沖地道：「弟妹，離火那麼近，小心把妳燙著，這樣的粗活還是讓我來吧。」

柳七跟杜蘅都十分懷疑地看向他，他一身的綢緞衣裳，只怕人還沒走近，火星子跟油點子就把他那身貴重衣裳弄壞了，再說了，他一個細皮嫩肉的公子哥兒，哪裡幹過這些煙熏火燎的事情？

宋寧回頭擦了擦額上的薄汗，本要謝絕江澄的好意，但看他一臉期待的模樣，想了想道：「江公子要是等得無聊，可以拿些菜葉幫我餵餵鴨子。」

江澄眼睛一亮，好似發現了什麼更新奇的事情，忙不迭地點頭應下，拉上柳七一塊兒去後院餵鴨子。

這位江大公子生平頭一回見到飯桌以外的鴨子，還是帶毛的半大鴨子，突發奇想地邀請柳七一塊兒對詩。「鴨鴨鴨，扁嘴叫嘎嘎……」

柳七眼角一抽，忙道：「那個，我好像聽見杜兄說羊腿已經烤好了，咱們先去洗手吃飯吧。」

江澄依依不捨地回頭瞧了鴨子們一眼，最終選擇了烤羊腿。

「成吧，這後面兩句你可別忘了。」

中午這頓飯除了烤羊腿，還有糖醋魚、椒麻雞、紅燒肉，外加兩道小菜、一道菌菇湯，主食是用臘腸和酸菜炒過的米飯。

大家都吃得很盡興，連江澄這樣在飲食上精細講究的人也比平常多吃了一碗，吃完還忍不住跟宋寧要烤羊腿的方子。

宋寧仔細回憶著自己做過的步驟道：「先用炒過的鹽和香料再加上薑、蒜、米酒醃漬一、兩個時辰，然後洗去上頭的醃料，刷上一層油，上火烤。用炭火烤的時候要注意火候，需要不停地翻動，烤到一半還要再刷一次油，烤到外焦裡嫩最好，吃的時候再撒上一層調料……」

江澄似懂非懂地點點頭，笑道：「原來要費這麼多功夫，弟妹還真是心靈手巧。」

臨行前宋寧又給了他們兩罈自家做的醬菜，送走江澄和柳七以後，杜蘅去村裡找了泥瓦匠沈大河到家裡修屋頂。

第二十一章　文會衝突

沈大河上屋頂看過以後道：「大郎啊，我沒記錯的話，你們這幾間屋子是從前你祖父留下的吧？」

杜蘅點了點頭。

當年分家時，杜老爺子的繼室翁老太太帶著兩個兒子把家裡新蓋的那些瓦房占去了，只給老大一家分了幾間老房子。

沈大河猛抽了一口旱菸，嘆道：「想當初翁老婆子為了你爺爺那點薄產爭得面紅耳赤，如今他們幾個去了縣城討生活，好好的瓦房上了鎖、落了灰，鼠咬蟲蛀的，也沒個人看管。你們幾個住的還是這樣漏雨漏風的老房子，要是你爺爺在天有靈，不知道……」

杜蘅眸色暗了暗，轉了個話題道：「大河叔，您看看還需要多少磚瓦？」

沈大河拍拍後腦勺，笑道：「瞧我差點把正事給忘了，我這就回去讓我家小子把東西搬過來。」

杜蘅跟他一塊兒去了趟沈家搬東西，因他是讀書人，沈家父子本就待他極為客氣，又看他幹起活來不惜力氣，待人也完全沒有架子，心中對他越發敬重。

最後沈大河只打算收一半工錢，孟蘭母子卻堅持按原來的價錢付，晚上還在家裡備了酒菜招待沈家父子。

臨走前沈大河拍著胸脯道：「大郎，往後你們家要是添了人口，想多蓋兩間屋子，記得找我。到時候我再請村裡人幫忙，你家管飯就成，不收工錢。」

添人口？宋寧怔怔地望了杜蘅一眼，小臉一紅，匆匆低頭進了屋。

杜蘅輕咳了兩聲，忙轉移話題道：「大河叔，天黑路不好走，我送送你們。」

他送完客回來，見母親還在堂屋等自己，便同她說起要去縣城的事情。

孟蘭聽說兒子要去參加縣令主持的文會，有些懊悔地說：「娘聽說如今縣城裡的讀書人都時興穿長衫，應該早些為你也做幾身才是。」

杜蘅對吃穿一向不大計較，安慰她道：「這樣的文會往後還很多，您日後再慢慢做也不遲。」

孟蘭又問他還有沒有盤纏、是否需要給縣令和夫子籌備謝禮這些事情。

文會設在縣城的望春樓上，一眼可以看到蜿蜒的護城河、沿岸盛開的簇簇繁花以及熙熙攘攘的集市，好一派春日盛景。

既是文會，免不了要請青年才俊們吟詩作畫，交由縣令及各位教諭們品評一番。以春景為題倒也尋常，各家書院的學生都卯足了勁兒拿出自己的得意之作，企圖在文會上一鳴驚人。

作為縣案首，杜蘅自然而然地成為眾人矚目的對象，有不少人過來找他討教學問。一部分是抱著學習的心態真心實意地討教；另一些則是抱著比較跟不服氣的態度想試試他是否有真才實學。

杜蘅倒是落落大方，對待他們皆謙遜有禮、有問必答，碰上自己不明白的地方也不隱藏，而是坦蕩地向夫子請教。

他這種氣度讓那些想抓他錯處、看他露怯的人失了興趣，轉而找其他人交際應酬去了。

照例，縣令帶著諸位教諭祝酒，說了些祈願學子們金榜題名之類的吉祥話，又囑咐他們學海無涯、莫要鬆懈云云，而後由各家書院的夫子帶著學生們前去回敬縣令。

輪到凌雲書院時，江澄幾人跟在陳夫子身後悄悄打量了縣令黃克勤一番。這位縣令大人約莫四、五十歲，生得面寬體闊，說話的時候輕捻鬍鬚、嘴角微微翹起，倒是很符合他老好人的形象。

他們在悄悄打量縣令大人的同時，這位縣令大人也在觀察他們，陳夫子見狀，忙領著幾位學生上前一一見禮。

黃克勤看了杜蘅幾人一眼，就轉身對幾位頭髮花白的教諭道：「不錯，真是文如其人，後生可畏呀……哈哈哈。」

他自然清楚之前杜蘅寫信為戴林申冤的事情，不過既然上頭有人頂著，他也願意做個順水人情，何況杜蘅確實是塊料子，他沒有理由跟對方作對。

幾位教諭含笑點頭稱是，黃克勤收回目光，拱手向陳夫子道：「先生能教出這樣的學生實在是我盈川縣之光，往後還要仰賴先生為我縣培養出更多人才。」

陳夫子老臉一紅，忙躬身道不敢。

幾個人相互客套了幾句，黃克勤又命人拿出自己幾部藏書贈送給凌雲書院。眾人見了紛紛圍上前向他們道喜，一時之間，陳夫子和他幾位學生可謂風光無限。

「陳兄，恭喜啊，貴書院的學子此次能奪得縣案首，還真是有些出人意料啊。」

陳夫子見說話的是坐在他對面的孫夫子，微微挑眉，皮笑肉不笑地道：「喔，同喜同喜，貴書院的學子雖然痛失縣案首，卻在人數上取了勝，也算是可喜可賀呢。」

孫夫子笑容一僵，一口銀牙咬得咯咯作響，端起酒杯一飲而盡。「來日方長……」

陳夫子笑了笑，不置可否，指著面前碟子裡的小菜，問坐在身旁的幾位學生。「喔，老夫眼睛不好，你們幫我瞧瞧這碟子上裝的是何物？」

江澄瞥了碟子裡的菜一眼，搶先答道：「回夫子的話，是筍。」

陳夫子含笑點頭，挾起一塊醃筍放進江澄的碟子裡。「喔，原來是筍！來，逸軒，你替老夫嚐嚐味道怎麼樣？」

江澄嚐了一小口，便捂著腮幫子道：「夫子，酸！嘶……水，快給我水！」

柳七拎起茶壺正要倒水，便被江澄奪過茶壺咕嚕咕嚕地灌起來，眾人瞧了皆忍俊不禁，開懷大笑起來。

孫夫子眼皮子一抽，坐在他身後的學生陶信攥緊了拳頭，拍案而起道：「夫子，他們這分明是在嘲諷咱們，學生這就去找他們理論！」

孫夫子重重咳了兩聲，壓低聲音道：「給我坐下，這就沈不住氣了？」

陶信悻悻地坐回位子上，目光死死盯著杜蘅幾人所在的方向，喃喃道：「若不是趙兄染了病……」

趙燾訕訕一笑，一杯苦酒下肚，看著對面那個意氣風發的少年，心中亦是不甘。

他自幼聰慧過人，被家族寄予厚望，三歲開蒙，八歲能詩，十歲便寫得一手好文章，自認天賦才學不輸給在座的任何同窗，若不是因病未能參加後兩場考試，又怎麼會痛失縣案首？

江澄見乘風書院那幾個學生正咬牙切齒地盯著他們，輕輕搖著扇子笑了笑，對杜蘅跟柳七道：「欸，你們瞧……」

杜蘅也注意到了趙燾的目光，見他面色蒼白，一副鬱鬱不得志的模樣，便微微朝他頷首，誰知趙燾卻是匆匆挪開了目光，杜蘅也就收回了視線。

江澄抱臂嘖嘖道：「這就是乘風書院的頭名啊？就這點氣量，還真是讓人不敢恭維！我看上回往七郎籃子裡塞東西的事情跟這人也脫不了關係吧？」

柳七抓了抓自己的頭髮，一臉茫然地搖了搖頭。「這事據說是他身邊那個陶信做的，趙燾學識淵博，為人又心高氣傲，應當不會做出那樣令人不齒的事情來。」

江澄哼哼兩聲，他要是有真憑實據，早就跑到縣令面前揭發他們了。他眼珠子一轉，心生一計，叫來小廝四喜，囑咐了幾句。

沒多久四喜就回來了，朝他遞了個眼色，江澄便拍了拍柳七、杜蘅的肩膀，一臉神秘道：「坐在這裡怪無聊的，不如去外頭看看好戲？」

三個人轉過遊廊，遠遠就瞧見乘風書院的學生從茅房裡出來。

江澄朝遠處的四喜遞了個眼色，四喜故意加快腳步向前跑，朝陶信的肩上狠狠一撞，手裡的墨也跟著潑灑出去。

陶信被撞得腳下一個趔趄，狼狽地跌倒在地，臉上、身上都沾了墨。

趙潚連忙上前攙扶他，陶信捂著臂齜牙咧嘴地站起來，指著四喜破口大罵道：「哪個不長眼的狗奴才？敢往小爺身上撞?!」

四喜一臉肉痛地指著自己身上大片墨跡道：「這位小爺，您吃醉了酒撞到小的身上，弄髒了小的新衣裳，還灑了公子的墨，小的沒有找您賠，您倒是先賴上小的了。」

陶信氣極，見眾人指指點點，自覺失了體面，不顧同窗的勸告，非要抓四喜理論不可。

四喜哪裡肯老實地等著他來抓，像隻滑溜溜的泥鰍一般東躲西藏，陶信酒氣湧上來，踉蹌了幾步又栽倒在地，一身雪白的長衫竟不剩一處是乾淨的。

在場的人不禁捧腹大笑，陶信又羞又躁，氣得面紅耳赤，哪裡肯饒了四喜？

江澄適時登場，也不看陶信，只問向四喜。「四喜，我讓你去幫本公子取筆墨，縣令大人跟夫子們還在裡頭等著子瀾題詩呢，你怎麼在這裡跟人纏上了？」

四喜委屈地躲到江澄身後道：「公子，小的本是要急著給您送墨汁來著，可回來的路上被這位不知道從哪裡冒出來的公子撞了一下。您瞧，這上好的惠州墨也灑了，五十兩銀子呢。」

陶信一臉怨懟地盯著江澄幾人道：「這小子胡說，分明是他先撞我的。」

江澄淡淡掃了他一眼，嫌棄地抖開扇子後退了兩步，看向四喜。「嘖嘖，四喜，這位公子說是你先撞他的，他是讀書人，還能做出顛倒黑白的事不成？快，給人賠個不是吧。」

四喜撇了撇嘴角，心不甘情不願地向陶信道了歉。

陶信哪肯消氣，還要找江澄等人理論，趙燾趕緊上前勸道：「算了吧，咱們是讀書人，你跟他一個下人計較，可是失了讀書人的體面。」

陶信氣得牙癢癢的。「就這麼算了？我看那小子就是故意的！」

乘風學院的師兄也勸道：「算了算了，今日縣令大人作東，別鬧得太難看了。」

江澄高傲地翹著下巴，解下腰間荷包丟給四喜。「這位公子知書識禮又大人有大量，斷不會同你計較。快去吧，把你這一身收拾乾淨了，肚子裡沒多少墨水，身上倒沾了許多，真是有辱斯文！」

四喜掂了掂荷包，嘴角露出一個狡黠的笑，一溜煙跑了。

等到宴會結束，黃縣令帶著手下人離去，陳夫子也領著幾個學生從望春樓裡出來，見街上已經掛了燈籠，問起了眾人的落腳處，知道江家在縣城裡有宅子，囑咐了江澄三人路上小心後，便帶著其餘的人前往客棧。

送走凌雲書院的人，杜蘅幾個正要上馬車，忽聽見身後有人相喚，回頭一看，原來是蘆山書院的幾位舊相識。戴林也來了，他如今依然十分消瘦，但精神卻很好。

蘆山書院的人先向杜蘅幾人道了喜，他們雖然不知道杜蘅寫信給巡按御史的事，但依然很感激當初三人慷慨解囊，解了他們燃眉之急，特地前來道謝，順帶償還銀子。

杜蘅知道他們已得到了高家的賠償，也不再推辭，又請他們到路邊茶肆小坐，問起眾人近況。

戴林笑道：「此次我們書院兩位師兄有取得前十的好名次，夫子和各位同窗們都很欣慰。我雖失去了這次機會，萬幸縣令大人已經還我清白，希望明年我也能拿個好名次回來。」

杜蘅見他如此看得開，心中動容，也道：「戴兄能有如此心胸，不日定能守得雲開見月明。」

戴林有些羞赧地拍了拍後腦勺。「那就借杜兄吉言。」

幾人正說著話，卻見一個江家的小廝急匆匆地跑了過來。「公子……呼，還好，您沒事……」

江澄起身望著他道：「出了何事？你慢慢說。」

小廝胡亂抹了把額上的汗，喘著粗氣道：「咱們府上出來接幾位公子的那輛馬車不知怎的跌進了河裡，見公子們不在車上，秦管事很擔心，派了小人前來查看。」

江澄心頭「咯噔」一下，忙問道：「那戚伯沒事吧？」

戚伯是給他們家趕車的老車夫，方才他們在這裡遇見故人便讓戚伯先回去了，沒想到出了這種意外。

小廝心有餘悸，一五一十地答道：「好在有巡邏的官兵聽見響動，及時把人救起來了。秦管家已經派人請大夫給他老人家看診，說是受了些驚嚇，需要休養一些時日。」

聞言，眾人長長吁了一口氣，江家出了這麼大的事，偏偏江哲又不在，江澄三人便辭別蘆山書院的幾位朋友，匆匆趕回府。

秦管事見幾位公子平安返家，一顆懸著的心總算放回了肚子裡。

三人一起去看了戚伯，戚伯比江哲年紀稍長，好在他常年跟著主子走南闖北，身子骨兒硬朗，又灌了一大碗藥，身子已經暖和過來，精神還不錯。

時間轉眼到了四月，就在杜蘅準備動身去府城的前幾日，杜樂娘卻突然病了，吃了兩服藥還不見好。

這日宋寧打了水進去幫她擦拭，察覺到她背上冒出了大顆的瘆子。

宋寧微微一怔，拉著孟蘭出了屋子，鄭重道：「娘、相公，我看樂娘這像是出痘疹了。」

孟蘭心頭一跳，懊悔道：「昨晚這孩子一個勁兒地往身上抓，我怎麼就沒早些發現呢？」

杜蘅道：「娘，您別急，我立刻去鎮上請大夫回來看看。」

孟蘭點點頭，回屋拿了錢給他。

宋寧想到杜蘅馬上就要啟程去參加府試了，不由得擔憂道：「娘，您和相公得過痘疹嗎？」

孟蘭搖搖頭，神色變得慌亂起來。「我……我還是姑娘的時候聽過有人出痘疹，那是同村的一個孩子，他家裡人都不知道這是病，耽誤了治療，那孩子後來……後來夭折了。」

想到這裡，她背脊一涼，憂心忡忡地抓起宋寧的手道：「三娘，妳說……」

在這個傷風咳嗽都能要人命的時代，孟蘭的擔心不無道理。

宋寧搖搖頭，反握住她的手安慰道：「娘，咱們發現得早，樂娘會沒事的。只是這個病容易傳染，您和相公要是都沒得過就必須注意了。」

孟蘭怔怔地望著她道：「那……那妳呢？」

宋寧想了想，露出自己手腕上的兩顆痘印道：「我小時候出過痘，不怕感染。這樣吧，這幾日就由我來照顧樂娘。」

杜蘅帶著大夫從鎮上回來，大夫確認杜樂娘的確是出痘疹，開了藥，又交代了一些注意事項。

宋寧看著杜蘅，又將自己的打算說了一遍，這幾日為了方便照顧病人，她需要搬過去跟杜樂娘同住。

杜蘅表示自己可以在堂屋裡打地鋪，讓母親去他們房裡住，還主動攬下挑水、砍柴這些雜事；孟蘭沒辦法貼身照顧女兒，就在屋外煎藥、熬粥。

當天晚上，杜樂娘燒得迷迷糊糊，睡夢中不時踢被子，或是抓撓身上的疹子。

宋寧不敢馬虎，一直守在邊上看著杜樂娘，幫她蓋好被子，不久又聽見她在喊娘，便問她是不是口渴了要喝水。

杜樂娘瞇著眼睛有氣無力地看了她一眼，點了點頭，扶著宋寧的胳膊起來喝水。

孟蘭擔心得整晚都沒睡，一直徘徊在門外聽著屋裡的動靜。

一家人憂心忡忡地熬過一日，等到第二天晚上，宋寧見杜樂娘退燒了，人也清醒了一些，才稍微鬆了口氣，看著她安安穩穩地睡去，也和衣坐在床邊打了會兒盹。

迷迷糊糊間，宋寧聽見一陣窸窸窣窣的聲響，她猛的驚醒，見小姑子正扯著床帳要起身，忙伸手去扶她。

第二十二章　海市仗義

「怎麼了？是渴了嗎？」宋寧問道。

杜樂娘搖搖頭，見宋寧眼下一片烏青，知道這兩日都是她在一旁衣不解帶地照顧自己，有些抱歉地道：「吵到妳了嗎？我只是白天睡多了，想起來坐坐。」

宋寧幫她掖好被角，囑咐道：「如今才四月，夜裡天涼，妳又才剛退燒，身子虛弱，不能再著涼了。」

杜樂娘點點頭，往裡面挪了挪身子，彆彆扭扭地道：「那個……妳要是不嫌棄，也上來睡一會兒。」

宋寧笑了笑，轉身取了條被子在杜樂娘身邊坐下，見她又想伸手去撓，忙制止道：「抓破了會留疤，妳要是實在癢得難受，我再幫妳抹一點藥膏。」

杜樂娘苦笑一聲道：「沒事，我還能忍受。」

說完她翻了個身，面向裡側，喃喃道：「我現在的模樣是不是很嚇人？」

宋寧側頭看向小姑娘單薄的背脊。「妳放心，只要按時服藥，等到體內的毒素都清除、所有疹子都消下去就好了。」

杜樂娘悄悄鬆了一口氣，輕聲道：「方才我不小心摸到頭皮裡的疹子，還以為自己要變成個癩頭和尚了……」

宋寧忍不住抱著被子笑出聲。「不會的，我出痘那會兒身上起的疹子比妳的還多，現在不都好了嗎？」

姑嫂兩個有一搭沒一搭地說了一會兒話，漸漸的，杜樂娘像是忘了身上的癢，不想抓了，可肚子卻開始咕嚕叫了起來。

她有些羞赧地扯起被角捂住頭，裝作什麼事都沒有發生。

宋寧笑了笑，披衣起身道：「知道餓了就說明妳身體在好轉，妳等著，我去灶房做點吃的給妳。」

杜樂娘拉開被子，露出紅通通的臉頰道：「這兩日老是喝粥，嘴巴都淡了，我能吃點有味道的東西嗎？」

宋寧回頭故意板著臉道：「不行，為了能快點好起來，妳還得再忍忍。」

杜樂娘有些失望地「喔」了一聲，宋寧忍不住噗哧一笑道：「等妳好了，想吃什麼我都做給妳。」

說完她就輕輕推門出去了，誰知剛一轉身就看見一道高大的黑影靠了過來。

宋寧被嚇了一跳，手裡的油燈也跟著晃了晃，還來不及驚呼出聲，就看見一張熟悉的俊臉出現在面前。

「是我！」

宋寧盯著杜蘅近在咫尺的臉，眨了眨眼睛。唔，她有點緊張啊，這是怎麼回事？

杜蘅退後了兩步，有些抱歉地說道：「怎麼還沒睡？該不會樂娘她……」

宋寧撫了撫仍在怦怦直跳的胸口，長長吁出一口氣道：「樂娘精神好了許多，還知道餓了，我去灶房做些吃的。」

杜蘅點頭接過她手裡的油燈，兩個人一前一後進了灶房。

宋寧煎了兩碗荷包蛋，把其中一碗推到杜蘅面前。「相公，你先吃，我給樂娘送進去。」

杜蘅盯著碗裡的兩顆荷包蛋，若有所思道：「妳怎麼不吃？」

宋寧笑道：「喔，我沒有吃宵夜的習慣。」說著便端著碗進了屋子。

等杜樂娘吃完重新躺下，宋寧才收拾好東西出來，見杜蘅仍坐在灶前，手裡握著一卷書在看。

宋寧依依不捨地將目光從他好看的側臉上挪開，提醒道：「相公，這裡光線太暗，看書對眼睛不好。」

杜蘅點點頭，收起書，抬頭見她挽起袖子準備洗碗筷，視線不經意間掃過她露在外面的一截小臂，他倏地移開了目光。

袖子再次往下滑落，宋寧抬起兩條光潔如玉的胳膊到他面前晃了晃。「相公，幫我挽一下。」

杜蘅臉色漲紅，轉身揭開蓋子，端出煨在鍋裡的那碗荷包蛋。「放著我來，妳先把這個吃了。」

宋寧不禁微微一怔，碰了碰碗邊，觸手一片溫熱，抬眸去看他，見他臉上掛著一絲不自然的紅，疑心他也染了病，便伸手去摸他的額頭。「咦，沒有發燒啊？相公，你的臉……怎麼這麼紅？」

杜蘅呼吸一滯，察覺到她冰冰涼涼的小手還停留在自己的額上，耳根子頓時跟著燒了起來，在心跳失控前一瞬匆匆放下碗筷。「時辰不早了，吃完早些休息。」

宋寧狐疑地歪頭看了他一眼。「相公，還是你吃吧，考試前吃兩顆荷包蛋有好的寓意。」

杜蘅喉結微微滾動道：「什麼寓意？」

宋寧一本正經地道：「預祝你能考出滿分的答卷。」

杜蘅不懂宋寧的意思，以為她是在胡謅，也不多說，拿出一只碗將荷包蛋分成兩份。「我不信那個，一人一顆，快吃吧。」

宋寧應了一聲，乖乖吃下一顆荷包蛋。

府試的時間定在四月初十，從白水村坐馬車到府城要花上整整兩日，再加上人生地不熟，杜蘅和幾位同窗商定了提前三日出發。

江哲本來還想跟著的，奈何染了風寒，怕傳給幾個後生，只好派了信得過的車夫、小廝跟去。

一行人一路顛簸、車馬勞頓趕到府城，三位師兄都各自找親戚投靠去了。江哲提前給友人去了信，本想讓他們幾人住進友人家的宅子裡，杜蘅和柳七卻是說什麼都不願再給江哲添麻煩。

江澄見他們堅持，便也謝絕了主人家的安排，帶著四喜去找客棧。

幾人起先還想找一家離貢院近一點的客棧，想不到連著問了好幾間都已經人滿為患。他們幾個分頭去找，得到的答案依舊是：「實在不好意思，本店已經住滿了，您還是去別處看看吧。」

再次無功而返，江澄垂頭喪氣地癱坐在客棧門口的石凳上搖著扇子。「我說，什麼時候才是個頭啊？再走下去我這雙腿都快斷了。」

柳七抓了抓後腦勺，有些無奈地道：「天無絕人之路，實在不行的話，咱們就去遠一點的地方瞧瞧，總不能睡在大街上吧。」

江澄抖了抖身上的塵土，一臉沮喪地抓著柳七的胳膊站起來。「早知道咱們就不該拒絕蘇家伯父的好意。」

杜蘅看向他們兩人道：「你們先在這裡歇歇，我再去找找。」

他話剛說完，就聽見有人喊道：「公子公子！找到了，小的找到了！」

幾人回頭，只見江家小廝四喜急匆匆地跑了過來。

四喜引著他們左拐右拐鑽進一條巷子，到了巷子盡頭，他們才發現有一家客棧，要不是一旁的竹竿上掛著一條半新不舊的酒旗，很難發現在這樣的犄角旮旯裡還有一家店。

江澄望向朱漆掉了一半的「胡記客棧」四個字，這要是換作平常，他看都不會多看一眼，現在嘛……

四喜見自家少爺一臉的糾結，撓撓頭，帶著幾分無奈道：「公子，最近幾條街咱們都走遍了，這個地方還是小的向人打聽才找到的。方才掌櫃同我說他們也就剩下兩、三間空房，要是再不訂下，可就真要露宿街頭了。」

柳七見江澄嫌棄的模樣，忍不住開口道：「我看這裡有吃有住的，離貢院也不算遠，挺好。」

杜蘅沒什麼意見，畢竟當初在南江縣他們被人扒了荷包那次，還住過比這裡更差的地方。

江澄無奈地嘆了口氣，跟著大夥兒往客棧外面一站。

那客棧裡明面上總共也就兩個人在做事，一人站在櫃檯後面打著算盤，看起來像是掌櫃的；還有一個小夥計拿著掃帚在街邊打掃，揚起一地的灰塵。

胡掌櫃眼尖，打量過他們幾人的衣著打扮，最後把視線落在江澄身上，笑呵呵地掀開擋板，將人親自迎了進來。「唷，幾位貴客裡面請！」

這話是對大家說的，可他一雙眼睛卻是片刻不離地盯著江澄，江澄被他看肥羊一般的眼神弄得有些不自在，從懷裡摸出扇子甩開，擋住半張臉，輕咳了兩聲。

四喜側過身擋住胡掌櫃的視線，沈聲道：「掌櫃，有什麼事同我說就好。」

胡掌櫃依依不捨地將目光從江澄腰間懸著的玉珮上收回，露出一個討好的笑。「欸，幾位是要住店嗎？小店只剩下上房三間，真是來得早不如來得巧。」

說完，胡掌櫃帶他們去看了房間。說是上房，其實也就比普通的房間多了一個小廳、一張榻，比起縣城的上房差遠了。

杜蘅、柳七無所謂，江澄卻是厭惡地摸了摸有些發潮的褥子，埋怨道：「掌櫃，你這上房也不怎麼樣嘛，我現在覺得八百文錢不值。」

柳七一臉震驚地看著江澄，他雖然也這麼覺得，但這樣直接說出來真的好嗎？他好怕被掌櫃趕出去啊！

好在胡掌櫃沒多意外，他眼角一抽，攤手道：「沒辦法，府城寸土寸金，再說最近咱們九江府重開了海市，有不少南洋的客商到這裡來做買賣，屋子緊俏著呢。」

幾人分配了房間，杜蘅、柳七一間，車夫戚伯和四喜一間，江澄獨占一間。胡掌櫃又派小夥計送了茶水跟吃食過來，恭敬地伺候著。

柳七跟杜蘅收拾好隨身攜帶的行李以後，就開始沈下心來讀書。

江澄雖然自己占了一間房，卻不想獨自一人待在裡面，抱著枕頭去了隔壁房找他們說話。

只是見他們兩人都在溫書，江澄覺得無趣，趴在窗邊往外面看，正好瞧見幾個南洋商人打巷子口經過，他心下一動，提議道：「我聽說海市上有不少好玩意兒，要不咱們也去瞧瞧？」

柳七被他說得有些動心，便跟著勸杜蘅一道去逛海市。

三人去海市看了一些南洋來的新鮮商品，又去小攤上吃了宵夜，回去時見碼頭上有人圍著看熱鬧，稍稍靠了過去，就被人推搡著捲了進去。

人群中間站著五、六個官差，他們個個生得人高馬大，腰間掛著一把寒光閃閃的大刀，將一批剛從商船上下來的南洋客商連人帶貨團團圍住。

其中一個穿靛藍長袍的老者上前一步，同官差解釋道：「官爺，我說過了，這批貨物叫做辣椒粉，也就是梁國人說的番椒磨成的粉末，做菜用的，不是您口中什麼易燃易爆的危險物品。」

他的中原話帶著口音，為首的官差聽得直皺眉。「不管你們運的是番椒還是什麼別的東西，按照這裡的規定，沒有官府頒發的文書，就得跟我們走一趟。」

言罷也不等那南洋商人再多說一句，大手一揮朝著身後的幾個官差道：「來人，帶走！」

孰料那幾個南洋商人不肯退縮，三、五個人一擁而上，死死將那幾箱貨物壓在身下。

藍袍老者滿臉焦急道：「我不是已經給您看過我們國家頒發的文書嗎？我也說過了，你們官府頒發的文書在我一位同伴那裡，他在另外一艘船上，最遲後日就能到，你們就不能通融通融嗎？」

那官差劍眉倒豎，不耐煩道：「你們給的這張文書上全是洋文，誰知道是真是假？你說你那位同伴要後日才能到，那就等他到了再放行。」

說完他朝手下幾人使了個眼色，官差們立刻上前強行拖拽那些貨物。

藍袍老者還在據理力爭。「你們不能這樣！中原的皇帝向我們國家發出通商的邀請，為的是互利互惠，也承諾過會保障我們通行順暢！」

官差們見他們實在難纏，無奈之下抽出腰間佩刀驅趕。

另一個年輕的南洋商人見狀，扯開外袍揮了揮拳頭。「阿邁德，別跟他們廢話了！這群中原人不講道理，就讓他們瞧瞧誰的拳頭硬！」

「賈卡，別衝動！」

官差們本來只是想嚇唬他們，無奈碰到了幾個硬骨頭，一時之間雙方爭執不下，扭作一團。

周圍看熱鬧的人唯恐被波及，嚇得後退了幾步，就在大夥兒你推我搡、罵罵咧咧之際，忽然聽見人群中響起一陣鑼聲。

「安靜，安靜！」

眾人側目望去，只見三個年輕的俊俏後生擠出人群，走到那群南洋商人和官差身旁。

江澄不慌不忙地上前，理了理被人擠亂的衣襟，笑盈盈道：「各位官差老爺還有從南洋來的朋友們，別衝動啊，鄙人這位朋友有話要說。」

在場的人面面相覷，有人問道：「你們是何人？」

「去去去，官府辦公，閒雜人等退散。」江澄揮了揮手中扇子，朝身後的柳七使了個眼色。

柳七紅著臉，硬著頭皮敲了幾聲鑼。「諸位，我們是來參加府試的學生，方才聽見大家因一紙文書爭執不下，恐傷了兩國和氣，特來看看能否幫得上忙。」

說完，他摸出懷裡揣著的路引向官差們證明了自己的身分。

為首的官差斂目看向他們道：「既然是來參加府試的考生，就該安安分分待在客棧溫習功課，何必跑到這裡來蹚這趟渾水？」

江澄搖了搖扇子，悠悠道：「這位大哥，此言差矣。咱們身為考生，將來有可能入仕為官，為天子分憂、為百姓謀福祉，路遇此等不平之事，豈能袖手旁觀？」

那官差被他一套之乎者也弄得有些頭疼，擰眉問道：「你們打算怎麼幫忙？」

江澄朝他神秘一笑，回頭看向正在同南洋商人溝通的杜蘅道：「子瀾，弄清楚是怎麼回事了嗎？」

杜蘅朝他點了點頭，上前一步朝那官差頷首道：「這位大人，方才鄙人已經查看過了這位南洋客商出具的通關文書，上面加蓋的印章確實是暹羅國的官印。根據我朝律法，他們運送的這些香料，如非特殊情況，不得扣押。」

那官差聽他說得有理有據，自知理虧，只是面子上仍有些過不去，粗著嗓子問道：「你怎麼確定他們的印章是真的？又怎麼知道他們運的東西就是香料？」

杜蘅轉身同那位叫做阿邁德的南洋客商又交流了幾句，就見阿邁德命手下人打開箱子，露出裡面的貨物。

待杜蘅走過去一一查看過後，便如實稟報道：「稷山先生的《南洋雜記》中載有暹羅國的官印樣式，也有關於番椒的記載。至於這些東西到底是不是香料，嚐一嚐便知。」

看熱鬧的人們議論紛紛，官差們則是面面相覷等著為首的發話，就在此時，三、五個侍衛簇擁著一位身穿褐色羅袍的中年人穿過人群走了出來。

幾個官差見了來人，心中大驚，紛紛上前垂首施禮道：「參見知府大人！」

來人正是九江府的知府——紀舟。

紀舟微微頷首，朝那個為首的官差道：「好了，韓瀟，事情的來龍去脈本官已然知曉。」

言罷，他朝那南洋客商拱了拱手道：「不知閣下可是暹羅國的阿邁德先生？」

阿邁德上前躬身道：「正是。」

紀舟含笑點了點頭，朝身後的官差道：「這些南洋商人運送的香料是琳瓏閣訂的，本官可以擔保沒有問題，讓他們走吧。」

眾人皆是一怔。在這九江府城之內，誰人不知琳瓏閣是本地富商汪家的產業，而知府夫人正是汪家人，這可真是大水沖了龍王廟。

「是！」韓瀟滿面羞慚，背上冷汗直冒，忙不迭地朝下屬擺手道：「讓他們通行。」那位叫做賈卡的年輕商人上前朝官差們挑釁地揮了揮拳頭。「怎麼？不打算試試誰的拳頭硬了？」

阿邁德立刻厲聲喝斥道：「好了，賈卡，不得無禮！」

誤會解開，官差們都奉命散去，商人們則是忙著搬運起貨物了。

第二十三章　於心不忍

紀舟眯了眯眼，看向杜蘅幾人道：「方才聽諸位說是前來趕考的學生，不知是從哪個縣過來的？」

柳七聽見知府大人問話，當場呆在了原地，江澄拉了拉他的胳膊，一同上前見禮。「回大人的話，學生們是從盈川縣來的。」

紀舟若有所思地撫了撫長鬚，心情複雜道：「喔，盈川縣……還真是地靈人傑。對了，你們可認識此次盈川縣的案首，叫……杜……」

江澄聞言忍不住笑道：「大人，我們盈川縣的案首叫杜蘅，正是學生身邊的這位。」

杜蘅上前一步拱手道：「學生杜蘅見過知府大人。」

紀舟眼底閃過一絲訝異。「喔，還真是無巧不成書。」

查出寫了那封申冤信的人是誰之後，紀舟又碰到在南江縣經營書肆的族親談起杜蘅校正書籍一事，心裡越發對他感到好奇，想不到今日正巧碰上了。

紀舟笑著拍了拍他的肩道：「好好好，果然有真才實學，假以時日必成國之棟梁。好好考，本官拭目以待。」

杜蘅微微頷首，一群人目送著知府大人遠去。

柳七怔怔地收回目光，看見打更的老伯還站在他身後眼巴巴地望著，趕緊將鑼還給那老伯，看向另外兩人道：「走吧，杜兄、江兄，時辰不早，咱們也該回去了。」

幾人轉身正要離去，忽聽得身後有人喚道：「公子們請留步。」

阿邁德疾步上前，朝著他們三人躬身一揖道：「你們中原人說滴水之恩，當湧泉相報，方才你們幫了我們，就是我們的朋友，還未請教姓名？」

三人還禮並報上姓名，表示舉手之勞不足掛齒，卻聽阿邁德又道：「日後公子們若是有什麼需要幫忙的地方，可以到海潮街的南洋商會來找我們，只要說是我阿邁德的朋友，他們自會以禮相待。」

杜蘅再次謝過他的好意，分開之前，阿邁德又送給他們一只小匣子作為謝禮。回到客棧之後，他們打開小匣子查看裡面的物品。

「番椒？」江澄皺著鼻子道：「阿邁德先生把這東西送給我們做什麼？」

柳七撓了撓頭道：「這個我們拿著沒什麼用，不過杜兄，你可以帶回去送給嫂夫人。」

江澄表示贊同。「對對對，弟妹心靈手巧、廚藝高超，在她手裡一定用得上。」

杜蘅從善如流地收好匣子，腦海裡浮現宋寧在灶房裡轉來轉去、哼著小曲兒忙碌的身影……

四月初十這日，府試如期舉行。考試的流程與內容同縣試並沒有太大的區別，只是在原來的基礎上增添了一名廩生作保，這意味著又要多花一兩銀子。

考生們入場後，發現府城的貢院條件比縣上的考棚好了許多，鮮少有漏風漏雨的情況，再加上四月天氣暖和，幾場考下來，病倒的考生較之縣試少了許多。

只不過考題的難度增加了不少，連著幾天應試，江澄和柳七都考得有些懨懨的，連考題也懶得去對了。倒是杜蘅一如既往地看書、吃飯，同考前似乎沒什麼差別。

其實他們兩人不知道杜蘅心裡記掛著家人，想到臨行前妹妹大病初癒，除了農活，母親和妻子既要料理家務、又要忙著吃食買賣，想必非常辛苦，他可說是歸心似箭……

白水村這兩日出了一件大事，曹霜的丈夫劉貴在鎮上同人喝多了酒，返家路上摔了一跤，倒在地裡口歪眼斜、動彈不得，後來被村裡的放牛娃發現，才找人抬了回去。

曹霜見丈夫被抬回來嚇了一跳，心急火燎地去鎮上請大夫回來替他醫治，誰知大夫看了以後連連搖頭。劉貴本就體虛肥胖，飲食上向來不加節制，這一跤摔瘸了腿事小，中風的毛病卻是難以根治。

雖然劉貴脾氣暴躁，待老婆跟孩子都不算親厚，卻是家裡實打實的頂梁柱。他一倒下，整個劉家頓時一片愁雲慘霧，連平常最囂張跋扈的曹霜也跟著丟了魂似的，整日坐在院子裡唉聲嘆氣，逢人便說自己命不好。

劉慧娘見她娘這樣，勸了幾回也勸不動，只能自己默默料理家務，又要為父親煎藥、又要照顧弟弟，成天忙得腳不沾地。
不過幾日而已，宋寧在河邊洗衣裳碰見劉慧娘時，就發現她形容憔悴、眼窩凹陷，整個人消瘦了一大圈。
宋寧看了看她盆裡堆成小山似的髒衣裳，又想到她家如今的狀況，張了張嘴巴，卻不知道該說什麼。
劉慧娘見到宋寧過來，忙抬袖揩了一把眼角，起身挪開自己的木盆，給她讓出一個位置。
宋寧笑著同她寒暄了幾句，問她可有需要幫忙的地方，她卻只是搖頭，十分客氣地婉言謝絕。
返家以後，宋寧同婆婆商量，儘管曹霜的態度令人不敢恭維，可兩家畢竟是鄰居，就是看在兩個孩子的面上，孟蘭也於心不忍。
婆媳兩個收拾出二、三十顆雞蛋、兩斤白麵、一斤豬肉，準備給劉家送過去。
誰知宋寧一隻腳才邁出院門口，就透過劉家那虛掩的門瞧見院子裡有客人在，她停下腳步，正猶豫著是否要晚些再去，就聽見裡頭傳出了激烈的爭吵聲。
宋寧微微蹙眉，放下籃子，站在自家門外留意對門的動靜。
劉家院子裡，潘老太太手裡舉著一把掃帚，指著孫女罵道：「妳這個死丫頭反了天了不是？從古到今，姑娘家大了哪有不嫁人的道理?!」

劉慧娘躲在曹霜身後抹著眼淚哽咽道：「我不嫁，我寧可一輩子在家伺候娘和爹，也不嫁給郭家那個老鰥夫！」

「娘，您別……」曹霜張了張嘴巴，想要為女兒說幾句話，卻被婆婆惡狠狠地瞪了回來。

曹霜欺軟怕硬，從前公爹在時，婆婆便跋扈到連公爹都敢打，以至於她如今一看見婆婆，就打心眼裡感到害怕。

潘老太太扠腰冷哼道：「郭家那樣的人家，頓頓吃香喝辣不說，衣食住行還有下人伺候著，妳嫁過去只有享福的分，偏妳不識好歹，還挑三揀四的！再說了，郭家大爺不過三十來歲，哪裡老了？」

劉慧娘紅著眼圈，發了狠道：「要是郭家那麼好，怎麼不把堂姊嫁過去？你們不過是收了人家的銀子，見錢眼開，捨不得退回去而已！」

聽她這麼說，潘老太太氣得扒開曹霜，衝上去就要拿掃帚往劉慧娘身上招呼。

見劉慧娘抓著掃帚不肯鬆手，潘老太太索性丟開掃帚，脫下腳上的棉布鞋往她身上狠狠抽了幾下。

儘管曹霜害怕婆婆，還是上前拉開她，勸道：「娘，您別打她了，打破了相還怎麼嫁人？」

劉慧娘怔怔地回頭看向她，痛心疾首道：「娘，我可是您親閨女！怎麼連您也和他們一道打起了賣女求榮的主意？家裡沒銀子，咱們還能想辦法再賺啊！要是逼急了我，我立刻吊死，您就當沒我這個女兒！」

「冤家，妳這說的是什麼話？」曹霜臉上臊得慌，一邊是婆婆，一邊是女兒，她雖貪財，但實在不忍心把自家的黃花大閨女嫁給一個老鰥夫。

潘老太太一手拿著鞋，一手指著劉慧娘罵道：「哼，說得倒輕巧！妳爹如今癱在床上，連買藥的錢都不知道上哪裡去討，妳弟弟年紀小不頂事，妳娘除了這一張嘴還能指望她什麼？我老婆子就是養隻狗都知道看家護院，妳爹娘養妳到大，妳就是這麼報答他們的?!」

曹霜不敢說話，又聽潘老太太冷哼一聲道：「還有，銀子是那麼好賺的？妳跟妳娘靠縫縫補補能攢幾個錢？連請大夫替妳爹看病的診金都付不起！」

劉慧娘眼眶通紅地呆愣在原地，一時之間沒了主意。

潘老太太見她不說話，惡狠狠地撂下「妳大伯母已經跟郭家的人說好了，過兩日就來下聘，妳不嫁也得嫁」幾句話，然後就氣沖沖地推門走了出去。

她一離開，院子裡就傳來女子低低的啜泣聲，然後又響起了小孩子哇哇大哭的聲音。

宋寧見現在不是時候，只好提著籃子進屋，等到下午曹霜被人叫出去了，她才過去敲響了劉家的門。

劉慧娘打開門，見宋寧拎著一籃子東西過來了，想到自家爹娘不知與人為善，杜家母子落難那幾年更是沒少落井下石，如今風水輪流轉，輪到他們家出事，對方卻不計前嫌，想方設法地幫助他們，不由得鼻頭一酸，又紅了眼圈。

宋寧瞧見她這副模樣，訕訕笑道：「慧娘，方便聊一聊嗎？」

劉慧娘愣愣地點頭，接過她手裡的籃子，把人請了進去。

宋寧一進門就聞到一股濃濃的藥味，緊接著又聽見屋子裡傳來「咚」的一聲鈍響，像是有什麼東西被扔到了地上。

屋子裡的劉貴病懨懨地倒在床上，一邊拍著床板一邊怒罵道：「人都死絕了嗎？老子如今病了，你們就不拿老子當人……」

劉慧娘蹙眉，十分難堪地朝宋寧低聲道：「我爹醒過來了。妳先坐，我進去瞧瞧。」

宋寧示意劉慧娘先去忙，等劉慧娘進屋照料病人，她就自己找了把小竹椅坐下，默默打量起劉家這方小院子。

兩家雖然離得近，卻鮮少走動，今日還是她第一次進劉家的門。

院子裡放著兩把竹椅、一張小方桌，桌上放著一個針線筐和一些小孩子的玩意兒，牆角堆著木柴和一口大缸，籠子裡養著兩隻老母雞，地上收拾得很乾淨。

劉慧娘從屋裡出來，十分抱歉地朝宋寧道：「讓妳見笑了，我爹是個急性子，如今病了氣性越發大……對了，妳等我一下。」

宋寧點頭，又見劉慧娘鑽進灶房裡，不多時提著自己家的那只籃子出來了。

「這是我自己做的一點米糕，也不是什麼稀罕的東西，希望妳們不要嫌棄才好。」
宋寧看了看盤子裡的米糕。「我能嚐一嚐嗎？」
劉慧娘點了點頭，見宋寧果真拿起一塊米糕放進嘴裡仔細品嚐起來。
軟糯的米糕，甜滋滋的，帶著一股清新的香氣，宋寧由衷地讚道：「嗯，很好吃。」
劉慧娘臉色漲紅，有些侷促道：「妳要是喜歡，我下次再做一些送過去給妳。」
宋寧含笑點了點頭，望向她疲倦又滿懷心事的面容，試探地問道：「那個，我上午路過，碰見妳奶奶氣沖沖地出來了，沒事吧？」
劉慧娘看了看宋寧，猶豫了一下才道：「他們給我說了一門親事，說是鎮上的大戶……」
宋寧一瞬不瞬地盯著她。「妳願意嗎？」
劉慧娘臉上一僵，扯出一抹苦笑道：「沒什麼願不願意的，這事也由不得我作主。」
她頓了頓，心中酸澀道：「三娘，不是所有女子都能像妳這麼幸運。」
宋寧輕嘆一聲。在家時她的爹娘從未想過拿她去換取什麼，出嫁後婆婆、相公也對她沒什麼要求。
相較於劉慧娘而言，她也覺得自己十分幸運，但在一個不幸的人面前顯擺自己的幸運，無異於在對方的傷口上撒鹽。
宋寧盯著盤子裡的米糕，半晌後才認真地向她問道：「若我有法子讓他們家主動退了這門親事，妳願意試一試嗎？」

劉慧娘不敢相信自己的耳朵，呆愣地聽宋寧說了起來……

兩日後，郭家那邊果然來了人，潘老太太歡天喜地領著郭家老夫人上了劉家的門。村子裡的人最愛湊熱鬧了，碰上這種事情更是免不了要跟過去瞧一瞧。

王二家的盧珍往前一湊，盯著郭家老夫人頭上的簪子，酸溜溜地道：「欸，聽說了嗎？郭家是鎮上賣肉的大戶，瞧那老夫人頭上的金簪，唉唷唷，真是亮得晃眼。」

木匠媳婦楚萍撇了撇嘴道：「郭家既然這麼有錢，哪瞧得上咱們這樣的窮鄉僻壤出來的姑娘？」

眾人點點頭，都覺得有些道理。

楚萍見眾人信服，越發得意，忽聽得身後一道聲音響起——

「這話我老婆子第一個不同意！咱們村馬上就要出一位秀才公了，人人都說咱們這地裡地靈人傑，怎麼就是窮鄉僻壤了？」

楚萍剛想反駁幾句，回頭見說話的是羅里正家的翁老太太，訕訕一笑轉了話頭。「我就這麼一說，您老人家可別往心裡去。不過，這體面人家不都講究門當戶對嗎？劉家是什麼樣子，別人不知道，咱們還不曉得嗎？」

盧珍眼珠子一轉，一臉神秘地道：「你們還不知道吧？潘老太太的大兒媳婦不是在鎮上做事嗎？許是她牽線搭橋的也說不準！」

楚萍扁扁嘴巴。「唷，這麼好的事情她怎麼不想著自家閨女呀，她家桂芬不是還沒定下來嗎？」

這時候有人說道：「這你們就不知道了，聽說郭家大爺不是頭一次娶親，前面娶過兩房，只不過……都沒了。」

盧珍「唉唷」一聲，伸出兩根手指。「兩房呢，那不就是個糟老頭子嗎？前頭兩房說不定是他剋死的！」

楚萍朝裡頭望了望，意味深長地道：「這麼說來，這劉家老太婆和劉大家的婆娘還真是……嘖嘖。」

宋寧默不作聲站在他們身後聽了半晌，聽完後撥開擋在前面的兩位婆婆往劉家院子裡走。「麻煩讓一讓！」

翁老太太一把拽住她的胳膊，好意提醒道：「大郎媳婦，劉家的正與人相看呢，妳去做什麼？」

宋寧感激地朝她笑了笑。「婆婆，我進去找慧娘說點事。」

屋子裡，潘老太太正唾沫橫飛，跟郭家老夫人變著花樣地稱讚自家孫女。「您也瞧見了，我家慧娘模樣沒得挑，人又能幹。這家裡收拾得乾乾淨淨，走出去沒人不誇一聲好的……」

潘老太太自顧自地吹得天花亂墜，郭家老夫人只是含笑點頭，一雙眼睛直勾勾地落在默默垂首立在一邊的劉慧娘身上。

她給自家兒子續弦，最看重的便是能否為老郭家延續香火。眼前這農家小妮子身子骨兒不錯，不像那些弱柳扶風的不好生養，雖然瞧著有些拘謹，但勝在老實本分，等娶進了門，再由她親手管教，自然就不一樣了。

郭家老夫人越瞧越滿意，潘老太太越說越起勁；曹霜縮在牆角欲言又止，劉慧娘則是抿著唇，攥著衣角不吭聲。

「慧娘在家嗎？」

聽到這聲音，劉慧娘眼睛一亮，抬頭瞧見立在院門口的宋寧，也不顧潘老太太的眼色，逕自將人請了進來。

宋寧先同兩位老太太打過招呼，然後對曹霜母女道：「曹嬸，我有要緊的事要同您和慧娘商量，能不能借一步說話？」

曹霜神色慌張，下意識去看潘老太太的臉色。

潘老太太不禁臉色陰沈。這個宋三娘一向好吃懶做，在村子裡的名聲不好，如今更是離經叛道，三天兩頭帶著婆婆、小姑子往鎮上跑，學男人拋頭露面做生意。

見宋寧來找自家孫女，潘老太太板著臉道：「我說大郎媳婦，妳沒瞧見我家有貴客嗎？

妳就是有天大的事，也要等到我們待完客再說。」

宋寧若有所思地點點頭，蹙眉道：「但我的事也是十萬火急，您看……」

潘老太太淡淡掃了她一眼，料定她沒什麼了不得的事情，有些不耐煩地擺了擺手道：

「罷了，妳說說，我倒要看看有什麼事是不能當著我老婆子的面說。」

第二十四章　險招奏效

宋寧有些為難地望了郭家老夫人一眼，又看向潘老太太道：「您確定要在這裡說？」

潘老太太瞪眼回道：「就在這裡說。」

宋寧點點頭，從身上摸出一張摺得整整齊齊的紙條，當著她們的面抖開。「是這樣的，慧娘為了給貴叔請大夫，向我家和方嬸家各借了十兩銀子，可是再過幾日我相公就要回來了……您也知道去府城趕考要花不少錢，我娘不好開口，只能由我這個做兒媳婦的出面，您看看這銀子多久能還上？」

一家借了十兩，總共二十兩銀子！對於大戶人家而言或許不算什麼，然而對於他們這樣地裡刨食的莊稼人來說，勒緊褲腰帶攢上一年也不見得還得了。

潘老太太不認得字，但見那紙上按著紅豔豔的手印，當即變了臉色，訕訕地朝郭家老夫人告了聲罪，然後扯著曹霜母女鑽進灶房，低聲問道：「她說的可是真的？」

曹霜眼神閃爍，有些心虛地望向女兒。

劉慧娘咬著唇說道：「您也知道我爹過去半年非要跟著別人做什麼藥材買賣，結果被騙了不少錢。如今他一病不起，請大夫、買藥材，哪一樣不花銀子？我跟娘也是沒辦法啊……」

潘老太太一聽，頓時急紅了眼，連聲道：「唉唷，真是冤孽！一家子沒一個省心的，這事教郭家的人知道了還得了?!」

宋寧眼尾餘光掃過豎著耳朵偷聽的郭家僕婦，故作驚訝道：「您可千萬別這麼說，聽說慧娘馬上就要和郭家結親了，像郭家那樣的大戶人家，隨隨便便從指頭縫裡抖出一點，就能幫慧娘把這筆帳還清了。別說是您，就是鐵蛋那孩子，將來都能跟著姊姊沾光呢！」

那僕婦一聽，心中越發鄙夷，轉頭就將劉家的小算盤報告給郭家老夫人聽。

郭家老夫人立刻垮下臉來，冷哼道：「還當他們小門小戶的丫頭老實本分，誰知還沒進門就打上我家主意了。一個癱在床上的爹跟年幼不懂事的弟弟，想來她家是個無底洞，我們郭家哪裡能當這冤大頭？」

說罷，她便帶著人頭也不回地走了。

潘老太太眼看著煮熟的鴨子飛了，趕忙追了出去，只是郭家的人哪裡還肯聽她多說，這門婚事就這麼黃了。

出了這種事，擠在門外看熱鬧的村民們全都七嘴八舌地離開了。

事後潘老太太還不死心，帶著大兒媳婦尹珠上門同曹霜母女鬧了一場，罵她們沒良心、不識好歹，還要拽著劉慧娘去給郭家老夫人賠罪，求她回心轉意。

劉慧娘被她們鬧得很頭疼，心一橫，衝進屋子裡找出一條麻繩掛上房梁，腳踩著凳子，抓著麻繩往脖子上套。「我就是死也不嫁進郭家！妳們再逼我，就等著幫我收屍！」
曹霜嚇得臉色煞白，撲上去抱著她的腿不敢鬆手。「妳這個死丫頭不要命了？吊脖子這種事能鬧著玩嗎？妳要是有個三長兩短……教我和妳弟弟怎麼辦?!」
潘老太太冷眼看著鬧脾氣的孫女道：「妳少跟我玩這些要死要活的把戲，我老婆子吃過的鹽比妳這小妮子吃過的米還多，想用這種法子嚇唬人，妳還嫩了點。」
尹珠也撇了撇嘴。「是呀，娘，咱們就看著，看她下不下得去手！」
劉慧娘看向站在門邊的潘老太太婆媳兩個，一狠心踢開踩在腳下的凳子，真把自己吊了上去，霎時間被勒得臉色脹紅，眼看就要喘不過氣來了。
曹霜被嚇得魂都快丟了，死死抱著女兒的腿罵道：「妳這個沒良心的死丫頭！要真有個什麼，教村裡人如何看我和妳奶奶？」
說罷，她惡狠狠地瞪著婆婆和大嫂道：「妳們還不走？是要逼死她才甘心嗎?!」
尹珠見小妮子動了真格，嚇得手腳冰涼，忙拽著婆婆的胳膊往外走。「娘，這死丫頭來真的了，咱們快走吧，回頭傳出去不好聽！」
她家兒子正在說親，對方是體面人家，她可不想在村子裡傳出逼死姪女的惡名，毀了兒子的前程。
潘老太太腳步踉蹌，任由大兒媳婦拉著往外跑。她這個人雖然重男輕女，覺得丫頭就是賠錢貨，但那畢竟是她的親孫女，要是真把人逼死了，會被村裡人戳脊梁骨的！

婆媳兩個狼狽地奪門而出，路過杜家時見宋寧出來，暗恨她壞了自家好事，還想湊上去罵幾句，誰知宋寧先開口道：「唷，這不是慧娘她奶奶和大伯母嗎？妳們來得正好，欠我們家的錢什麼時候能還上？」

尹珠乾瞪著眼睛，臉色漲紅道：「我家沒錢，誰找妳借的妳找誰要去。」

宋寧若有所思地摸了摸下巴。「這一筆寫不出兩個劉字，你們不是一家人嗎？聽說貴叔身子好的那幾年事事都想著你們，沒少給您老人家好處，如今他們落難了，你們難道不打算幫扶一二嗎？」

尹珠臊得慌，潘老太太也被氣得牙癢癢，她盯著宋寧道：「少給我東拉西扯，我們老劉家的事還輪不到妳一個黃毛丫頭插嘴！」

孟蘭正在院子裡餵雞，聽見外面的吵鬧聲，疾步出來，將兒媳婦拉到自己身後。「您說得對，她一個小孩子，不該插手別人的家事。三娘啊，娘早說過妳這孩子不該這麼心善，妳貴叔家遇到難事，自然有幾房親戚在一旁扶持，哪裡輪得到咱們這些外姓人插手？潘老太太，您說是不是？」

尹珠的臉紅一陣、白一陣，潘老太太也是怒得渾身發抖。

宋寧含笑點頭。「娘，您說得對，下回慧娘再來借銀子，咱們就說咱們是外人，不該插手他們家的事，讓他們找自家人借去。」

潘老太太還想再罵幾句，尹珠就拉著她耳語道：「娘，杜家大郎如今考了個縣案首，他們家勢頭正盛，咱們好漢不吃眼前虧。」

聞言，潘老太太咬了咬牙，想到里正對杜家的態度，默默忍下這口氣，帶著大兒媳婦灰溜溜地走了。

那兩個婆媳一走，劉慧娘忙鬆開手裡的繩結，腳尖落回地上，大口大口地喘著氣，饒是如此，脖子上還是被勒出了一道深深的紅痕。

曹霜又急又氣，抓著閨女的胳膊罵道：「妳這丫頭怎麼可以狠得下心?!真要有個好歹……」

她哭得一抽一抽，實在說不下去了。

閨女再怎麼不聽話，也是她懷胎十月身上掉下來的一塊肉，看女兒糟蹋自己，就像是拿刀子割她身上的肉，教她如何忍心？

劉慧娘知道她娘嘴硬心軟，拍著她的背勸道：「娘，那條繩子我早先試過了，不會有事的。」

經這一鬧，潘老太太那邊總算消停了下來，劉慧娘帶著一籃子剛出爐的米糕去找宋寧道謝。

宋寧接過籃子，瞧見熱氣騰騰的米糕上面點綴著一層黃燦燦的乾桂花，香氣撲鼻，明白她也是個心靈手巧的。

劉慧娘抿了抿唇，忐忑道：「三娘，這次的事情多虧有妳幫忙，我心裡很感激。只是我家如今這個情況，沒什麼拿得出手的東西，希望妳不要嫌棄……」

宋寧含笑表示自己很喜歡，又將人請進屋裡說話。「我聽村裡人說這門親事是妳大伯母牽線的，妳奶奶想攀上郭家不難理解，只是妳大伯母怎麼也那麼積極？」

劉慧娘扯出一絲苦笑。「有人給她兒子說了門親事，聽說那姑娘家境不錯，他們怕人家瞧不上，想蓋兩間新房子添點光，可是蓋房子、娶媳婦哪樣不花銀子啊？無利不起早，想必郭家那頭許了他們什麼好處。」

宋寧點了點頭，說道：「妳等等。」

她回屋翻出那張欠條交還給劉慧娘。「這東西雖然是假的，但還是銷毀比較好。對了，你們今後有什麼打算嗎？」

劉慧娘微微一怔。郭家的事情是解決了，可如今他們面臨的困境是家裡的頂梁柱倒下了，接下來該如何過活。

她環顧了四周，壓低聲音道：「三娘，悄悄告訴妳，我爹做藥材生意的確虧了些錢，可是我娘那人妳也是知道的，有一分錢都要掰成兩分錢花，這些年她偷偷攢下了一些錢，還能撐些時日，至於之後的事，走一步算一步吧，日子總得過下去。」

宋寧笑了笑，經過這一場變故，曹霜變了，劉慧娘也不同了。

她想了想，說道：「慧娘，妳也知道我家跟鎮上的九鄉居做買賣，如今正需要人手。樂娘年紀還小，我婆婆身子又不好，妳要是暫時沒有其他打算，過來幫我如何？」

孟蘭近來腰腿疼痛的老毛病又犯了，偏偏家裡的雞鴨需要人管，地裡的高粱、菜蔬也要照看，九鄉居那邊又加大了訂貨量，他們的確需要幫助。

宋寧頓了頓，又道：「當然了，我們不會讓妳白忙活，一個月有五百文工錢，等到後面生意做得更大了，工錢還能漲一漲，總之就是多勞多得。」

這個提議讓劉慧娘有些始料未及。她的大伯母在鎮上給大戶人家幹粗活，一個月能拿到的工資也就三、四百文錢，況且大部分時間還要看主人家的眼色行事。相較而言，宋寧給出的條件優渥，她還真有些動心。

不過只一瞬，劉慧娘便冷靜下來，想到自己何德何能，可以得到這種待遇？況且杜家的情況才剛有了起色，人家願意幫扶他們那是人家心善，哪能真的順著桿子往上爬？

劉慧娘猶豫再三，還是咬牙拒絕道：「三娘，我知道妳是一片好意，只是我……我沒妳心思靈活，也什麼都不會做，說不定只會給你們添麻煩……」

宋寧看出她的神色變化，也不勸她，只道：「妳先別急著拒絕，可以回家同曹嬸商量後再決定。不過我家這些日子確實忙不過來，妳要是得了空，能過來幫幫忙嗎？」

劉慧娘正愁沒機會還人情，聞言便毫不猶豫地應承下來。

日子一晃到了四月底，劉貴的病情有了起色，能拄著枴杖在院子裡晃一晃，餵餵雞、看看孩子；劉慧娘得了空便去杜家跟宋寧一塊兒做醬菜。

由於杜蘅的關係，杜家在村子裡的地位今非昔比，曹霜巴不得自家閨女跟杜家走得近，連她自己也常常厚著臉皮跑過去跟孟蘭沒話找話說。

這日天氣暖和，幾個婦人坐在屋簷下一邊做針線一邊嘮家常。附近的孩子們在院子外面嬉戲，忽然間，門外有脆生生的童聲傳來——

「孟嬸嬸，杜大哥回來了！」

孟蘭微微一怔，她起身急了些，差點沒站穩，手裡的針線笸也骨碌碌地滾了出去。方錦眼疾手快地扶住了她。「唉唷，慢點！」

曹霜彎腰拾起地上的針線笸，帶著幾分討好的笑道：「是呀，嫂子，秀才公回來了，妳再高興也得當心點。」

雖然杜蘅現在還不是秀才，但曹霜認為他一定能考上。

孟蘭手扶著腰慢慢地站直，搖頭朝她們二人笑道：「不礙事。」

杜蘅被鄰家的幾個孩子簇擁著走進來，同幾位長輩一一打過招呼。幾個婦人圍著他問長問短，杜蘅都耐著性子一一應答，只是他有些心不在焉，一雙眼睛不時往屋裡望。

大家哪裡不知道他在看什麼，方錦、孟蘭不戳破，偏偏曹霜忍不住打趣道：「唉唷，想媳婦了吧？三娘不在家，今天日頭好，她同樂娘還有我家那丫頭去河邊洗衣裳了。」

杜蘅臉上一紅，不置可否，曹霜還想套近乎，方錦趕緊拿手肘撞她。「好了，你們母子好好敘敘舊吧，我們也該回去燒飯了。」

然後曹霜就心不甘情不願地被方錦拉走了。

孟蘭仔細打量著兒子風塵僕僕的模樣，伸手捏了捏他的胳膊，感覺他似乎又清瘦了些，心疼道：「這幾日趕路很辛苦吧，肚子餓不餓？快進去洗把臉換身衣裳，娘這就去給你盛飯。」

白水村的小河邊上，一道陽光斜斜地鋪在波光粼粼的河面上，幾個婦人洗完衣裳，收拾好木盆相攜著往回走，走到半路時看見杜蘅向這邊走來，都熱情地跟他打招呼。

「唷，大郎回來啦？」

「唉呀，你可算是回來了！」

杜蘅溫和有禮地跟她們問好，讓人覺得如沐春風。

其中一人捂著嘴笑道：「是來接你家三娘的吧？她在那裡呢。」

杜蘅微微頷首，順著那婦人手指的方向看過去，就看見宋寧正彎腰站在水中，垂頭在水裡摸索著什麼。

她實在太過專注，並未注意到杜蘅，反而是站在宋寧身後的杜樂娘先發現了他。

杜樂娘大喜，用力揮動胳膊喊道：「哥哥，是哥哥回來了！」

宋寧抬起頭來望去，在看見他的那一剎那，臉上綻出一個明媚的笑。

杜蘅瞬間失了神，恍惚間，又見她提著竹簍往岸上走。

今日她穿著一條墨綠的褶裙，裙角挽起，底下的褲腿一直捲到了膝上，下面一截則被河水打濕，濕答答地貼在她白皙均勻的小腿上。

杜蘅微微蹙眉，默不作聲地移開了目光，想到書上說婦人每逢月事便腹痛不止，乃寒濕鬱結所致……

宋寧見他眉頭越皺越深，不禁低頭看向自己露在外面的一雙腳丫，以為他是介意這個，心裡暗笑他性子古板，卻還是將裙子放下去遮住腳。

杜樂娘興沖沖地拎著竹簍上岸，跑過去挽著杜蘅的胳膊樂呵呵地道：「哥哥，你怎麼來了？」

只見杜蘅朝她溫和地笑了笑。「娘讓我來看看。」

杜樂娘不疑有他，還想拉著哥哥寒暄幾句，卻瞧見劉慧娘在一旁朝她使眼色。

「樂娘，妳不是說要早點回去趕雞鴨回籠嗎？走吧，時辰不早了，我也該回去做飯了。」

杜樂娘狐疑地看向她，又看了自家哥哥一眼，識趣地跟著劉慧娘先走了。

看到宋寧提著的竹簍裡面有田螺，杜蘅問道：「撈這個做什麼？」

「炒田螺。相公，你吃過嗎？」宋寧興致勃勃地問道。

杜蘅搖搖頭，雖然沒有吃過，心裡卻隱隱有些期待。

宋寧含笑看著他身上乾乾淨淨的青衫道：「相公，你去那邊等等，我馬上就好。」

說罷，她挽起裙角，彎腰將竹簍按進水裡淘洗。

杜蘅卻沒有走開，而是跟著蹲下身，默默接過她手裡的竹簍仔細清洗起來。

「我來吧，妳去那邊坐著休息。」他語氣堅定，帶著些許不容拒絕。

宋寧微微一怔，倒也沒推辭，只是伸手幫他把滑至臂彎處的衣袖重新挽上去。

然後她就優哉游哉地坐到一旁的小石塊上，一邊支著下巴欣賞他一絲不苟幹活的模樣，一邊同他有一搭沒一搭地說著話。

「相公，一路上還順利嗎？」

「嗯。」

「晚上咱們吃炒田螺跟涼拌蘿蔔絲，昨日方嬸給了我一塊五花肉，我做炸醬麵為你接風洗塵怎麼樣？」

「好。」

「不過說起這個炒田螺啊，要是有辣椒就好了。」

「妳是說番椒？」

「對對對，就是你們說的番椒，用熱油炒薑、蒜跟田螺，再加一把番椒，那滋味想想都讓人流口水。」

「這個東西……我有。」

「你說什麼?!」

第二十五章　狹路相逢

端午這天，宋寧要去鎮上跟朱宏對帳，杜蘅也恰巧要回書院拜會夫子，是以一早兩人便乘坐村裡的牛車一道去鎮上。

凌雲書院和九鄉居所在的位置不在同一個方向，他們到了鎮上便商議好先分頭行動，晚一點再會合。

朱宏見宋寧過來了，忙將她引入室內，讓小夥計拿出新得的春茶給她嚐鮮。「三娘，這茶可是我花了大錢從一個外地茶商那邊購得的，快嚐嚐味道如何？」

宋寧端起茶杯淺啜了一口，點頭稱讚道：「確實是好茶，不過我今日來不是向您討茶喝的，而是有正事要同您商量。」

朱宏聞言放下茶杯，側過身子作洗耳恭聽狀。「喔？三娘可是又想到了什麼賺錢的好買賣？」

宋寧微微一笑，對朱宏身為商人擁有的敏銳直覺表示佩服。

她打開包袱拿出一疊小油紙包，一字排開，依次推到朱宏面前。「您瞧瞧，這都是些什麼東西？」

朱宏眼睛一亮，忍不住湊上前逐個嗅了嗅。

宋寧還來不及出言提醒，便見他身子一歪，一個噴嚏接著一個噴嚏打了起來。

「您沒事吧？」宋寧忍不住笑道。

朱宏一邊捂著鼻子，一邊笑呵呵道：「失禮失禮，只是這些番椒味道可真衝鼻。這東西在咱們這裡很稀罕，連我也是早年間從一位出過海的族老那邊見過一次而已。三娘啊，這麼多番椒妳是從何處得來的？」

「是我家相公從府城帶回來的。」

宋寧將杜蘅去府城赴考恰逢朝廷重開碼頭，還在那裡遇到南洋商人的事情如實相告。

朱宏聽罷，激動得再也坐不住了，撫掌大笑道：「如此說來，朝廷是要大力支持與周邊各國的貿易往來！三娘啊，這可是天大的好事！」

無論在哪個時代，對國家而言，海上貿易能增加稅收、充盈國庫；對商人來說，貨物流通能給他們帶來更多機遇；對普通老百姓而言，他們的生活也會隨著舶來品的湧入而越發豐富。

宋寧看著朱宏激動地在屋子裡踱來踱去，也跟著高興起來。

自從她來到這裡，就發現辣椒、玉米與番薯對本地人來說都只是陌生的舶來品，這些東西只在臨海的部分地區種植，然而隨著海上貿易的發展，這種局面將會發生改變。

遠的不說，有了辣椒，她便能做出口味更加豐富的醬菜，這對他們不正是件好事嗎？

朱宏想了想，突然提議道：「三娘，妳想不想去府城看看海市有什麼好東西？」

宋寧被他說得有些動心，自從來到這個地方，她去過最遠的地方就是鎮上，其實她也很想親自瞧瞧外面的世界是怎麼樣的。

然而出一趟遠門要做許多準備，宋寧沒有立刻答應，而是告訴朱宏自己還要回去同家裡人商量。

朱宏權當宋寧是答應了，興致勃勃地同她說起自己過去在海市的見聞，恨不能立刻馬不停蹄地趕去府城。

兩個人正說得起勁，忽見小夥計神色匆匆地進來稟報道：「掌櫃，有位陳姑娘求見。」

朱宏正在興頭上，突然聽見什麼八竿子打不著的陳姑娘要見自己，只當是小夥計們遇到了刁鑽的客人不知該怎麼應對，於是沈下臉來轉動著手腕上的珠子道：「什麼陳姑娘、李姑娘的，要買醬菜請自便，不買的出門左轉，沒瞧見我這邊正忙著嗎？」

小夥計唯唯諾諾地應了聲「是」，便匆匆出去回話了。

宋寧深知他的脾氣，好言相勸道：「您何必跟小二哥置氣？興許那位姑娘真有什麼要緊的事找您。」

朱宏卻搖頭笑道：「三娘有所不知，做咱們這行的，客人因為一點芝麻綠豆大的小事動輒鬧著要見掌櫃的，這種事每日沒有十回也有個七、八回。」

誰知他話音剛落，就聽見外面傳來一陣吵嚷聲——

「你這小夥計好生無理！知道我們家姑娘是誰嗎？你家掌櫃明明就在裡頭，為何不肯出來相見?!」

「我家掌櫃實在脫不開身，還請姑娘見諒。」

「勸你們不要不識好歹！你也不出去打聽打聽，我們陳家……」

「蕓香，休得無禮。小二哥，煩請您再去通報一聲，就說鴻運樓的陳掌櫃有要事相商，還請掌櫃一敘。」

「姑娘，您何必低聲下氣與他說這個？喂，我說，你們這九鄉居開門做生意，就是如此怠慢客人的？」

外頭爭執不休，宋寧跟著朱宏從裡間出來，只見一個青衣女子柳眉倒豎，正咄咄逼人地抓著店裡的小夥計理論。

那小夥計被逼得滿頭大汗，小心翼翼地賠著不是，正進退兩難之際，見掌櫃總算出來了，便萬般無奈地投去一個求救的眼神。「掌櫃……您看？」

朱宏擺了擺手，示意他下去，又拱手朝宋寧道：「三娘，今日咱們說的這件事妳再好生想想。妳也瞧見了，今日店裡實在走不開，我……」

他話未說完，便聽見那女子厲聲喝斥道：「你就是九鄉居的掌櫃？真是好大的排場！」

「好了，蕓香，妳退下。」

宋寧與朱宏聞言，同時朝身後說話的兩位姑娘看過去，只見她們二人穿戴皆是不凡。

那青衣女子模樣有些跋扈，頭上戴著一支成色上乘的金釵，顯得跟身上的衣裳有些格格不入；另一名黃衣女子則顯得十分端莊嫻靜，穿戴也更加講究，衣裳、首飾都是成套搭配的。

這兩人站在一處，高下立判，不用說都能看出誰是主子、誰是奴婢。

黃衣女子在見到宋寧的一瞬間有些失神，不過她很快便掩去眼底的詫異，上前一步落落大方道：「宋姑娘，沒想到還能在這裡碰見妳。」

宋寧回頭，面帶疑惑地看向她，一時之間想不起來在什麼地方見過此人。

黃衣女子見她沒認出自己，十分善解人意地打著圓場。「宋姑娘，敝姓陳，名玉茹，咱們在凌雲書院門外見過的。」

聽她這樣一說，宋寧終於有了印象，於是朝她微微頷首算是打過招呼，正準備跟朱宏告辭，卻被那叫蕓香的丫頭攔住了去路。

「方才掌櫃躲在裡頭遲遲不肯相見，原來是被宋姑娘絆住了腳啊。」

宋寧扭頭望向她，眸中滿是疑惑。

蕓香自幼陪在陳玉茹身邊，仗著陳家在盈川縣的勢力，走到哪裡都有幾分體面，她自覺方才受了掌櫃的怠慢，心裡本就憋著一口氣。

再者，她深知自家主子的心病，對宋三娘本就不喜，此時見她對待自家主子如此輕慢，越發不快，便存了幾分為難的心思。

她睨了宋寧一眼，語含譏諷道：「這光天化日的，宋姑娘一介有夫之婦同朱宏這樣的外男，孤男寡女共處一室，未免有些於理不合。」
店裡有不少客人，其中不乏一些常客，此時都立在一旁豎著耳朵看熱鬧。
孤男寡女共處一室?!這真還是一項不得了的罪名，彷彿今日他們要是不給出一個合理的解釋，這樁「見不得人的醜事」明日便要傳遍大街小巷了。
宋寧都快被她氣笑了。
蕓香見她不怒反笑，更加窩火，質問道：「妳笑什麼？」
宋寧收起臉上的笑意，淡淡道：「我笑姑娘大禍臨頭而不自知。」
蕓香聞言變了臉色。「妳什麼意思?!」
「姑娘雲英未嫁，張口閉口污人清白，難道就符合閨閣女子的典範了嗎？」
言罷，她的目光越過婢女蕓香，落到站在她身後的陳玉茹身上。
「常言道『禍從口出』，今日姑娘信口開河得罪了我這樣的小人物倒是不要緊，日後要是因為逞一時口舌之快而得罪了貴人，那可就大禍臨頭了。都道是『上梁不正下梁歪』，知道的只當是家主治下不嚴，不知道的還當是姑娘姑息縱容所致，豈不令人感到惋惜？」
陳玉茹怔怔地望向她，萬萬沒有料到那個傳聞中胸無點墨的宋三娘能說出這番話。
眾目睽睽之下，她一個大家閨秀竟被一名出身低微的村婦教訓，臉上不禁紅一陣、白一陣。
只是陳玉茹一向自視甚高，斷不能容忍他人對自己有所指摘，她強壓住心中的不甘，冷聲道：「蕓香，快向宋姑娘賠不是。」

蕓香卻不肯忍氣吞聲，拉著陳玉茹的袖子辯解道：「姑娘您別聽她胡亂攀扯，他們若真行得正、坐得端，奴婢自然不敢多說一句。」

朱宏冷笑道：「身正不怕影子斜，心思不純之人，看什麼都是骯髒的。」

言罷，他甩了甩袖子，往外比了一個送客的手勢。「我們九鄉居開門做生意，若是誠心想買賣，自然歡迎；若是趕著來找麻煩，恕不接待。」

陳玉茹臉上羞臊，恨不得立刻就走，只是想到此次前來的目的，她便放低了姿態道：「掌櫃莫要生氣！我家婢女言行無狀衝撞了二位，說到底還是玉茹疏於管教，我代她向你們賠個不是。」

蕓香咬著唇，內心更加委屈了，有些不服氣地小聲咕噥道：「他們失禮在先，姑娘何必同他們客氣？」

「好了，別說了。」陳玉茹沈下臉來，蕓香才悻悻地閉了嘴。

此時屋外傳來兩聲驚雷，天色跟著陰沈了下來，眼看一場暴雨等在後頭。店裡的客人失了看熱鬧的閒心，皆趕緊收拾好東西相繼離去。

宋寧望了望街上行色匆匆的人群，想到跟杜蘅分開時他將傘給了自己，便要跟朱宏告辭出去尋他。

朱宏抬頭看了眼天色，好意提醒她街上人多眼雜，出去尋人反而容易錯過，勸她不如在店內的次間等候，又吩咐了小夥計重新上茶。

陳玉茹見掌櫃對宋寧十分客氣，全然不見方才趕人時的冷漠態度，心中滿是疑惑。她上前一步朝朱宏微微欠了欠身道：「掌櫃，不瞞您說，玉茹此次貿然前來，實際上是有一樁買賣想要同您商量，不知可否借一步說話？」

朱宏是個生意人，性子又吃軟不吃硬，如今聽這姑娘客客氣氣地同自己說有生意想合作，當即面色緩和了幾分，也將人請進次間裡稍坐。

陳玉茹看了看坐在另一側的宋寧，幾番欲言又止。

宋寧尷尬而不失禮貌地朝她笑了笑。如果可以選擇，她也不想夾在中間，奈何朱宏盛情難卻。

倒是朱宏看出宋寧幾分心思，率先開口道：「陳姑娘有什麼事但說無妨，三娘不是外人。」

陳玉茹抿了抿唇，開口道：「掌櫃可聽過鴻運樓？」

朱宏微微挑眉，放下茶杯看向她道：「鴻運樓是咱們鎮上最大的酒樓，朱某在這裡做生意當然知道。」

陳玉茹點了點頭。「實不相瞞，鴻運樓是我祖父的產業。前幾日他老人家到樓裡巡視，恰好聽見幾位顧客誇讚九鄉居的醬菜做得好，便有意同您做筆買賣。」

朱宏了然一笑，面露幾分得意之色。「難得陳老抬愛，隨便打發一個小夥計前來知會朱某一聲，朱某自當親手將東西送過去，何必勞動陳姑娘跑這一趟？」
宋寧安靜地坐在一側緩緩抿著茶，隱約覺得事情沒這麼簡單，果然就聽陳玉茹道：「鴻運樓並不想像其他客商那樣從您這裡購買醬菜，而是想直接從您手上買方子。」
朱宏聽了，下意識地看了宋寧一眼，見她只是垂頭飲茶，似乎沒聽見他們在說什麼，忍不住問道：「喔？不知陳老看中的是哪幾樣？」
陳玉茹微微一笑，從袖中摸出一張紙條遞了過去。
朱宏接過那紙條展開一看，忍不住眼角一抽，抬袖擦了擦額上的汗道：「這筆買賣不是筆小數目，恕朱某一時無法擅自決定。這樣吧，陳姑娘，容我再斟酌一二。」
宋寧聞言，心中有了幾分猜測，又聽陳玉茹道：「價錢的事情好商量，您再好好考慮考慮。」
言罷，她朝身後的蕓香點了點頭，就見蕓香取出一張銀票擱在朱宏面前的小几上。
朱宏的視線輕輕掃過那張銀票，同宋寧交換個眼色後，他忍痛將銀票推了回去。「陳姑娘出手闊綽，朱某內心感激，只是還是那句話，容我再想想。」
陳玉茹見朱宏不像是故意拿喬，便未再勉強。
朱宏又留她們用了一盞茶，等到陳家的馬車過來，陳玉茹便帶著蕓香起身告辭。
走出門外時，陳玉茹發現外面已經下起了雨，她朝遠處望去，忽然見到一道熟悉的身影穿過朦朧的雨幕和熙熙攘攘的人群朝這邊走過來，她一顆心頓時難以抑制地一陣狂跳，腳步不由自主地往前邁去。

「相公！」宋寧先她一步撐著傘上前走到杜蘅身側。

杜蘅朝她展眉一笑，伸手接過她手中的油紙傘，將兩人罩在傘下的一方小天地裡。

陳玉茹怔怔地望著雨幕中緊緊依偎在一處的兩道身影，內心的酸楚像是漫天的雨絲般蔓延開來，她艱難地收回目光，還是忍不住提議道：「杜師兄、宋姑娘，這雨越下越大了，你們要去何處？我讓車夫送你們一程吧。」

「不必了，不順路。」杜蘅的語氣冷淡，看向她的眼眸裡頓時沒了方才的溫度，顯得禮貌而疏離。

夫妻兩人辭別了朱宏，撐著傘走遠了。

「姑娘，看樣子等會兒就會下一場暴雨，咱們也該回去了。」蕓香看了看雨中漸行漸遠的兩人，不禁出言提醒道。

陳玉茹愣愣地收回目光，提著裙襬上了馬車。

杜蘅與宋寧肩膀挨著肩膀，同撐一把傘走在雨中，彷彿周圍的喧囂都跟他們無關，眼前所見唯有傘下同行的人。

「相公，你跟那個陳姑娘很熟？」宋寧糾結了半晌，終於開口問道。

杜蘅垂眸看了她一眼，答道：「不熟。」

宋寧漫不經心地「喔」了一聲，眼神裡寫著「我不信」。

她悄悄揪了他的衣角一把，小聲嘟囔道：「可是人家一口一個師兄喚得情真意切，看你的眼神就跟女妖精見了唐僧肉一般。」

「妳說什麼？」

「喔，沒什麼。」

她跟杜蘅本是名義上的夫婦，他若是心儀其他姑娘倒也無可厚非……宋寧自我安慰道，她這絕不是吃醋或嫉妒，只不過是有些好奇那個能走進他心裡的姑娘會是什麼樣子罷了。

兩個人走著走著就到了集市，買了些柴米油鹽和過節要用的東西，路過白婆婆的餛飩攤子時，宋寧將自己醃的二十顆鹹鴨蛋交給她。

「婆婆，這是我家鴨子下的第一窩蛋，今兒個過節要包粽子，正好用得上鹹鴨蛋，您老人家不要嫌棄才好。」

白婆婆樂呵呵地收下鴨蛋。「瞧妳這丫頭說的，回回有好東西都想著我這老婆子，我歡喜還來不及呢。欸，妳娘和樂娘那丫頭最近還好吧？這位小公子是……」

宋寧含笑點了點頭。「最近有鄰居過來幫忙，她們一切都好。」

她回頭看了站在自己身旁默默撐傘的杜蘅一眼，有些羞赧地說道：「這是……我家相公。」

——未完，待續，請看文創風1216《村裡來了女廚神》下

流浪貓狗介紹所

為流浪貓狗加油 和貓寶貝 狗寶貝

廝守終生(一定要終生喔！)的幸福機會

對人來說，貓寶貝狗寶貝只是生活的一部分，但妳（你）對牠們來說，卻是生活的全部，領養前請一定要考慮清楚——

▲ 文靜的俏妹子——小喇叭

性　　別：女生
品　　種：米克斯
年　　紀：3歲
個　　性：慢熟文靜
健康狀況：已結紮，已完成洗牙，愛滋白血陰性
目前住所：台中市西屯區（中途之家）

本期資料來源：洪多多小姐

『小喇叭』的故事：

今年初剛搬入小村，村內非常多貓群，居民大多是阿公阿嬤，他們會放廚餘給貓群，而貓群對新住戶都非常警戒。經歷了兩個多月的餵食，一隻我們平時熟識的貓咪「大喇叭」〈因天生發不出喵叫聲，再激動也只有哈氣音〉帶著新貓咪出現了，於是直接為牠取名為「小喇叭」。

直到某天，觀察到小喇叭的肚子變大了，還在機車座椅及牠的屁股上發現血跡，我們只好求助中途，所幸遇上洪小姐，願意接納小喇叭待產。隨後小喇叭生下四個孩子，但或許是在外流浪時吃得不營養，以致奶水不足，其中兩個孩子因為有先天缺陷而不幸離開了。

小喇叭是慢熟型貓咪，面對陌生人不太會互動，偶爾也會玩玩具，但只要拿出蝦子或是鮮食就會對人非常熱絡，或許是小時候只能吃廚餘，因而對鮮食情有獨鍾；所以希望能夠找個有耐心陪伴牠，偶爾煮些鮮食鼓勵牠的爸爸媽媽。

擄獲小喇叭的芳心就是這麼簡單，只要您準備好溫暖的家，準爸爸媽媽便可在臉書搜尋洪小姐，或是加Line ID：dhn0131，用一隻蝦子帶領小喇叭在未來的日子裡歡快喵嗚～～

認養資格：

1. 認養人一旦認養，須負擔部分醫療費，並繳交半年期追蹤保證金，回報正常且確認無誤後，會歸還保證金。
2. 須同意簽認養寵物切結書。
3. 須同意送養人日後之追蹤探訪，對待小喇叭不離不棄。

來信請說明：

a. 個人基本資料：姓名、性別、年齡、家庭狀況、職業與經濟來源等。
b. 想認養小喇叭的理由。
c. 過去養寵物的經驗，及簡介一下您的飼養環境。
d. 若未來有結婚、懷孕、出國或搬家等計劃，將如何安置小喇叭？

2023年12月出版

醫妻獨大

文創風 1212～1214

她允諾醫治他，他則答應入贅，待傷癒就離開，
小倆口過起假夫妻的生活，由她這一家之主獨力負責養家，
她一邊開藥膳湯鋪及醫館賺錢，一邊為人治病積攢功德，
直至他皇子身分揭曉的一刻，她才看見他頭頂上赫然出現一條黑龍，
此行她要渡的劫便是「黑龍禍世」，莫非……這黑龍指的就是他？

君子論跡不論心，論心世上無完人／踏枝

江月是孤兒出身，偶然間被師尊撿回家收養才沾上了仙緣，
身為靈虛界的一名醫修，她天分佳又肯努力，修為在二十歲時達到高峰，
但隨著年齡漸長，她的修為卻不升反降，師尊擔心地尋來大師為她卜卦，
大師說她得去小世界歷劫，修為才能再升，於是師尊就揮揮衣袖送走她，
豈料她竟附身在山上洞穴裡一個剛因病殞命、與她同名同姓的少女身上！
原身之父是藥材商人，日前運送一批貴重藥材時遇山匪搶劫，不治身亡，
由於原身是獨生女，傷心過後便與柔弱的母親一同為江父操辦起身後事，
那夜挨著感情甚篤的堂姊一起燒紙錢時，原身因身子撐不住便打起瞌睡，
半夢半醒間，原身突然往火盆栽去，幸好堂姊出手相救，卻燙傷了自個兒，
愧疚的原身得知山裡有個隱世的醫仙門，遂帶著丫鬟想去求醫診治堂姊，
哪知上山不久竟遇暴雨，丫鬟下山求救，發高燒的原身則在洞內躲雨直至病逝，
然後，一身靈力消失、只剩高超醫術的她就取代了原身……這下該怎麼辦？
且眼下最棘手的是，她聽見了山洞外響起此起彼伏的狼嚎聲！
正當她擔憂之際，洞裡又進來個血流不止的少年，血腥味引得狼群更加接近！
老天，她不會才剛來這世間，一條小命就要交代在狼群的肚子裡吧？

2023年11月出版

國師的愛徒

文創風 1210～1211

她桃曉燕是誰？她可是集團總裁、是商界的女強人！
當初為了成為接班人，她鬥得你死我活，好不容易爬上總裁的位置，
卻沒想到一場意外，讓她一睜眼就來到古代！
這裡啥都沒有，她一個小女子還得想著先保命，
她想念她的房地產、股票和基金，還想念滑手機的日子啊嗚嗚～～

趣中藏情，歡喜解憂／莫顏

司徒青染身分高貴，乃大靖的國師，受世人膜拜景仰。
他氣度如仙，威儀冷傲，連皇帝也要敬他三分。
他法力高強，妖魔避他如神，唯獨一個女妖例外。
這女妖很奇怪，沒有半點法力，卻不受他的法術控制，
別的妖吃人吸血，她獨愛吃美食甜點，
別的妖見到他就繞道走，她是遇到麻煩盡往他身後躲，
還死皮賴臉喊他師父，逢人便稱想巴結的找她，要報仇的找她師父。
如此囂張厚顏，此妖不收還真不行。
「妳從哪裡來？」司徒青染問。
桃曉燕笑嘻嘻地回答。「我那兒跟你們這裡完全不一樣，高級多了。」
「何謂高級？」
「有網路，有飛機，還有各種科技產品。」
司徒青染冰冷地警告。「說人話。」
桃曉燕立即諂媚討好。「有千里傳音，有飛天祥雲，還有各種神通法寶。」
「那是仙界，妳身分低賤，不可能去。」
「……」誰低賤了，你個死宅男，這種跨界的代溝最討厭了！

文創風
1215

村裡來了女廚神 上

國家圖書館出版品預行編目資料

村裡來了女廚神 / 予恬著. --
初版. -- 臺北市 : 狗屋出版社有限公司, 2023.12
冊 ; 公分. --（文創風 ; 1215-1216）
ISBN 978-986-509-476-8（上冊 : 平裝）. --

857.7 112017984

著作者	予恬
編輯	連宓均
校對	陳依伶
發行所	狗屋出版社有限公司
地址	台北市104中山區龍江路71巷15號1樓
電話	02-2776-5889～0
發行字號	局版台業字845號
法律顧問	蕭雄淋律師
總經銷	知遠文化事業有限公司
電話	02-2664-8800
初版	2023年12月
國際書碼	ISBN-13　978-986-509-476-8

本著作物由北京晉江原創網絡科技有限公司授權出版

定價280元
狗屋劃撥帳號：19001626
網址：love.doghouse.com.tw　E-mail：love@doghouse.com.tw